云南出版集团
雲南人民出版社

时光

王怀香◎著

图书在版编目（CIP）数据

时光 / 王怀香著. -- 昆明 : 云南人民出版社, 2019.11

ISBN 978-7-222-18751-1

Ⅰ. ①时… Ⅱ. ①王… Ⅲ. ①散文集－中国－当代 Ⅳ. ①I267

中国版本图书馆CIP数据核字(2019)第260165号

时 光

SHIGUANG

王怀香◎著

责任编辑：熊　凌　　责任校对：苏　娅
装帧设计：杜佳颖　　责任印制：马文杰

出版	云南出版集团 云南人民出版社	开本	787 × 1092　1/16
		印张	15.5
发行	云南人民出版社	字数	270千
地址	昆明市环城西路609号	版次	2019年11月第1版第1次印刷
邮编	650034	印刷	云南康龙彩印包装有限公司
网址	www.ynpph.com.cn	书号	978-7-222-18751-1
E-mail	ynrms@sina.com	定价	48.00元

2016年度红军团尊干爱兵模范连退伍合影留念
官兵同心，其利断金
长征精神无愧铁血雄师
中国人民解放军陆军红军团
尊干爱兵模范连

献身国防

优秀基层干部

序

李学彦

母性的慈辉照亮时光

王怀香老师坚持要我为她这本起名《时光》的集子写序，我感到无比沉重，难以下笔。几次正襟危坐桌前，好半天过去，一个字也落不在纸上。

王老师是烈属。“烈属”，这个名词无比沉重，如亲眼见了一个被压在巨石下面而痛苦的生命，你心疼万分，却又无可奈何。

她是我的同乡——宣威人。当年她到昆明定居时，狂热地写作，发表了很多作品。老作家董祥云老师介绍认识后，她不时会来找我聊天，谈些文学的话题。

她要出版散文集，书稿整理好后，董祥云老师早已为她写了序言，她说要请我再写一序，我没有答应，并说服了她。后来我为她选定书名《好喜欢看太阳》，并为她题写。缘于同乡关系，基于文字同好，因此我们断断续续的有些联系。后来，我介绍她入了省作协。

直到2017年3月10日的早上，我照例浏览微信朋友圈，看到她有更新，一个帅小伙穿迷彩服的照片，上面的文字这样写道：你以生命相邀，让我来看你工作的地方。一朝，却成永诀，你如何这样残忍?

“永诀”？我心头一紧！王老师的儿子是部队的一个连长。

我立即发去一个疑问的表情。

王老师回信：孩子在实弹训练中意外……昨天，他走了。

顷刻，我的泪淌了下来。

我曾是一名军人，“两山”作战时，我在前线从事战地新闻报道，目睹过无数残酷的血腥。经历过战争洗礼和较多离别生死的人，内中别样的情愫，常人难以理解。

我不敢再给她回信，我不敢碰触她更磅礴的悲伤。

接下来的一段时间里，我便密切关注她的朋友圈动态，但只是关注，不敢言语。她狂涛骇浪般的悲伤，毫无止息地汹涌，澎湃。我知道此时，任何形式的安慰，都不能安慰。我只有隔三岔五地，默默地送上几朵小花，表达我的心意。

我知道，真正要去安慰一个人，很多时候语言是多余的，或适得其反。对一个中年丧子的女人来说，能用什么样的语言去安慰呢?

悲伤是需要释放的，释放的方式有多种，撕心裂肺的号啕大哭，淋漓尽致的呼天喊地，都是人之常情。而王老师，一个知性的中年女子，她选择了以心血和着泪水书写，斑斑血泪，凝成粒粒文字。怀念和倾诉，成为她每日的时光。

于是，有了呈现在我眼前的这一摞起名《时光》的书稿，这本准备结集出版的书稿，其实是一个母亲写给儿子的家书。两年多时光的书信合集，没有一封寄出过，这些信，再也没有投递的地址了。因此母亲含泪成集，要把它交给苍天白云，青川大地。

我知道王老师的儿子叫夏霄，大学毕业后入伍，到了重庆的解放军某“红军团”服役，仅仅四年，就当上了连长。王老师每次见到我，几乎都要与我讲些关于儿子的话题。我也喜欢听她每每幸福地谈起儿子的故事。培养了优秀的儿子，是值得骄傲和自豪的。

王老师年轻时是宣威第一中学的语文老师，这让我充满了羡慕和钦敬。只是后来她因病手术，导致失忆，是当时读三年级的儿子夏霄拉着她的手指，“一、二、三，一、二、三……”地从零开始，帮助她恢复记忆的。恢复记忆后，王老师开始写作，凭着语文老师的坚实基础和对写作的爱好与勤奋，她的作品逐渐在报刊上发表。

后来，夏霄在部队里从排长、参谋、连长的提升，只用了四年时间。当了连长后，他与恋人结婚了。夏霄每次前进的步履，都是那样坚实稳健，理所当然。一直以来，在我的脑海里：一个三年级的少年，拉着因为生病而显得有些笨拙的妈妈的手指，不厌其烦地教她数数，这个情景太令我感动了。因此，他在部队的快速成长符合预期。

潜意识里，我也希望有一天能够见到这个孩子，与他聊些话题，优秀的人总是被欣赏的。可是，就在他生命刚刚进入二十九岁的时候，他的妈妈王怀香用她无助的泪水，在她的朋友圈洗练出了这段关于儿子近似讣告的文字。

人生总有许多憾事，包括与优秀的人失之交臂。王老师是悲伤的，亲友们的惋惜和伤痛，也成为永远的遗憾。

王老师的文字，像她的为人一样，真实直白。她的写作动机非常明确，直指人心，明心见性，这与有的功利性写作一点关系也没有，因此我欣赏王老师的写作态度。

她在书中写道：这个世界上，唯一的亲人走了，我一无所有了。其实，当她含着泪写作的时候，文字，已经成了她的儿子。儿子牺牲以后，就是这些文字陪伴她的，这些文字在陪伴着她悲伤的时候，也给了她胸臆宣泄后的快感。

王老师说：两年过去，我把我交给了文字，我把写作当作亲人，她是唯一能给我帮助的。不管写得如何，我都不想回头再读，我没有这个力气了，交给编辑吧！

王老师找到了寄托，儿子在她的笔下复活了，但是她每一次与“儿子”交谈的时候，她浩大的悲伤，就会像巨浪一样无情地扑来。这个时候，她也会给我来个电话，说又写了一篇，但实在是心痛得乏力。

我找不到安慰她的语言，在感觉她又要忍不住流泪的时候，就转移一下话题。我坚信这是一种善良，没有能力帮助他人减少悲伤，但可以选择合适的方式让其不再增加痛苦。

王老师勇敢地面对儿子的牺牲，不因一己悲痛而对部队有半丝为难，表现出了难得的胸怀大气。因此，儿子生前的战友都亲切地叫她“妈妈”。一个儿子不能叫她“妈妈”了，更多的“儿子”却开始了叫她“妈妈”。从这一点来说，王老师是成功的。她为祖国献出儿子的同时，也献出了自己金子般闪光的心，她用一个“妈妈”的形象庄敬了英雄的儿子，庄敬了“军人”这个崇高的荣誉。这是王老师品格魅力、人性光辉的呈现。

在党和政府慰问她的时候，她从不提任何条件，都是以泪水和感恩相谢，然后心香一缕，变为华彩诗章，献给身在天国的儿子。她润物无声的家国情怀，以文字的方式延续着儿子的英雄气概，感染着这个时代。

因此，她的文集《时光》，不只是一本普通的文学读物，这段时光，是一对母子情感的人性体现，一个好男儿的英雄体现，一种母性照亮时代的光辉体现。

2019年5月28日于篆塘

自序

活着的理由

这是一本字字热泪凝结而成的书，书很薄，可是母亲的心很重。

2017年3月9日，我独生的儿子：中国人民解放军某红军团三营炮兵连连长夏霄，在组织指挥全连战士实弹训练时因手榴弹意外爆炸，为了保护全连战士而身负重伤，抢救无效而牺牲，后夏霄被追授为烈士。

在天塌地陷的日子里，我似乎找不到活下去的理由。但，我知道我的孩子不允许我放弃自己。

“……你有一千条理由活着。”当我脆弱的灵魂茫然不知所归的时候，宣威籍作家我当年的领导、师兄、同事管仕斌老师赶来看望我。

“首先，你要为这个国家活着，你不是把儿子献给这个国家了吗？烈士为国而死，烈士的母亲有理由看着这个国家成长，看着这个国家日出日落，看着这个国家日新月异。当烈士墓前的那些小树一年一年地抽芽拔节，当绿色的叶子越来越旺，永生的理由就在上面……”管老师坚定的目光与铿锵的话语，似一道暗夜中的曙光，让我明白了我为什么还要活着。

我用什么样的方式活着呢？这时我又想起了文字，可以让我赖以支撑下去的文字，那些文字是我因脑瘤开颅手术导致丧失记忆后孩子帮我找回来的。文字！于是，我又一次拿起了它，用它，记录对这个世界的眷恋；用它，记录对这个国家的热爱；用它，来追述逝去的儿子的点点滴滴。我想让儿子永远活在我们共同留下的文字里，我相信，他也会活在祖国人民的心里。

活着！我将好好地活着！就像管老师说的：“为了军人的牺牲！为了看着这个国家太平！”这一切，我将继续用文字告诉儿子。

时光荏苒，历时两年的文字终于可以汇集成书了，有很多的感慨、感动与感恩。

这本书，得到了知名书法家、诗人、作家李学彦先生热忱的鼓励与帮助；得到了云南人民出版社及社会各界人士的大力支持与帮助，在此，一并感谢！

2019.4

目录

209 心灵拾零

时光

长歌当哭

崇高的荣誉

剧痛中，我倾听着首长用陈述的方式给你最高的荣誉，我用热泪阅读着你的事迹。

这里，是部队首长对你的悼词全文：

尊敬的夏霄同志之奶奶、父母、亲友们，各位领导，同志们、战友们：

今天，我们在这里怀着无比悲痛的心情，悼念我们亲密的战友三营炮兵连连长夏霄同志，以此来寄托对夏霄同志的无限哀思。

夏霄同志于2017年2月28日11时17分许，在组织指挥和现场保护连队手榴弹实投作业时，因手榴弹在战士孔令伟准备投掷过程中于手中异常爆炸，导致夏霄同志身受重伤。经铜梁区人民医院、第三军医大学和军内外顶级专家历时9天全力抢救无效，于2017年3月9日9时01分不幸牺牲，终年29岁。在此，我和团长尚保雨同志代表上级党委首长，代表团党委和全团两千多名战友，向夏霄同志的牺牲表示最沉痛的哀悼！向夏霄同志的父母、妻子和亲友们表示最遗憾的慰问！向关心、救治夏霄同志的各级首长和医护人员表示最至诚的感谢！

国失栋梁家失汉，军魂不朽浩气存！夏霄同志的牺牲，使我们失去了一个好党员、好军人、好连长、好战友、好兄弟，更使夏霄同志的奶奶、父母、妻子、亲人失去了一个好孙子、好儿子、好丈夫和他们家庭的顶梁柱。

夏霄同志于1988年3月出生于云南宣威，1994年9月至2000年6月在宣威市榕城第二小学读小学，2000年9月至2006年6月在昆明市第三中学读中学，2006年9月考入西安邮电学院，2009年6月加入中国共产党，2010年大学毕业后参军入伍，2010年6月任红军团通信连排长，2010年9月至10月在西安通信学院培训学习，2013年10月任团司令部作训股参谋，2014年3月起任三营炮兵连连长。夏霄同志读书期间多次获三好学生称号，到部队后因工作表现突出被师表彰为优秀基层干部，多次受到嘉奖，所带的连队被师表彰为践行强军目标先进基层单位。从夏霄同志的人生经历可以看出：夏霄同志的一生是乖巧听话、孝亲重友的一生。他出身于书香门第，父母都是老师，一直受到良好家风的熏陶。从小就知书达理、敬重长辈、孝敬父母、感情专一，从来就没有让父母操过心，一直是父母和长辈心目中的好孩子，结婚成家以来也一直是妻子心目中的好丈夫，岳父岳母心目中的好女婿。夏霄同志参军入伍后，团结同志，尊重领导，关心战友，特别是去年3营9连1名战士家庭遭遇重大变故，他不仅发动全连官兵积极捐款帮困，自己更是捐得最多的一个；2015年在西藏海拔5000多米的中印边境巡逻时，他为了帮助体弱多病的战友减轻负担，一个人背了3个人的食物和装备。他的这些感人事迹，深受领导的肯定和官兵的爱戴。夏霄同志的一生是好学上进、不断进取的一生。他从小刻苦努力，学习认真，成绩优异，在老师的心目中一直是个品学兼优的好学生。特别是他参军入伍以来，在工作和学习中，他总是充满激情，善于学习，善于总结，不断完善和充实自己，综合能力素质强，军事素质过硬，是官兵公认的优秀连长，工作表现一直受到组织的充分肯定。

夏霄同志的一生是忠于职守、敢于担当的一生。不管在哪个工作岗位，他始终爱岗敬业，尽职尽责，甘于奉献，很好地履行了每个岗位的职责和义务，圆满地完成了上级赋予的各项工作和任务。特别是夏霄同志因为参加上级的军事比武和中印边境巡逻任务时，两次推迟婚期，官兵听了以后都非常感动。夏霄同志的生前表现和不幸牺牲，很好地诠释了什么是忠于职守、什么是敢于担当。夏霄同志的一生是坚定信仰、追求理想的一生。他从小爱党爱军，立志以身许党许国，他始终坚守马克思主义信仰，坚定共产主义的远大理想，自觉做到听党的话，跟党走，党叫干啥就干啥，他用自己的生命和热血践行了一名共产党员的庄严承诺。他始终牢记强军目标，投身强军实践，为强军兴军献出了宝贵的生命，用自己的生命和热血厚植了老红军部队的光荣传统和优良作风，树立了新时代红军传人的精神丰碑，也实现了他参军入伍时面对军旗立下的铮铮誓言。

夏霄同志的生命虽然非常短暂，但他活得非常有意义。正如毛主席所说，为人民的利益而死，他的死比泰山还要重！夏霄同志就是牺牲在强军兴军的伟大实践征程中，就是牺牲在他的本职岗位上，就是牺牲在习主席提出的能打仗打胜仗的准备过程中，所以夏霄同志的牺牲比泰山还要重！全团官兵为你而骄傲！夏霄同志虽然永远地离开了我们，但是他的精神永远激励着我们！我们全团官兵要向他学习，学习他忠诚事业、敢于牺牲的革命精神，学习他兢兢业业、任劳任怨、严守纪律、顾全大局的职业操守，学习他模范带头、朴实踏实、为人正派、富有爱心的优良品格，学习他忠于职守、不惧危险、敢于担当的先进事迹。请夏霄同志放心，军改不管怎么改，红军精神永远不会改，为红军团牺牲奉献的先烈们的精神永远不会改。红军团90年的历史，就是一部用鲜血和生命凝聚成的光辉历史。我们一定会始终牢记和自觉践行红军团“四铁四无”的精神和“六个特别”的优良传统，一定会始终朝着“不忘初心、不辱使命，争创一流、走在前列”的红军传人奋斗目标阔步前进，在强军兴军的伟大历程中实现新的发展和跨越！

各位亲友、各位领导、同志们、战友们，我们一定要化悲痛为力量，努力工作，忠于职守，以此来告慰夏霄同志的在天之灵！夏霄同志的亲友们，也请你们节哀顺变，保重身体。

愿夏霄同志安息，一路走好！

听着这些“故事”，我的孩子，妈妈稍感慰藉。你走了，我必须勇敢前行，我将用余下的时光继续追述你更多的故事，让你的英气存留于天地之间！

2017.5.20

军魂热血化春雨

2017年3月12日的重庆，下着小雨，天，在哭。

“国失栋梁家失汉，军魂不朽浩气存。”“军魂热血化春雨，悲恸难舍寄哀思。”——夏霄同志追悼会。

花圈，纸钱，沉默的首长，流泪的战士。

世界，很恍惚……

追悼会完了，很短，蒙蒙细雨中，五尺男儿随烟一去，永不归!

我希望这是电视剧，我希望这是故事，可是，它不是，它是发生在你身上瞬间永不醒来的梦，也是发生在我身上永远的切肤之痛。

2017年2月28日，昆明的天气很晴，我照例去锻炼，洗澡，回家吃饭。我并不知道，其实这是一个黑色的日子，这是我的天塌的日子，你也不知道，突然的灾难要降临。那时，身为连长的你，正组织指挥保护你带的全连战士进行手把手的实弹训练，11点17分许，手榴弹在你的士兵手中准备投掷，这时，突然异常爆炸了。就这样，你倒下了，倒在血泊中，再也没有醒来。

那时，我不相信你会离开我。

晚上，我接到你受伤的电话。第二天一大早赶到你的身边，我没有想到，你已经躺在重症监护室的床上，等着与我做最后的诀别。

长歌当哭。

救治你的那几天，我一直在呼唤你，一直在告诉你：宝贝，你是妈妈的全部，是妈妈活着的理由，有你，妈妈的生命就有意义。我亲爱的宝贝，你一定要坚持，坚强地活着，我知道你伤得很重，但，我只要你活着，不管你用什么样的方式。只要你活着，妈妈就决不放弃你。只要你有心跳，有温度，你就是妈妈活着的儿子，你可以暂时不醒来，醒了也可以暂时不认识我，但妈妈认识你就行，再退一步，你一直醒不过来都可以，只要你活着，妈妈就可以看着你，倾听你的呼吸与心跳，可以抚摸你的脸，给你擦洗，给你翻身，和你说话，妈妈愿意用余下的生命陪着你，照顾你……

宝贝，你是累了吗？那你就睡一睡，可是，我亲爱的宝贝，你不能睡得太久，太久了，妈妈就老了，或者你醒来的时候就看不见妈妈了。宝贝啊，妈妈有你，就有世界，只要你活着，妈妈就永远陪着你，我相信，有妈妈的陪伴，你会醒来，是吗？加油啊！宝贝！

可是，九天的呼唤，九天的救治，你伤得太重了，我的呼唤与挽留，你的留恋与坚持，却敌不过生命的脆弱。最后，我只希望你能多延迟一段时间，一年或半载，用无意识的状态活在妈妈的身边也可以，这样，我就有机会照顾你，有机会体会累或疼爱的纠节。你实在坚持不下去了，妈妈也累了，那时送你走，那样的割舍会不会少一点疼痛？

可是，儿啊，什么样的机会妈妈都没有，一点都没有，重症监护室的病房是无菌的，有限的探视，我看着你满身的伤，看着那些救命的管，宝贝，我万箭穿心，你是怎样的痛苦？这样的情形，我却不敢哭叫，不敢抚摸你，宝贝啊，我的心肝，上苍怎么可以这样的残忍？

医生告诉我：你没有能力再坚持了，四十多片弹片穿入你的体内，九天的坚持，常人是做不到的，这样的坚持，也让你太痛苦。

天，塌了！

我最后一次来看你。

在你的病床前，你已经穿戴整齐，庄严肃穆，这时，无菌室里的你，不怕感染了，我把你的头抱在胸前，抚摸你的脸，抚摸你的眼睛，你睡着了，睡在妈妈的怀里……这是你长大后妈妈第一次这样地抱你，儿啊，你已经没有了温度。

儿啊，你天命绝，2017年3月9号的早上，撒手西归。

不知道为什么？这时我没有泪，没有疼痛，只感到了世界的幻灭……

长歌当哭，难舍你！

宝贝，我知道你也不想走，你舍不得爱你的，你也爱的亲人朋友；舍不得你关心的，也爱你的战友；舍不得喜欢你的首长。你知道吗？你受伤后，部队首长获悉后第一时间批示："这么优秀的战士，一定要不惜一切代价挽救，我要他活着。"

军内军外，医内医外，所有的力量，医学机器，全部调动，首长来看你，就在医院守着你，给你鼓劲，含泪说："夏霄，你要坚持，以你一贯的顽强的作风给我顶住……"

你的主治医生说："我从医几十年，从来没有遇到过这样的救治，希望奇迹能出现。"

宝贝，你多乖啊，首长的话你听见了吧？所以，九天的救治，你一直在坚持，你以顽强的意志在坚持。

可是，你伤得太重，很多器官都不能自主工作，要靠外部的力量。

你第二次病危的时候，我在重症监护室的外面，肝肠寸断呼唤你。下午，奇迹又出现了，你的生命体征又趋于平稳，可以转院了。

可是，你伤得太重，转院后的第三天，你再也没有力量挣扎，一次次的会诊，一次次的救治，主治医生流着泪说："最后一次看看他吧，他伤得实在太重了，他也很努力了。"

宝贝，你的离去，是所有人不愿相信的噩梦，你的营长说："在我身边，他是那样的生龙活虎，充满活力，有时我问他，有困难吗？他拍着胸说：没问题，你放心得了。在我的心目中，他就是一个好可爱的弟弟。"

首长说，你到部队后，因工作表现突出，被师部表彰为优秀基层干部，多次受到嘉奖，所带的连队，被师表彰为践行强军目标先进基层单位。你所在的部队，是具有优秀传统的部队，尖刀的部队。二十六岁不满，你就成长为"红军团""弹无虚发神炮连"第十五任连长，也是最年轻的连长，你的任上有无数的奖章。

你的士兵泪流满面："那时我刚入伍，很多地方不适应，连长像哥哥一样鼓励我，又像父母无微不至关心我。有一次我生病了，他夜间三次起来给我盖被子……"

"夏霄同志入伍以后，团结同志尊敬领导，关心战友，特别是去年3营9连一个战士家庭遭遇重大变故，他不仅发动全连官兵积极捐款帮困，自己更是捐得最多的一个；2015年在西藏海拔5000多米的中印边境巡逻时，他为了帮助体弱多病的战友减轻负担，一个人背了三个人的食物和装备。"

很多的故事，悲痛中的我，无力倾听。

宝贝：我还不知道，你成长得如此完美，这样男子汉，在我的心中，你却永远还是我心目中好小好小的宝贝，你回部队前的三四天，你在我这里吃中午饭，吃完饭，你在沙发上看手机。我洗完碗说："我想睡睡午觉，如果你困了，也去你的小房间睡睡，别在沙发上睡，被子妈妈刚换洗了的，干净着呢。"

我睡醒了，出了卧室，看见你还是在沙发上睡着了，我把被子抱到沙发上给你盖上，边摸摸你的脸边说："懒儿子，就不怕感冒。"

那时，你睡得正熟，觉得你的脸还是那样稚气……

在我心中，你只是我的儿子。

在战友的心中，你是他们的英雄。

长歌当哭。

"壮志未酬身先去，留取丹心照汗青。"宝贝，如果这本是你的宿命，如果这本是上天的旨意，那么，你用这样的方式诠释生命，让国家给你的死这样的定义，你也算无憾了。宝贝，天堂的路应该是无痛的，愿你一路走好。

2017.4.25

阴阳两隔菠萝香

霹雳一声天地裂，
瞬间母子阴阳隔，
清明夜雨打窗棂，
点点打到心如割。

原来，这些节，与你无关，有关，也不是你来办。因为，你的工作很特殊，这些节，你请不了假。

这些节，都是我来办。

外婆，爷爷，表哥，都在那边，他们的坟都在老家。

按老家的风俗，女儿不上坟。

每年的这些节，我就在楼下大门外的地上划三个圈，烧些纸钱，泼些水饭，以祭奠。

这些事，与你无关，我也就不会与你唠嗑。

距清明还有几天。

昨夜，你进入我的梦，背着我，穿着我看见过的那套深蓝色外套，有帽子的，半新不旧。

你没说话。

据说：去世的亲人进入自己的梦境，是不会说话的，自己却知道他（她）要什么。

外婆去世后的第一个冬至前几天，她也进入我的梦，也不说话，我却知道她是冷了，没衣服穿。

你背着我，没说话。

醒了，我也很清楚地知道了：你要吃菠萝饭！

我知道你平时喜欢吃。

你有点畏缩，好像是怕我不高兴？你还显得很茫然。

新去的你，很孤独吗？我的宝贝！

心痛！我阳刚朝气的儿，你怎么显得茫然与畏缩？

心痛，剧烈地痛，我的宝贝突然进入了我画的第四个圈，成了这些节的重要角色。

匆匆准备，很多的纸钱，去馆子买一桌饭菜，先把你们的装在盒子里。

掀开菠萝饭的盖子：紫米的，很香，又有浓浓的菠萝甜味。

好香！我舍不得动它，整个儿连着菠萝碗抱了回来，分发在你们的圈里。

你要吃的菠萝饭，吃过瘾了吗？

俗话说：儿子长大后，就不属于自己了，成人了，是国家的，成家了，是媳妇的……

现在，你什么都不属于了，只属于我。

要是知道这样的需求是以你的生命为代价，我永远不想要你属于我。

宝贝！我的儿啊！

心痛，欲裂！

2017年4月5日

无言说

这些文字，与文学无关，它只是缓解疼痛的一种途径。就像这久边吃饭时边流泪，在枕上边流眼泪边写。这些，都是心里流的血，这个时候，变成心灵的嘶喊。

很多时候，很感谢这些文字，坐在沙发上，仰着头，凝视着你黑框黑花的照片，你也微笑着凝视着我，夺眶的眼泪，模糊了视线，也模糊了往昔与现实的分界，你在微笑，似乎你并没有离开我，只是回部队去了，什么时候，你又会打电话来说："过段时间，我有一次休假，只是不知道是哪天。"

平时的每一次，听到了你可以休假的消息，我就等，一直等。直到我在微信朋友圈里看见玥儿很开心地发"夏霄小朋友接机准备"，我才知道你已经回来了。这时，我就笑。我知道，你回来时第一时间见的不是我，也不应该是我，玥与你，经历了这么多的等待与考验，才有情人成了眷属。天各一方的生活，不是每个女子都能接受的，所以，你每一次的休假，我都要把时间尽可能地给你们，不管你休假多长时间，你可以让我看见你一次两次就行了。

似乎，你并没有离开我，而且，你还是一个读小学三年级的孩子。

那年，妈妈被死神的绳拽到了地狱的门口，经历了生与死的较量，妈妈活回来了。可是，脑瘤开颅的手术却让妈妈丧失了文化的记忆，不但一个字也不认识，还因为语言功能的障碍，长达半年不能发音。就这样，口不能言说，字不认识更不会写，所有的痛苦不能表达。曾经因为仰慕妈妈喜欢妈妈而结婚生了你的爸爸，也不再爱妈妈。这时，妈妈又一次想到了死，是你，我的宝贝，你的呼唤让妈妈不忍离去。

在外公家的三个月，妈妈有了很大的进步。回到学校的家，是你，我的宝贝，放学后继续教我说话："铅笔""茶杯"……一字一顿，一个音一个音地教。

我能表达了，是你，我的宝贝，你又当起了我的老师，教我数数，教我识文断字……

就这样，妈妈活了下来，与你一同成长，一同学习，一同畅想未来……

无言说，无言说，儿啊，你畅想的翅膀却折断在空中。

宝贝，你这么年轻，这么帅气，身体这么好，这么有作为，这么有担当，发展得几乎是完美无缺，这个世界应该是你的。

我一直畅想：你以年轻人的轨迹生活，你工作，你谈恋爱成家生孩子；我以老人的方式生活，我锻炼买菜做饭旅游，你没时间旅游，我把旅游的见闻讲给你听，你给我的照片点个赞。

其实，我们一直在共同看世界。

你在创造与奋斗中畅想未来，我老了，完成了人生的步骤，你接着来，按部就班地生活。等你也老了，把你积累起来的精彩，与一般的老人一样闲庭品味。

可是宝贝，你在这么年轻的时候，在无限广阔的天空飞翔的时候，怎么就这样被一枪打下，根本就来不及反应，你的歌声在天空戛然而止。我也没有反应过来，我一直注目的天空，突然没有了你的踪影。

如果说，你与我之间只有一个人有资格活着看世界，那肯定是你呀，妈妈老了，妈妈什么都经历过了，什么都有过了，人生的悲欢离合，精精彩彩也都看过了，我死而无憾呀。上苍啊，为什么这样的武断，怎么就这样无商量？

也就是你太年轻，你正做着太多的事，根本没有时间好好看看应该看的世界，就突然消失得无影无踪，你太冤枉了，太可怜了，我的宝贝。

从此，我一个人看世界，看花开花落，还有什么意义？

你已经牺牲了一个月，我却一直不敢告诉外公，他还一直等着你醒来，他说："只要他还有一条命，等他醒了，就算他像你当年一样不会说话不识字了也不怕，当年他教你，等他醒了你教他……"

无言说，无言说。儿啊，你再也不会休假来看我，再也不会哪怕一个小时半个小时地在我这里晃一晃，吃个简单的便饭。那天，吃饭的时候，你说："妈妈，你做得太多了，够十个人吃了。"我说："你不容易在妈妈这里吃顿饭，妈妈恨不得想把所有好吃的都做给你吃了。"

晚上，你把爸爸和玥都喊来，一家四口吃了一顿团圆饭，谁能想到，这就是你与亲人的最后诀别。

儿啊，你当年给我创造了奇迹，让我在文字的支撑下，我们可以互相陪伴。今天，我想把奇迹也送给你，可是，儿啊，妈妈却没有这样的机会。

你还是凝视着我，你想妈妈吗？

吃饭了，我把饭菜放在你照片的下面，对你说："霄霄，吃饭了宝宝。"舅舅说："以后别喊他了，他已经越走越远了。"奶奶也说，你已经在极乐世界，无痛无忧虑地生活了。

真的吗？我的宝贝。

可是，妈妈真的好痛，好想你，好孤独。

我希望真的有天堂的存在，有灵魂的存在，这样，我仰望天空的时候，你会不会也低头看见我？你看见我了，会不会给我托个梦，告诉我你在天上过得很好。

妈妈没有了你，没有了一切。

现在，只剩下这些文字了，这是你帮我留下的。

留下文字，就是为了让我可以记住你吧？

那天，与你从小玩到大亲如兄弟的你的朋友来看我，他说："姨妈，我怎么也想不到，我身边这么好的人会说走就走，我也接受不了，可是没办法。你要节哀，你一直省吃俭用，都是为了他，他知道的。现在，你已经不存在省给哪个了，以后，你就为自己过过日子吧，你好好活着，他才放心。"

太多的安慰，太多的劝解，我也懂，我也体会了很多的温暖，可是，我的心，怎么还是这样的痛？那个时候，省吃俭用，我很快乐，因为有你。现在，不用节省了，可是，我的快乐寄向何方？

2017年4月10日

恍惚的人世

“有没有人星期天星期一星期二约足球？”

“先赞为敬！在线等约球。”

这是2017年2月17日，在昆休假的你，在微信朋友圈里发出去的邀请。那三天，你邀到了吗？

星期三，休完假期的你，回到了部队。

我一直在恍惚：我的宝贝不在了吗？你真的牺牲了吗？

从约足球到出意外，十天，仅仅十天，我的生龙活虎，爱球成精，身体如钢的宝贝，突然躺在了重症监护室的床上。

接到电话，我知道你受伤了，但不知道你伤到了什么程度，在飞机上，我有很多猜测，骨折了？划伤背了？跌跤脑震荡了………我赶到医院的时候，你刚刚苏醒，虚弱而顽皮地对着惊慌失错的我说：“妈妈真娇气，小题大做了。”或者，我到医院一两天了你才醒，你醒来的时候，我会激动得边流泪边笑，握着你的手：“你吓死妈妈了。”你会说：“妈妈对不起，让你担心了。”

作后者的猜测，我甚至要煽自己的嘴巴：这是不会的呀！

一万种猜测，我没有猜到：赶到你身边的时候，你已经用深度昏迷的状态等着我做最后的告别。

你那几天邀的足球邀到了吗？

恍惚……

你还抱着足球或篮球到处找球伴！

恍惚……

“夏霄同志追悼会！”挽联，花圈，流泪的官兵，怎么回事？

“同志？”“夏霄”这个名字是妈妈取的，那时，你还很小，它与“宝贝”是同名的，现在怎么与“同志”与“追悼会”联在一起？

“宝贝，你在做什么？”电话，短信，微信，我都这样地叫你，偶尔叫你“霄霄”“小夏霄”。

“妈妈，以后可不可以别叫我宝贝了啊，我都这么大了，肉麻……”

“哼，我就叫我就叫，谁让你总没时间来看我？哎，其实妈妈知道你太忙了，你是国家的人，由不得你，妈妈很想你却见不到你，就让妈妈这样叫你好吗？这是一种心情。”

“好嘛！”

还记得，你上初中的时候，你与其他孩子一样叫父母“我爹”“我妈”。不知道为什么？我却不喜欢你这样地叫我，总觉得这样生硬或大不敬？因为这事，我生了你的气，你知道了，就从来不叫我“我妈”了，而是很甜地叫“妈妈！”“妈妈！”直到今天。

你的孝顺，在点滴中，我在被孝顺中幸福，也在幸福中滋长任性。

恍惚……

宝贝：你出生的时候，就是难产的，经过抢救的你，身体不太好，爸爸妈妈经常带你去打针，但你却特别乖，两岁后打针就从来不哭闹，懂事极了。

你从小聪明爱动，可爱极了，可能就是因为爱动，从上小学一年级，你身体好起来，到中学毕业，好像从来没生过病。

你上了小学，那时我们住在学校里，同事们家与你上下年龄的男孩，在校园里像一帮顽皮的小猴子上蹿下跳，你扛着小叔买给你的气枪耀武扬威，校长看见了，逗你说：“不准打鸟嘎。”你就从来不在校园里玩气枪了，更不打鸟。

你与小朋友们在运动场玩耍，或在哪个角落弹珠珠，让我做好饭后到处去找你。在校园里，有时，你们也与中学的小哥哥们起冲突，那时，我与爸爸一样，总是不问情由，教训的总是你，还常常打你。其实，宝贝啊，你很活跃，却从来没有惹过事啊。

俗话说“严父慈母”。可是，妈妈却不是一个慈爱的母亲，总与爸爸一唱一和，对你要求太严格，甚至是苛求。学习上是这样，生活上也是这样，总对你要求太高，你根本没有得到一个独生子女得到过的娇宠。其实，是我们对你希望值太高，却缺乏起码的耐心，现在想想，我们根本不是称职的父母。

宝贝，你却发展得这么优秀，这么孝顺。

你第二次病危的时候，医生已经是以让我们向你告别的目的进入病房看你了，爸爸脸色苍白地对你说：“霄霄，原来爸爸对你太严格，态度不好，也很不尊重你，爸爸对不起你。”

这个时候，我看见你的眼角慢慢有泪下来，宝贝，你是听见了吗？你是感动于爸爸妈妈的道歉还是多年的委屈的诉说？你这么懂事与孝顺，我知道你理解了爸爸妈妈是吗？你舍不得离开我们是吗？也很想续父子母子的缘是吗？

爸爸赶紧告诉医生：“医生！他有感应的，他流泪了，他真的流泪了，救他！救他！继续救他！”爸爸也流泪了。

其实，医生也从来没有放弃过你，可是宝贝，你伤得太重，恨苍天无眼，求回天无术啊。

恍惚中……

你还在读小学，三四年级的你就渐渐表现出体育的天赋，瘦瘦小小却爱打乒乓球，还常常找爸爸一比高下，因为爸爸打乒乓球就是一把好手。

那时，你当然打不赢爸爸啦，因为你太小。

越打不赢，你越想打，可是爸爸是个工作狂，很少有时间陪你打球。很小的你，也找不到球友，手痒痒了就在家里一个人拿个乒乓球在拍上抬。

周末的时候，爸爸也会偶尔带我们去亲戚家。从幼儿园就与你在一个班的你的堂妹妹丹丹，只小你12天，她爸爸单位有乒乓球桌。爸爸带我们去的最多的就是丹丹家了，一去，你与爸爸在乒乓桌旁总是一耗就是一天。精干的爸爸，灵活的小子，在球桌的两端对垒。宝贝，这是你最神气的时候。

再就是收集乒乓球，叫什么“红双喜”的，是你的最爱，有一小箱，你生日的时候，收到一副乒乓球拍，是你最快乐的事。

后来，我们到了昆明，你也上初中了。

你对球就不仅仅是乒乓球了，篮球、足球、羽毛球，省城的学校，条件好多了，放了学，课余的时间，球场就是你的天地，你跳跃的身影无处不在，开运动会的时候，外校的小朋友看见了你参加长跑，还给你取了一个叫“飞毛腿哥哥”的外号。

上高中了，爸爸又时不时与你去打乒乓球。终于有一天，爸爸和你打球回来，气喘吁吁地说：“小子，打不赢你了。”

你那笑呀，爸爸妈妈有多高兴啊：我们的宝贝长大了！

你对球的痴迷，对运动的热爱，让你的身体从小时候的瘦弱变得非常英武强壮，成了国防身体。

宝贝：你还真的带着国防的身体，去保卫国家了，这是让人多么欣慰的事啊。

妈妈一直体弱多病，也很担心这样的体质会遗传给你。可是很幸运，爱运动改变了你的体质。妈妈有多高兴啊，一直以来，我对疾病已经司空见惯，有时，疾病又来袭，不免心烦。但又一想，只要我的宝贝健康顺利，我有一点毛病算什么？甚至常常向上苍默默许愿：如果还有什么疾病，都给我吧，只要我的孩子健康顺利，就行了。

我虽然身体不佳，但我很快乐，很满足，如在天堂一般幸福。

宝贝啊，你正壮志云天，雄心勃勃，怎么就突然倒下了呢？

上苍啊！你怎么就让世界这样颠倒？我的孩子是有用的啊，没用的是我呀，你怎么倒把他带走了呢？

天啊！我突然坠入了地狱………

宝贝：你那三天邀的足球邀到了吗？

恍惚！这恍惚的人世……

2017.6.23

你是我的灵魂

那一颗清澈的心，透明着我们的灵魂。自从你懂事，准确地说，是你上了高中以后，你我就如朋友与知己。你青春的动态，我一览无余，与你谈心，聊天，你没有太大的压力，你愿意把你的想法告诉我，包括你萌动的情愫的心怀。不是我引领你前行，而是我们共同领略生活的心情，不是母子的身份，而是朋友的共融，所以，我们开一扇心灵的窗，所以，我们没有多少秘密。

高一的时候，突然有一天，你神秘兮兮地问我："妈妈，你和我爸爸结婚以前，你有过喜欢的男生吗？"

"没有！"我垂着眼帘回答。

"咦——撒谎！不老实！"你龇着牙与眉眼，作明察秋毫状。

"其实，有过。只是我们那个年代太单纯，我又太内向，感情都装在心里不表露，毕业了，也就结束了。"我坦白了我那段很短暂的也叫"初恋"的往事。

"我就说，像妈妈这样又美丽又有才又善良的人会没人喜欢？才是怪！"你有些得意。

"其实妈妈一点也不招人眼，那时家里条件不好，都穿补丁衣服，所有的心思都放在读书上了。初三的时候，有一次去班主任家提开水，我和几个女生围在班主任的炉子边烤火。其中一个女生告诉班主任说我们班某某与某某谈恋爱好久了你知道吗？班主任说我早知道了，还找他们做过工作了也不知道这久怎么样了。那时我莫名其妙，说我怎么不知道这件事？班主任笑着说，你王怀香么你这小憨包，除了读书你还会知道什么？那时，我真的太单纯了，班主任对我是一种赞赏呢。"我也得意了。

"这我相信，完全相信。"

这次的聊天，暂时没有下文，只是我发现你比原来更爱干净整洁了。

你从小就很独立，四岁就一个人睡自己的小床。从读初中，你就不要我整理你的小房间，说我弄了你的用具你找不到。所以你的小房间，你的书桌，偶尔乱乱的，但一段时间，你就会定期收拾，弄得干干净净，整整洁洁，书本齐齐的，用具齐齐的，玩具齐齐的，书桌，地面，干干净净的。

读高中后，你就不要我为你洗衣服。你爱白色，白色的外套，白色的体恤，白色的运动裤，白色的运动鞋，白色的袜子，你都手洗，用刷子刷得白刷刷的。

不用说，我知道，我的儿子长大了，知道臭美了，那一蹿啊，你长成白净高挑帅气的小伙，你会成为女生心目中的白马王子。

你读大学了，你与玥相恋了，异地，很苦。我问过你："这样的情形，你们，能坚持吗？"你说："一定！我不想让我爱的人承受像你一样的失望与痛苦。"

这样的坚持，让我很感动：重情！专一！这才是我的儿子。

在这个薄情的世界，有你这样深情的男生，有你这样浓情的真情，我很欣慰，很自豪。纵然我没有爱，却有你，也许，这是上苍对我的弥补吧，我想。

于是，我唯一能做的，就是对你全心地支持。你的工作很特殊，没有时间照顾你的爱人，我就想尽可能替你多关心玥，于是，我爱我的儿子，也爱儿媳，当女儿一样地爱。我去旅游，都给女儿带礼物，她的生日，我给她红包，过年，我给她压岁钱……这一切都是，我真的很喜欢她。

我对玥没有过要求，只有喜欢。

这一切，我却没有对你做过，对你更多的是要求。这样的忽视，不是不爱，而是因为我认为你是个男人，母子之间没有必要这样卿卿我我。我与玥，婆媳处得好，如母女，你就省心。

我发现，我这样不一样的处事，处对了，因为这些年，我发现你更爱我了。

我多欣慰啊，我拥有你，就拥有全世界，其实我是世界上最幸福的母亲。

你是我的灵魂。

很多时候，我们没有秘密。

我的心情，我的情感，我的秘密，我都向你说，我都跟你聊，你长大了，更成熟，更稳重。每次，你静静地听，只要我快乐，你就安心。

你从小就很懂事。我们的很多朋友都说，你是他们看着长大的，在独生子女中，他们都说你是最懂事最逗人想的男孩：总是笑眯眯的，又有礼貌。是的，我也记得，读小学的时候，如果有客人来访，大人却不在家，你就知道先招待客人，给人家倒水，跟人家说话。所以，一直以来，亲友们都很喜欢你。

你从小就很善良。

1998年吧，宣威发生了地震，城里有很明显的震感，有些乡镇的房屋倒塌了。那次的地震发生在白天，傍晚，有小道消息说，晚上还有更大的余震。爸爸担心你的安全，就让我带着你回老家奶奶家去了，因为奶奶家的房子低矮一些，相对安全。

在车上，你才知道回老家的原因，你一直哭，我问你怎么了？你说："我们知道晚上还要地震，回家了，安全了。可是，学校里还有多少人不知道啊？城里还有多少人不知道啊？怎么办？怎么办呀。"

我告诉你说："爸爸也在学校，他是领导之一，如果有什么情况，他会和其他的领导一起通知师生们的，会带着他们撤离的，城里的其他人也有他们的领导，他们也一定会安全的。"

我反复地安慰你，你才不哭了。

你小学毕业，爸爸刚好调到了昆明的一级一等完全中学，你以优异的成绩也考入这所学校，你因为入学考试是班上的第一名，家长会上，班主任还让我在大会上发言呢。

初中，高中，大学，你一如既往地爱球，正如你的战友所说：你太爱球类了，什么球都打得太好，又有亲和力，所以，一入大学就是体育委员。

你身体越来越好，成绩也越来越优异，多次评为三好学生，后来又当了班长，入了党。

你是国家的栋梁，是战友们心目中的榜样。

你很优秀，你真的很优秀，旁人知道。可，家人反而看不见，不知道，总还说你不懂事，太多的不满意与责难，总这样那样也苛求。

都是因为不爱我呀，把所有的不公平，让你来替我承担。宝贝，因为妈妈的弱，让你承受得太多，其实，你的人生并不快乐。

你在郁闷中担当。

你很担心我，希望爸爸回心转意，让妈妈有个归宿。我说：算了，没有爱的眼里，对方是没有优点的，都是缺点。在一厢情愿的情况下，再多的努力与付出，都没有意义，算了，妈妈有你就行了。

这些年，妈妈不再希望，你也不再强求。可是宝贝，妈妈看见了你的无奈你的累，深深的孤独，却无法言说。

你在无奈中扛起担当与孝顺，害得你每次回来时都要东跑西颠，顾了这头顾那头。

宝贝，你是累了吗？你是厌倦了吗？

我一直以为，我用我自己的性情引领你，让你有了我太多的相同的个性，是我的欣慰与成功。其实我错了，是我把世界看得太美，太天真，太多的相信了所谓的真情与善良，以至于为一句别人的戏言就当真，就傻傻的可以去赴死。

现在想想，我宁愿你不要这么完美，宁愿你有很多的缺点，甚至自私一些，无情一些。这样，老天就不会喜欢你了，就不会因为妒忌你而把你招了去。

现在，只剩下我了，灵魂跟了你去，切了心肝的躯壳，在天地间无力地呻吟。

2017.5.9

何处寻你

抽完血，从医院出来，马路斜对面就是公交车站。

横过斑马线，站在了站牌旁，等车。

要坐的公交车从身边走了，三辆。

看见了，却是走了才反应过来，追不上。

木讷！空白！

满脑子只装着你的身影。

总算坐上车了。

这个站，上来了一个小伙子，很年轻，白净的脸，轮廓很好看，带着微笑，单肩挎了双肩包，用左手扶着包带，在前排的座位上坐了下来。

很周正的帽子。

很干净的衣服。

似乎嗅得到那绿青草的芳香。

这是一身迷彩服，这是一个很年轻的小战士，他笔挺地坐着，目视着前方，看得清楚那充满朝气的侧脸。

又到站，又有乘客上车，小战士灵动地从过道的座位挪进靠窗的座位。

小战士还是笔挺地坐着。

他是休假回来吗？还是奉命出来办事的？

是一种感知？还是什么？小伙子回头看了我一眼，数秒的一眼。

这一瞬，我觉得好像好像好像他就是你。

好想好想摸摸那身迷彩服，好想好想抱抱那个小战士。

可是我不敢，怕吓着人家。

小战士下车了，单肩挎着双肩包，用左手扶着包带，下车了！

公交车又开动了，我扭过头，一直一直目送着那一身灵动的迷彩，直到看不见。

我忍住了吓人的举动，却终忍不住奔涌的泪水………

2017.7.26

无处可逃

前世，你做了什么？要让你今生这样的努力与奋斗。年轻的你，用汗水与辛劳，用无数的业绩，来给世界以交代，来还前世的债？千百的苦，还不够吗？终要付出生命才罢休。

前世，我做了什么？疾病，丧母，家散，还不够吗？终要让我白发人送黑发人，母子阴阳两隔才罢休。

投人一世五十有三，悲欢离合，喜怒哀乐一世间，春花秋月看惯，一切的，是常规，因为有你俱欢颜。

五十三载一瞬间，你带走了一切的自然。

从你出生，我的一切就都与你有关，我陪你成长，你陪我变老，习惯了等你休假，习惯了向你任性，也习惯了骄傲地向人谈论你，谈论我优秀的儿子。

可是，你走了，我的世界没有了。

我也想接受亲人朋友的关心与安抚，也想走出去看世界。然而，出来了，却无论在何时，无论在何地，谈天，说地，离不开谈孩子，离不开谈家，可是我没有，都没有，我谈什么？

在家，难过！出去，难过！这个世界不是我的，我无路可逃。

也奇怪，还可以正常地吃饭，正常地睡眠，有时想想，这样的情形，还吃了干什么？还活着有什么意义？

2017.7.28

情怀之一——母子之间

那年，你大学毕业去了部队，一去就是三年，与爸爸妈妈与你的恋人都没见过面。天各一方的日子，电话短信都很少，因为你特殊的工作。在这样的情形下，小人物的我，再无法有很高的觉悟与很响亮的口号。甚至，很多时候开始后悔让你做这样的工作，可是没办法，我只好天天祝福你一切平安就行。

三年后，你有了第一次假。你长大了，英武潇洒，气质非凡。像舅舅说的：站有站相，坐有坐相，是个真正的军人，这小子太让人满意了。

那个时候，你已经是连长了。

又过了一年半，又是你休假回来，这次，你与我有过一次长谈。

“习惯了吗？”我问你。

“早习惯了，那几年真的不习惯，说实话，在我们的家庭里，我并没有吃过多少苦，突然过起了没有节假日，没有周末，常常加班加到凌晨五六点钟的日子，这是什么样的概念？”

“不过……”你顿了顿，“我从来不带着情绪去工作，我想，既然来了，就要安之，还难说是天将降大任于我呢。”你顽皮地笑了。

难怪，再苦再累，你很少跟我说。

“如果说那时是一种自嘲的自我安慰的话，但当了连长后，又是另外一种心情了。面对一个一个的个体，他们大多数都比我小，也都是人家父母的心肝宝贝，我是他们的连长，也就是他们的兄长，我不带好他们，就对不起他们的父母和他们，也对不起我自己。后来，有了点成绩，就连连得到嘉奖，我又想，如果我不把工作做好，就对不起首长的信任与鼓励呀。你也知道，来到部队并不是我最喜欢的初衷，但现在，我真的很爱我的士兵我的连队。哎！连我也不知道这是什么样的心情了。”

“变成一种情怀了吧？”我说。

“对对对，还是妈妈用词准确。”

那次的谈话，妈妈好欣慰。我不知道什么叫觉悟，作为一个20多岁的80后，我不要求你把你的感受提高到政治的层面，而喊很高的口号。可是，你的情怀，你所做的一切，已经说明了一切，我觉得，这一点更像我，你不愧是我的儿子。

所以，你受伤后，全军对你的救治，需要血液时，官兵一致不留姓名的奉献，一管一管的鲜血输到了你的体内，也说明了一切，整整九天的救治，没有留住你的生命，首长的痛惜，战士们悲痛的眼泪，我知道了你是如何让他们怎样的喜欢与爱戴了。

再不用苍白的口号，只“士为知己者而亡”，只为你朴素的情怀，你是我的儿子，我更懂你。

很多年前，一个很年轻的警察因为跳进江流追捕罪犯而牺牲，在学习他的英雄事迹的大会上，悲痛的父亲说为儿子骄傲。事后，有人觉得这父亲是不是有点言不由衷？儿子英年早逝，还骄傲得起来吗？

现在，我理解了，你牺牲了，我无法不悲痛，就像那位父亲一样，但也理解了这心情是真的。只有同样经历过的人才有同样的感受：时间可以流逝，时事可以淡忘，可是情怀永远淡不了，那是因为你们共同的那份朴素的情怀，它让我们感动与欣慰。

孩子，我的宝贝，为你献血的官兵，我一直想知道他们的姓名，可是他们没有留下，我也不再追问了。只是，妈妈告诉你：他们是爱你的，祖国是爱你的。

你用鲜血与生命捍卫的祖国，必将繁荣昌盛，必将和平。如果战争免不了，你一定会保佑你的部队你的士兵天天打胜仗，天天凯旋，让一切来犯之敌滚回去。

这是一种情怀，你我的情怀。

很多时候，情怀，是一种精神的支柱，一种力量。很多时候，就为了这份情怀而活着。

2017.7.26

情怀之二——一幕

天气很冷，与妹妹、外侄女来吃火锅。

来了四个男孩子，二十出头的样子，有两个的棉衣挎在胳膊上，有两个的穿着。

他们走到相隔两张桌子的地方，搬动椅子，坐了下来。

我刚好正对着他们，可以看得见那身迷彩装。

四颗小脑袋不时地转动，互相交谈着，还看得见面向我的那两个，两双大眼睛忽闪忽闪的。帽子很周正，脑袋一动，帽子上方的红五星就一闪一闪的。

菜好了，四颗小脑袋往碗里凑，吃得很欢，像饿了的四只小虎，小嘴巴稀里稀里地快速运动。

他们吃得好可爱。

好一副率真的吃相啊，他们真的是饿了。

我忘了吃，静静地欣赏着，微微地笑了。

似乎，这些孩子，都是我的孩子。

店里，有了一股寒冬中的暖流，一丝春的气息。

就是这么纯这么小的孩子，却是国家的栋梁与长城。

素昧平生的孩子们，我却觉得好亲切，好爱你们!

2018.2.5

情怀之三——缘分

没有命令，没有任务，不关上下级的关系，他们来了。

风尘仆仆，千里迢迢，不畏艰辛，他们来了。

没有阵容，没有仪式，没有章程，他们来了。

只来赴一个阴阳的宴，只来做一场宇宙中灵魂的交谈，来把思念的疼痛得到一点舒缓。

“连长，我来看你了！”

“连长，我们来看你了！”

学校的寒假将至，学生们纷纷在考试。

“阿姨，好久没联系，你还好吗？”是郭聪。

“我还好，聪聪，你们要考试了吧？”

“快考完了，明早最后一科，阿姨。”

“哦。”

“……”许久没言语。

“阿姨……”郭聪似乎欲言又止。

“聪聪，有事吗？”微信上，我发过去问。

“……”又是许久没言语。

这久有点忙，我关了微信。

再打开微信的时候，有郭聪的留言，好几条：

“考完试，我想去看看连长。但，没去过，怕找不到，也不知道叔叔的联系方式。”

“对不起，阿姨。”

“我不该提这事的，阿姨。”

“阿姨，你在昆明吗？你还好吗？”

“……”这孩子，像是他做了错事似的，像是我在生他的气不理他一样。

我赶紧给郭聪回微信：“我在昆明的，我没事，这是叔叔的号码。”

其实，有些伤，明知撕开来会很痛，却就是想撕开来看。因为这些伤口里，有太多的故事，有太多的情节，如果没人来读这些故事，那，故事的主人翁也就被人忘记了。

我感谢这孩子，感谢他重情重义记得你，我伤口很痛，却痛得温暖。

我又与你的爸爸说了这件事，他也很感动，立即安排了日程。今天，他开着车带着我们一起来看你。

还有彭超，他还在部队，现在是个班长，刚好休假，也赶到了昆明，我们一起来了。

"连长，我来看你了。"

"连长，我们来看你了。"

轻轻地呢喃，似乎怕惊扰你的梦。

静静的山，静静的墓前，一阵微风，我相信，你听见了战友的呼唤，你还是醒了，是吗？

时空穿越，你在接待你的战友，是吗？

郭聪，彭超，两个二十出头的孩子，仰望着你的照片，泪眼朦胧，定定的目光，婆娑的泪眼。我知道，太多的故事，此刻却没有语言。

我走开了，走到土路上，背过身去，佯装看后面的山。

我要给他们时间与空间，让他们和你说说话，我要允许让他们把克制不住的泪流一流。

谁说男儿有泪不能弹？

今天，你的两个叔叔、婶婶，你的姑姑姑父带着考上了大学、刚放寒假回来的表妹也来了。

一大家子人，很热闹。

今天，你的微笑很淡然。

离开墓地，我们到了三叔家，三婶、大姑做饭的间隙，暖暖的炉火边，二姑含泪与郭聪、彭超说起你来："他是家里的长孙，大家都很宠他。他呢，也很出息，成了弟弟妹妹们的榜样；他带弟弟妹妹们可好了，是他们的主心骨、保护伞，弟弟妹妹们什么事情都要问哥哥，弟弟妹妹们完全是他的跟屁虫。"

"谁能想到，他突然出事了，他出事前几天，还给妹妹买了一个杯子。"姑姑继续说，"他出事的时候，二叔家的儿子——他的弟弟与这个妹妹正在准备高考，听说哥哥牺牲了，哭得天昏地暗，哭着跳着一定要去重庆去送他……"二姑说不下去了。

"在部队，他就是这样对我们的，阿姨。"彭超开始说起你。

"我是2013年9月份入伍的，连长2013年12月份来我们单位蹲点，我负责他的生活。到了2014年3月，他来我们连当连长了，我继续负责他的生活。两年后我转了士官，两年中，是他陪着我在成长，我来当兵的时候，才16岁，懵懵懂懂，他真是关怀备至。我苦闷想家的时候，他就给我讲他当新兵时的故事，帮我缓解思乡之苦；我生病受伤时，他嘘寒问暖、细心照料；为了让我爸爸妈妈放心，他还专门给他们打了电话。连长是唯一亲自给我爸爸打过电话的领导……”彭超眼睛红红的。

我想起来了，那天，首长给你致完悼词后，又来了一个小战士，脚步沉重、满含悲伤地走上前，向你深深地鞠了好几个躬，然后，哽咽地读完了他自己写的悼词。

那天，我什么都没听清楚，只记住了“彭超”这个名字。

“他对我们可好了，也很严格。我犯了错误很严重的时候，他也会吼我，吼起来可凶了。”彭超笑了，又含着泪。

是的，我知道，你是个急性子，干练、果断，脾气有时也很火爆。

“是的，他对我们太好了，我来当兵的时候很不习惯，新兵是没有春节假的。那年，连长结婚了，有了一次春节假，他休假回去过春节了。我就在部队里，春节的那天，他给我打电话，让我接快递。我以为是他的快递让我替他取，拿到快递了才知道是他寄给我的春节礼物。那种惊喜与快乐，让我一下子忘了身在异乡的孤独。”郭聪说。

“他爱打球，业余的时候常常带着我们打，打得可好了。”郭聪接着说。

“他也爱打游戏，有段时间不太忙，他就和我打，我陪着他打。他有时也有些霸气，但与他在一起，真的好快乐。”彭超说。

其实啊，你也还只是一个孩子，孩子与孩子在一起，才是青春。我生龙活虎的儿子啊，你一下子成了故事。

我突然悲从中来，跑出了门，依着大门外面的墙，号啕大哭。

彭超些许是发现了我不在屋里，跟出来，把我抱住：“阿姨，阿姨，以后，我就是你的儿子，你就把我当成你的儿子，好吗？我现在就叫你妈妈，妈妈！妈妈！”

一声声的“妈妈”，我的头依在彭超的肩上，渐渐停止了哭泣。

很痛，也很温暖。也许，上苍把你带走，也觉得太过分，却还不回来了，就把这些孩子送来给我了。

我们回到了昆明，郭聪回家了，彭超回了部队，我还想听关于你们之间更多的故事，彭超就把那篇他自己写的悼词发了过来。

……训练中，我快坚持不住时，是您给我加油鼓劲；那年，我们在海拔近5000米的边境线上巡逻时，我和另外一位战士出现高原反应，呼吸困难、行动迟缓，您及时进行处置，帮助我们携带物资，还一路鼓励我们，说保卫祖国边疆是我们军人的职责，再苦再难，也不能放弃。最终，我们历时三天，跋山涉水七八十公里，顺利完成了巡逻任务。有一次我膝盖受了伤，您把您的护膝送给了我，我至今还保存着呢。西昌执行任务时，每天要走30公里的路，我们携带的东西比较多，很辛苦，在稍做休息的时候，您就给我按摩——有哪个单位的领导会给自己手下的小兵按摩放松的？这就是您呀！那天我哭了，只是您不知道——我是觉得我不能给您丢脸，才不让您知道，但那哭是幸福的，因为您让我感受到了虽然在部队却有家一样的温暖，让我感受到了在外也有人照顾的感觉。

在连队的1029个日日夜夜，您与大家团结一心，摸爬滚打，同甘共苦；野营拉练您身先士卒；强化训练您从严从难，谈心交心，您家长里短。

那年，我连参加对抗演习，连续1个多月的时间，您带领大家每天早出晚归，徒步行军五六十里，挖工事、练战术，晴天一身汗，雨天一身泥；实弹射击期间，白天，您始终坚守阵地，打方向，量距离，反复演算，晚上，您加班加点查资料，做统计，汇总成果，带着我们完成了一个又一个艰巨的任务，我们连因而评为弹无虚发连的标兵。

一切的一切，点点滴滴，如在眼前。

就是有了您兄长般的关心和帮助，在你的引领下，我迅速从一名普通青年成长为一个合格的战士……

连长，您常说：军人以牺牲奉献为荣！和平年代，练兵场就是战场，实战训练就是打仗。

您说：人生自古谁无死？马革裹尸是英雄。连长啊！今天，您的牺牲就是最好的证明：您用生命诠释了当代革命军人的核心价值。连长，请您放心，我们一定铭记您的教诲，化悲痛为力量，严格要求，刻苦训练，继续前行。

别了，我的连长，别了，我的领导，别了，我的战友，别了，我的兄长，别了，我的良师益友，愿您一路走好！

声声的道别，无奈的难舍，谁能体会在生死疆场上结下的情义是如何的深厚？

“叔叔阿姨，自古忠孝两难全，连长走了，我连81名战士就是你们的儿子，你们的健康和快乐，是儿子们最大的愿望！你们一定要保重。”

你与我母子一场，情是何等地深？缘，却这样地浅，情深！缘浅！奈何天？你的牺牲，让我措手不及，让我一下子如同掉进了一个无边的黑洞。

窒息的我，口不能喊，手无处探。

“妈妈，妈妈。”一声声的呼唤，在黑洞里，我听见了光的声音，有很多很多的孩子，他们把手伸了过来。在重庆时，把两岁的孩子放在家里，十二天寸步不离照顾着我的军嫂蒋丽，她伸给我的手，从来没有松开过，还有好几个经过蒋丽而加了我的微信，一直在关注我、鼓励着我的其他军嫂。

如果说，缘分可以替换的话，那就是你开的先河。原来我并不认识他们，他们都是你圈子里的人，我连圈外人都不算。可是，这么大的圈子，你却退了出去，让我替你进来了，我一个一个地认识了他们。我相信，逐渐逐渐，会认识更多的人，这都是我的孩子，他们在代替你给我问候，给我祝福，我也把我的牵挂与祝福送给他们。

其实，你并没有走远，你与我，你与他们，缘，并没有散。天堂的你，一定在远远地看着我们，天地和融，灵魂交汇，你一定会与老一辈的先烈们一起保佑我们，保佑我们的国家繁荣昌盛，永远享太平盛世！

2018.1.30

精忠报国儿女情也长

都说，母爱可以创造奇迹，宝贝：是不是妈妈不够爱你？你伤得很重，头部受伤太重，肺也不能自主呼吸。救治你的那几天，我想向医生询问：肺可以移植吗？只要可以，我一定要把我的肺给你。但爸爸说，没听说移植肺的呀。正在想，你的情况有了好转，给你转院了。这时，我相信了母爱真的可以创造奇迹。

那几天，我一直在向上苍请求：作为母亲，哪怕我原来做得不够好，现在，我愿意用我余下的生命交给上苍，来换回你，这是妈妈欠你的，你活回来了，哪怕你只是一个植物人，只要你活着，你的生命就有意义。妈妈走了，还有爸爸，他会照顾你的。

可是，转院后，你又出现了不可逆转的问题，还是走了，让我没有了任何机会：没有机会让我证明"母爱可以创造奇迹"这句话。

宝贝，是不是真的妈妈不够爱你？是不是你也觉得妈妈不够好？你失望了，不想要妈妈救你？

宝贝啊，其实，你是太爱妈妈了是吗？你不愿意用妈妈的生命换你，你才走了是吗？

你很尽忠，因为你是一个忠肝义胆的人；你也很想尽孝，因为你也是一个孝子。

你没有机会向妈妈告别，没有机会表达对亲人对人世的留恋，其实，前几年你已经就把对妈妈的不舍与担忧告诉了你的战友了。前几天，你的这个战友给我打电话，他说你们是不同寻常的战友，他说在他的记忆中，你是一个太沉稳的人，只有你们两个才会互相说私房话，也会像开玩笑似的谈起人的生与死，互相说，你们两个，假如其中哪个牺牲了，活着的这个一定要去看望牺牲了的那个的父母。

战友说，当时你们谈这个问题的时候，你显得很坦然：军人嘛，难免会有牺牲，你只是太牵挂妈妈了，妈妈身体不好，又和爸爸分开了，妈妈太可怜了……

"阿姨，怎么我们的戏言成了真？同样的战友，同样的情，如果我们两个之间注定要牺牲一个，为什么牺牲的是他而不是我……"

"……阿姨，事已至此，没办法，你一定要坚强地、好好地活着，这样，才不辜负他的希望，我也才有机会来履行我的诺言。阿姨，我一定会来看你，你要听话，好吗？"

听着如你一样的声音，你也在听吗？宝贝！你也在听你那时的托付吗？

你从军七年，我一直想来你的部队看看，感受一下你的军营生活，可是你总是显得很为难。后来，我才了解：你所在的部队是野战部队，保密性质也很强，为了祖国的强军兴军事业，你们常常是南征北战，艰苦异常。

于是，我打消了要去你的部队的想法，不再提。

去年，你对我说："妈妈，你不是一直想去我们那里看看吗？等我下一次休假，我先向首长汇报请示，获准了，我就提前几天收假，带你来我们这里看看好吗？"

我想了想说："算了，我不想去了。"那时，你看了看我，没说什么。

这一年，我自己去其他的地方去旅游，没再提去部队的事。

儿啊，你是不是认为是妈妈生气了？说不想去了的话是在赌气？所以，你用生命邀请妈妈来了，用生命来满足妈妈的愿望是吗？其实，我那天回答你的话是因为了解了你的难处了啊。

妈妈来了，宝贝！妈妈看到重庆了：重庆很美丽，吃食丰富多彩，你们部队的军人英姿飒爽……

我看到了，都看到了，但我也知道，军人的生活，是少有时间与机会在餐馆好好品尝美食的。这段时间，我在这里好吃好耍。可是，儿啊，这一切，你却不参与了，你一个人十几天地躺着，让你的首长，战士们，对我前呼后拥，作为贵宾来招待。儿啊，这是妈妈想要的吗？要是知道，妈妈为什么要来？为什么想要来？我为什么要为难你？

你最后一次休假，时间很短。那时，我不知道你要休假，旅游去了。过了一个星期，我回来了，你开着车从车站把我接了回来。那期间，你去看了你的爸爸，你的姑姑，你的叔叔婶婶，还把家里的小弟弟小妹妹们全部邀请到你的家里，给他们做饭吃，给了他们钱。奶奶还在老家，你没时间去看了，就留下钱请姑姑转给奶奶。

我回来后，你带着玥，请两个妈妈看了一场电影。

你要回部队的头三天，让爸爸和玥儿都来妈妈这里吃了一顿团圆饭。

这些事，都是你与亲人的最后一次。

宝贝，这是不是你冥冥中的安排？你是在尽最后的孝心？天哪！你就这样走了，八十四岁的奶奶把你给她的钱，拿来为你超度了，你知道吗？

你终于忠孝两全了，宝贝，你用生命做到了。

重庆，却成了断肠的地方。

2017.6.27

活着想你

我以为我很坚强，世人也说我很坚强。

我真的很坚强!

我经历过很辛苦的求学之路，经历过谋生的艰苦，那些都是正常的；我经历过疾病的无数折磨，经历过突然失去母亲的痛苦，经历过家庭的变故，这些都是正常的。

一道道烽火线，一道道地冲。累过，哭过，可，我信念不改。

我真的很坚强!

可以冲破所有的烽火线，因为有你做我坚强的后盾。

可是突然间，你不正常地撤走，撤走了我最后的盾牌，我掉进无边的黑洞。

我才明白，我所有的坚强，都来源于你!

你撤走了，我的天黑了，永久地黑了，我找不到出口。

二十九年的母子，二十九年的共同岁月，摄取了生活的方方面面，随时随处的回忆，成为不可触碰不敢触碰的伤。可是，又无处不在，无时不在。于是，除了泪，我不知道我还有什么？很多时候，我不知道我还有没有活下去的勇气?

“姐姐，为了活着而活着，为了怀念而活着，除了你，在这匆忙的世界，还有谁像你一样每时每刻在想他？如果连你也不在了，他就真的会被这个世界很快地遗忘了，姐姐啊！你一定要活着，坚强地活着，知道吗？为了想他，也要活着！”

舅舅的话，似乎，有道理?

真的，为了想你，为了怀念你，我想活着了，这个时代，已经不是崇拜英雄的时代了，我不是在怀念一个英雄，我也不需要把你当成英雄，你只是我的儿子，好儿子，我只是在怀念我的儿子，为了怀念，我要活着，哪怕每天都很痛，哪怕还有流不完的泪。

挣扎地活着的日子，已经不叫岁月，而应该叫光阴吧？太多的过往，跳到眼前，伴着以后的光阴，其实你也在陪伴着我，伴我老去，你我共同走过的路，共同经历过的一切，都可以在来路中延伸。

你带走了未来，却留下了回忆，这些回忆，会伴随我的一生，成为我生命中最大的寄托。

守着这些，我有了活下去的理由：活下去，梳理这些回忆。

你还很小，两岁左右，很可爱，已经听得懂“人话”了。很晚了，你总不肯睡觉，是白天睡多了吧。我上了一天的课，又带你，很累，很困，我把你按在床上，让你睡觉，可你总是翻腾，淘气。我说：闭上眼睛睡觉好吗？你不听话妈妈就哭了，边说边做要哭的样子。

你就乖乖地闭着眼睛。一会儿，你悄悄地睁开眼睛偷看我，我发现了，又做要哭的样子，你看见了，赶紧又闭上眼睛乖乖地躺着。

一会儿，你睡着了，躺在妈妈的旁边睡着了。

真好玩啊！你真的好可爱……

那年，我生病了，没有上课了，春游的时候，工会的领导还是邀上了我。我带上了你，在车上，你晕车了，很难受，头痛，脸色苍白，后来还吐了。

可是一下车，你就把我的包接过来挎在肩上。同事们都说："这么小的孩子，知道照顾妈妈，真的太懂事了。"

那时，你刚刚十岁，后来的日子，只要你和我在一起，给我挎包，一直是你的习惯。

你读大学了，有一天，我突然收到包裹，是你从学校寄来的，打开包裹，是一把很精致的梳子，谭木匠的。我给你打电话，说梳子收到了，同时开玩笑地问："你怎么想得起来给我买礼物？也给玥买了吗？"你有点不好意思地说："都买了，妈妈，说实话，原来确实不懂事，不知道感恩妈妈，谈恋爱了，才想起来妈妈才是最应该首先感恩的呀。你们都是我最爱的人，以后的礼物，都一样。"

我好欣慰啊，我的儿子从一个男孩变成了一个懂感恩有担当的男子汉了。

你已经大三了，快要五·一节的时候，你给我打电话，说："妈妈，五·一节你来西安玩吧，我带你看西安。"

"算了吧，以后再说。"我有点犹豫。

"我明年就毕业了，我毕了业，你就不方便了，趁我还在西安，熟悉。"你说。

"又要花很多钱。"我还是犹豫。

"不用你的钱，我有钱的。"电话里，你很得意。

"你哪儿来的钱啊？给你的学费、生活费一直都很紧啊？"

"部队每年发给我们的补贴从原来的五千元，今年变成一万元了，多出来的五千我一直留着呢，就等你来旅游了，我这就给你订飞机票好吗？"

"那，好吧，不过，我不用坐飞机，时间还长，我就坐火车来，还可以看看沿途的风景。"

就这样，我去了西安，下火车的时候，是凌晨四五点钟，你接到我，把住宿什么的都安排好了。

你们学校距市区、风景区都很远，你接我的这天，一定是乱了一天一夜的。

在西安，你完全是我的东道主与导游，你怕我对西安不熟悉，又认为我老了，你就事事不放心，细心得无微不至。

那天，你带我去大雁塔，准备第二天去丽山，我说今天早点回去吧，听说丽山很远的。

“但是妈妈，你不知道，大雁塔晚上的灯光音乐喷泉是最有名的，不看可惜了。这样吧，吃完晚饭后，你就一个人先在旁边玩玩休息一会儿，等着晚上看，不要跑远了啊。我去市区买明天的食品，到时候我来接你。”你说。

“也好，不用你接，看一会儿我自己回去。”我说。

“你行吗？又这么晚，我不放心呀。”边说又边把我拉到指定的地点：“这个位置好看，你就不要跑远了。”

你啰里啰唆，生怕我丢失了。

我说：“好了好了，妈妈没这么笨，都快天黑了，小心到了市区超市关门了买不到东西，你快走吧。”

“好好好。”你边应着边又拔出钢笔，在纸上飞快地写上回去的路线及酒店名称，放在我的包里，让我一定打出租车回去。

我乖乖地听着你的安排，感受着儿子的孝敬，感受着暖暖的幸福。

看了一会儿，我准备回去。我舍不得打车，就找到保安，按你写的，告诉保安，我该怎么坐车？保安一一给我说了。

我找到公交站牌，坐上了车，这时你打电话来了。

“你还好吧妈妈？这儿的灯光音乐喷泉不错吧？”听得出来，你还在路上忙的声音。

“很好，我再看一会儿就回去了。”我不想告诉你我坐着公交车，不想让你担心。

“好，我也马上回去了。”

接下来的时间，短短半小时吧，你打了三四个电话，又怕我打不到车，又怕我把纸条不小心丢失了而跟师傅说不清楚，还怕我遇上坏人把我拉到不知哪儿去了……

在车上，我有些哭笑不得，更多的，是满满的幸福与感动。

“妈妈，你打上车了吗？”你又打电话来了。

“打上了，一会儿就到。”

“那你把电话递给师傅，我和他通话。”

“我，我已经到门口了。”

你迎出门来，有点奇怪：“师傅呢？”

我没说话。

“你还是坐的公交车？”你反应过来。

“嗯，妈妈厉害吧？”我不无自豪地说。

“厉害！就是有点不听话。”你笑着说。

我不置可否。

“其实，我一直知道妈妈很厉害的。只是，好不容易照顾你一次，我不想让你操心与动任何的脑筋。”顿了顿，你淡淡地说。

我，又是满满的幸福与感动。

在外，我一直喜欢照相，喜欢臭美，把自己留在那些美丽的地方，那些美丽的岁月里。

那几天，你用借来的相机给我照了很多很多的照片。

在“大唐芙蓉园”景区，有很多提供唐装给游客照相的，那些花里胡哨的富贵服装很诱人眼球。

“大姐，你这古典的气质最合穿唐装了，照一套吧。”一个后面编了小独辫前面留着山羊胡脖子上挂着相机很艺术的中年摄影师走到我的面前说。

“这……”我停下了脚步。

“你看，这景点，这效果。”摄影师边翻着相册给我看边说：“你照出来比他们更好看。”

“多少钱？”我问。

三套服装，选十张照片洗出来，一百元钱。

“太贵了。”我说。

这时，你上卫生间回来，看见我正与摄影师交谈，问：“你喜欢照这个？”

“嗯。”我点点头。

“这个么，到处都有，没必要在这里照吧，景区很贵的。”你说。

我对摄影师说：“师傅，我不照了。”边说边往外走。

“难得来一次呀，也不贵啊。”摄影师还扬着头对着我们喊。

我有些恋恋不舍，不断地回头看那些唐装。

你突然笑了，拉着我的手往回走：“走走走，满足你，回去给你好好照一套。”

不由我再犹豫，你已经快速地向那个摄影师交了钱，让我去照。

于是，西安行，成了我旅行中最圆满最难忘的一页。

信息时代，信息飞速发展，面对网络，读过书的我，却成了这个时代的网盲。

那年，你读大学去了，闲下来的我一下子觉得很无聊。这时，我的两个学生你的师哥师姐建议我学学电脑，跟上时代，我听从了他们的建议，你的这个师哥带我去买了电脑，教我学打字，又给我安装了宽带，申请了QQ，我成了一个网民。过了几天，你成了我最亲密的网友。

每次放假回来，你都给我再一次的指导，每一次都要给我处理各种各样的问题，还把电脑擦得干干净净。

学无止境。

网络又连到了手机上，你给我买了智能手机寄回来，放假回来了又给我安装了Wi-fe，细心地教我玩微信。

我很笨，有时，你说的我总也领会不了，左一遍右一遍。有时你就笑，呵呵呵地笑，笑得腰都弯了。

我也就笑，尴尬地笑。你赶紧说："没事没事，慢慢来，你已经学得算快的了。"

我学会了发文件，学会了在手机上写文章，在手机上了解天下大事，不断学习。

只是，你一直不教我网购，你说我老了怕反应不过来上了电信诈骗的当。

"妈妈，网购就算了，你要买什么你告诉我，我给你买就行了。"

2014年3月1日的晚上，昆明发生了恐怖事件，那时我还在家看电视，根本不知道这件事，是值夜班的你从重庆给我打来电话我才知道，你又把新闻的图片发给我，让我一定要注意安全，这几天就不要出去了，等等。

每当这时，你总是很啰唆，反反复复，天天在问。

你的啰唆，让我在这个世界上有了最大的保护伞。

我学会了电脑、微信，写文章方便多了。

没上班后，看书写散文成了我充实生活的重要手段，十几年下来，也小有收获，我想把这些在刊物上发表过的文字收集起来出一本书。但，出书是要自己掏钱的，我的收入很低，几万元钱的出书费用我还是有些心疼。

有一天，我给你打电话，告诉你，我很想出一本书，但又觉得这么多费用有点值不得，也不知道该怎么办?

"妈妈，这是好事啊，你没上班，与社会也几乎脱轨了。但你有这么好的爱好，也是你的成果呀，你喜欢就值得。妈妈，出吧，如果钱不够我给你。"

我还有什么说的呢？你的支持是我最大的力量。于是，我的散文集《好喜欢看太阳》由云南人民出版社出版了。

你的性格是那么好：一个男孩子，随时笑眯眯的，不管什么事，不管什么时候，你从来不发我的火，就像宠小孩子一样宠着我。我太任性的时候，你也偶尔教育我几句，也像教育小孩子一样，不是教训，而是教育，让我心服口服。

"妈妈还是有点任性的是吧？"有一次，我问。

“是的妈妈，你本来就任性的。”

“臭儿子，我就任性我就任性怎么啦？谁让你是我的儿子？哼！”

“是啦！是啦！你就继续任性就行了。”你眉一扬，手一摊，做无奈状。

其实，可以任性，是因为有任性的资本，可以任性，是我多大的福气啊！

支持，任性，生活中的点点滴滴，还有很多不经意的琐琐碎碎，如片段，历历在目。

“妈妈，少往老家跑，那儿冷，你身体不好，回来么，又生病。”

“知道了，还有外公在老家，也得看看去呀。”

“哦！是啊，那你多带点衣服，常用的药品什么的，代我向外公问好，到家么给我说一声……”

“旅游愉快，妈妈！到哪里么，给我说一声，注意安全，多照点照片发给我看，我给你点赞噻……”

“节日快乐！妈妈！^ω^！(加上一个笑的表情)，吃好点，多吃点嘎……”

你爱球类，什么球都打得好！

你爱听音乐，会唱李玉刚的《新贵妃醉酒》。

你爱看电影，还喜欢看外国的动画片。

你还会修电器。

你不抽烟，不喝酒，很少玩游戏……

这就是你。

所有的心情都与你有关，所有的快乐，都与你共享，你虽然没有更多的时间陪我，我却不觉得孤单，因为你在我的生命中。

可是，这一切，都只有回忆了。

很痛，我却需要活着，这些记忆，需要我拾掇，珍藏。我活着，我们所经历过的，就可以变成天上的繁星，照亮未来，照亮灵魂，我相信，跨越生与死的界线，我们的灵魂就能永远相通！

2017.8.30

我不勇敢，谁替我坚强？

听见过很多悲惨的故事，也目睹过丧子之家的悲哀。这人世间最剧烈的痛，莫过于此，他们的父母，垮下来了，从身到心。

切腹的痛，他们没有理由撑得住。

一段时间，那些父母，互相搀扶，挣扎着，站起来了。很多，还有其他的儿女，都在扶着他们。

宝贝，你突然离开我，我很痛，剧烈地痛。可是，我不敢垮下来，垮下来，没有人扶我。

我不让你走，我要你陪着我。可是，老天不让，它要带你走，我拗不过它。再残酷，我也必须放开你的手，再不舍，你没有归期的路，我必须好好地送你走。

那天晚上，医生告诉我，你不行了，让我准备你的后事，只是看你能不能坚持到明天早上，想见你的亲人赶来再看你一眼再拆机器。

那天晚上，我没有晕，我还记得当年爷爷临终的时候，奶奶拿来了两个事先准备好的碗，碗底上有仙鹤的，让爷爷驾鹤西去。

这个细节，也许谁也没记得，我却无意中鲜明地记下了。

听到医生的通知，我没有任何思考，就向首长提出了我的请求：他就要去另外一个世界了，我想按我的方式送你走。

首长听完我的诉求，立刻安排了几个战士，带我去找那两个碗。

平时，我对另外一个世界，对灵魂有无的问题都是将信将疑。现在，我毫不犹豫地相信，相信天堂的存在，相信妈妈给你找到了那两个碗，你就一定能够驾着仙鹤而去，你就一定能在西方极乐世界幸福快乐地生活。

那天晚上，已是八九点了，战士长期在军营里，对外面的环境不熟悉，他们带着我跑遍了附近的超市与夜市的农贸市场，终于把你的坐骑找来了。

那几天，首长把那几个战士完全派给了我，他们对我寸步不离，第二天的早晨，医生把那些绑架你的机器撤掉了，你的战友亲自把你的坐骑放在了你的脚下。

2017年3月9日的早上，我的宝贝，你驾鹤西去。

我还不放心，又请首长找来了道士，给你超度。你新去，有去处吗？道路熟悉吗？有那边的亲人接你吗？我要请道士给你开辟道路，让你的路畅通无阻，让你去找到你的外婆，你的爷爷，还有你的大卓表哥，这样，你就不孤独了。

儿啊，多么希望替你西去，但是，上苍不给我这个机会，我只能尽我所能，能为你做的，我一定要做到。

道路铺平了，明天，你将随烟而去。首长很尊重地让我去选买你的灵盒，我去了，爸爸和玥都让我定夺。

悲伤吗？悲催吗？我没有了感觉，抱着为你选好的灵盒，我没有泪，没有表情，心里只有一种凝重的庄严与悲壮。宝贝，在妈妈心里，你是妈妈心目中最伟大的儿子，你一生坦荡，你也一定是昂首挺胸面带微笑而去的是吗？部队里的军嫂们也说你最爱笑了，一说话就笑。所以，妈妈不能哭，妈妈也应该微笑着送你走。

天上下着细细的雨，妈妈含着眼泪却面对微笑送走了你。宝贝，感谢你29年前来到人世间，给妈妈带来了无尽的希望与快乐，感谢你29年来对妈妈的陪伴与照顾。儿啊，我们母子缘短，以后的日子，你是我所有的回忆。

我不能倒下，不敢倒下，我还有很多事，为了你。

我们先回到了昆明，暂时把你留在重庆。我要和爸爸一起策划你的墓碑，你的墓地。

昆明，老家，重庆，三个人，三个主体，一条血缘的线，你在那边静静地等着，等我们把你接回家乡………

2017年4月9日，一切，尘埃落定，你从重庆回到家乡，入土为安，你年轻的生命，从此画上了句号。

此刻，我才清醒过来：我，已经不是一个女人了，甚至，我已经不是一个人了，居然还可以站着做完这些事！

浓重的悲哀袭来的时候，却是永远挥之不去的了。

2017.7.10

蜕 变

我没有忘记你，但我真的变了，也许，只是可以用另一种方式来怀念你了，宝贝！

我可以不再每天都流泪，不再每天痛不欲生，而可以走出去，出去看看自然的花开花落，出去感受一下没有感受过的人和事。

有很多你不知道的故事，我想告诉你，分享给你听，如果你在天有灵的话。

我们大学的同学，失联25年了。25年前的那个时代，通信还很落后，毕业时，留给同学的地址大多还只是单位的名称，座机电话都还很少。之后，调动，改行，很多单位也改体不存在了，就这样，我们渐渐失去联系，四分之一的世纪，杳无音信。

两年前，一个叫李芬的阿姨建了一个同学群。建了群的那一天，她就开始在找同学们，一个一个地找。她一直在找，找进了群的同学就与李芬阿姨一起继续找其他的同学。前久，他们找到我了，我也进了群，25年，我回家了。

25年，多少沧桑，多少变化，你也知道，我尤其如是。

我在群里与同学们一起继续找还没有找到家的同学。

很快，真的太快了，在一个多月的时间里，同学们都找到了，嘻嘻哈哈来到了群里，那个热闹啊！那个亲切！似乎人就在身边。

在群里，我很少吭声，不敢说话，我怕同学们问我的情况，我无法回答。你的牺牲，让我恍如隔世，我没有勇气面对这一切。

但在群里，我一直默默地看着，看着同学们欢天喜地，嬉笑怒骂，开心得不得了。

其实，我也在，我一直都在，一起与同学们一道互相陪伴……

太远距离的问候，还是让人不是那么温暖。9月份，我们决定借举国欢庆的国庆节和万家团圆的传统节日中秋节，来聚会。

这半年多来，每见到第一次见到的人，不管是新朋还是旧友，我都会痛哭失声。我克制不住失去你的巨大悲痛。

有时，在人家面前，我也没有哭，但见了他们后一个人回家，我又会关在家里补那一场狂风暴雨。

找到我的第二天，班长给我发短信，说周末来看我。

看见那遥远而又熟悉的名字，我泪如雨下，不敢回短信。

“我知道你的情况了，我不与你通话了，就这样决定了，周末来看你。”班长作的决定，我没有回应。

周末，班长来看我，我没有哭。

回到家，按惯例，我补哭了三天。

聚会定下来了。

我很想见到同学们，失联了25年的同学。

可是我也很担心，担心我不争气，会影响愉快的同学聚会。

“想哭就哭一场，其实很多同学都知道了，他们很理解你，都很想见到你，想哭就哭一场，在亲人面前哭，不丢脸，我也相信你能挺过去。”班长一次又一次地给我鼓劲。

我如期参加了同学聚会。

我没有哭。

我们的聚会在曲靖。

你小学毕业的那个暑假，我就是带你来曲靖玩的，你还记得吧？我们住在南城门旁边的一个小旅馆里，第二天又去了珠江源，那时的马雄山与现在没有多少区别，只是栈道没有现在的好走。我们母子在山上玩了很长时间才下去到珠江源头口，时间已经是下午了，人很少，有一家租竹筏的，看你很可爱，你小嘴又甜，收了五元钱让我们在江里划了两个小时。出公园门又遇上一家私家旅游的，让我们搭上了顺风车到了岔路口的公路上，我们才坐上班车回到了家。

这次，我们还去了马龙，有一座山很像一个香炉，所以叫“香炉山”，植被很好，曲径通幽，我们漫步在山路上，听着淙淙的水声。在那里，我们照了很多相。

今天的太阳特别好，下午去参观马龙的千亩格桑花，中秋的格桑花没有春天的花那样娇艳，但显得沉稳静谧，像这个年纪的我们。

来聚会的同学中，有一个伯伯，是坐着轮椅来的，他身患重病，也来了，是伯母陪他来的，他一直在笑。

这个伯伯的从容与淡定，让大家都很感动，看看他，我觉得我没有理由再无休止地任性下去。

这次，我没有哭，从头到尾都没有哭。

人们都说，眼泪会流干的，我却觉得眼泪是流不干的。只是，渐渐不想哭了，也许是累了，哭不动了吧；也许是时间的流逝真的可以改变一些事，改变一些心情。

也许是时间会让人在量的积累中，不知不觉地完成质的飞跃，在蝉蜕中悄悄蜕变了，在灵魂中转换了思维方式。

梦境，也检验了这改变，这久，梦中的我，不再一直在跨越一个又一个的壑沟却总也跨不过去，不再没有任何方向和出口地转圈。那时，你总是要赶来把我送过去，总是一直在操着心。这久，在梦里，我做着日常的事，你在忙着你的，不太关注我了，不太管我了，这是多好的事啊！

聚会后，我们继续在群里，我冒泡了，亮相了，与同学们一起发红包抢红包，开着玩笑，探讨着学习与生活的话题，我们互相关注，互相陪伴，虽在四面八方，心却就在身边。

这两天，你最亲密的战友与兄弟休假了来看我，这家伙嬉皮笑脸的，不像你那样一副严肃相，他把我逗笑了，难怪你们处得那么好。

多好啊，宝贝！你放心吧，妈妈变了，勇敢了，更加坚强了，我将带着对你不变的思念，走完不一样的人生。

2017.10.18

让我留在时光里

多想时间留下来
一分一秒
至少还能和你说声再见
谁都逃不过命运
就在那天
渐渐睡去的孩子
苍白的母亲
谁知道，那些日子
是否有个怀抱温暖你
我们活着的
也只能是无可奈何
我知道
青春的记忆
也会随风慢慢远去
让我留在时光里，思念你
愿你能再多走一点来时的路
一直到平凡的世界尽头
让我再讲一遍
最疼的那一句：
快回家吧，她在等你呢
我知道
那些日子
就像你一样回不来
她已不会再，满怀期待
我知道，这个世界
每天都有太多遗憾
只能，梦里，再见
我知道

那些日子，像你一样回不来
所以，梦里，再见！
所以，梦里，再见！
所以，梦里，再见！

反复的吟叹，恋恋不舍的情愫，无可奈何的告别……这是一个叫“景党伟”的你的战友为你写的歌。

那天，是给你入土安葬的日子，我坐在地埂上。

“阿姨，是你吗？你是他的妈妈吧？”

干燥的黄土，天气很热，头顶的太阳火辣辣的，我熟悉的你的战友们，在看着那万年的坑渐渐合拢。

“我是他大学的同学……”一个我没有见过的小伙子走过来，脸上泪痕未干。

“我是，我是他的妈妈。”木讷，恍惚，我定定地看着他。

“我是他大学的同学，一个宿舍，我们好得像一个人似的。”小伙子眼里又噙满了泪水。

我的泪也流下来。

今天早上，通往墓地的路上，大姑电话给我：“大嫂，妈妈让我告诉你，今天是给霄霄盖大房子的好日子，不要哭，好吗？妈妈说了，你一定要听话。”

“好！”我努力地把泪水收回了肚子里。

“阿姨！”小伙子又叫了一声，没再说话，也许是不知道该说些什么？

“你从哪里来？”我问小伙子。

“我从新疆来，我们毕业后，我分配到新疆了，这几天我刚好休假，就来送送他。”他说。

“你是怎么知道他牺牲了？”

“说来很奇妙，我们工作都很忙，尤其是这几年，和他也就很久没联系了。3月11号的晚上，我下班很晚，回宿舍就睡了。睡着了，我就梦见他，还是大学的场景，我们在宿舍里，他说他要出去一下，我说，那你快点回来啊，他说好，他一会儿就回来了，我就一直看着门口，一直张望，他却一直没有回来……我就醒了。天亮了，我打开手机微信，发现有李玥的更新，是给他开追悼会的照片，我给李玥打电话询问，她说夏霄出事了……我想不通，我像做梦，那天我边上班边一直哭，阿姨……”他又流下泪来。

四目相对，泪水满腮。

“谁也逃不过命运……”

宝贝，你知道你回不来了吗？却没有时间向你亲密的战友告别，所以，你走入了他的梦境，这是巧合吗？不是，我不相信这是巧合，宝贝，那天，你真的是去向他告别了。

“梦里再见！梦里再见！”你去梦里去见他，今天，党伟他来看你了，千里迢迢来送你，你们的战友情，是如何的难舍？

“……是否有个怀抱温暖你，我们活着的，也只能是无可奈何。”宝贝，你是怎样地热爱人世间？你的战友，你的亲人，你未竟的事业与理想，突然间都断送到了“命”的结论上，让你匆匆走上黄泉路，让我们活着的无可奈何！

“青春的记忆，也会随风慢慢远去，让我留在时光里，思念你。”

淡去的是岁月，留住的是记忆，宝贝，你们共同走过的青春，应该是你们共同的收藏，共同来封存，直到永远。然而，你突然离开，再也不回来，亲密的战友，阴阳两隔，天上人间，只留下他一个人仰天长叹。我能想象：在月如钩的夜晚，他举杯邀明月，手捧提琴，自弹自唱，把深深的思念送上夜空。

“愿你能再多走一点来时的路，一直到平凡的世界尽头。”其实，“他比这个世界绝大多数活着的人更应该过着自己普通平凡的人生”。党伟真的好懂你，你原本就是一个平凡普通的人，我就想让你成为一个伟人，你真的成了一个伟人，宝贝，你却不再属于我了，我眼睁睁地看着你在我的眼前渐行渐远，消失。

这是宿命吗？还是我要得太多？意外与巧合，有多少是必然中的铺垫？

“让我再讲一遍，最疼的那一句：快回家吧，她在等你呢。”在墓地，党伟也许是目睹着我苍白无助的脸，他也是儿子，如果是他，如果是他的母亲，会如何接受这一切？所以之后，他不敢给我打电话，不敢与我联系，就像众多的亲友，很疼，疼你，疼我，却不敢与我联系，就怕电话打通了，却不知道说什么，这世界上最丰富的语言，却是无字的。

之后，党伟就写出了这首歌。

“我知道，那些日子，就像你一样回不来，她已不会再，满怀期待。”

你每一次的休假，时间很短，我却知足得满心欢喜，看着你日渐成熟的体态，看着你越来越英俊潇洒的伟岸身躯，我觉得我是世上最伟大的母亲，也是世上最幸福的母亲。

你每次匆匆而来，又匆匆回去，我目送你出门，回来就等着你下一次的休假。

在时间的年轮里，我总在满怀期待。

然而，“谁也逃不过命运，就在那一天……”我的期待，战友的期待，突然间截止。

“我知道，这个世界，每天都有太多遗憾，所以只能，梦里再见……”

你的墓碑立起来了："夏霄烈士之墓"。赤红的字，远远近近的青山，静静的松林，你如在世时的微笑。

残阳如血！

"阿姨，我要先走了，你要保重，有机会我会来看你。"党伟说。

"过一会儿一起进城吃了晚饭再走啊。"我说。

"不了，阿姨，我要去赶车了，过两天就要回部队。""我代替他抱抱你。"党伟边说边过来抱了抱我。

我无力地靠在他的肩上，泪如泉涌。

党伟头也没回，走了。

晚风，有好大的寒意。

我独自站在寒风中……

之后，党伟写出了这首歌，自弹自唱传给了我。

想你的时候，我就听着这首歌。

有时，真想随你而去。可是，如果真的去了，能找到你吗？

我不能随你而去，我没有这样的资格，我知道，你也不会允许。

我还有很多事，我要留在时光里，思念你。

渐渐地，感受不到了孤独，匆忙的日子，还觉得多了一件事，那就是：想你！

没有了期盼，没有了等待，却觉得：只是隔了时空，其实，你无处不在。

想你的时候，我就听着这首歌："让我留在时光里，思念你！"

2017.11.6

流着眼泪奔跑

莫名的泪，总是说来就来。

其实，是有名的。

有些泪，不仅仅是因为悲伤，还因为感动，因为温暖。

老家，有在农历十月份给去世的亲人上坟的习俗。

你的老家，没什么人了。工作的，读书的，都不在老家了，还在老家的你的三叔因为在工地上受伤瘫痪在床，二十多年不能出门。你家的坟地因为修路被圈到，由政府迁到了很远的地方去了。三婶很忙，一坐车又晕得不行。所以这些年，我都不知道，每年的农历十月份，是谁去上的坟？还有没有人去上？

你的爸爸与我没有了婚姻关系，他也就不认为我是他家的人了，这些事，他不让我过问，我也就不过问了。只是，每年的这些日子，这些节令，我都照例在小区的门外给你仙逝了的爷爷也烧些纸钱，以作祭奠。

九月末，我给你的爸爸打电话，说十月份我想去看你，给你上坟，他应允了。

匆匆的，我准备了很多纸钱，连同你在家里穿过的两件很厚的休闲外套，十月初四，我来看你了。

下了火车，小舅妈来接我先去她家吃中午饭，准备陪我去看你。

你家新迁了的坟地很远，很难找，我找不到，车路又不通，我只好请了你的表叔带我去——就是给你写碑文的那个表叔，他家住在距市里十四五公里的一个乡镇的村子里。

表叔电话告诉我：他的摩托只带得上一个人，小舅妈去不了。

小舅妈很担心：怕我看见你的墓碑你的坟又会悲痛欲绝不能自已，我说：我不哭，我一定不哭。

一个人坐上公交车，下车表叔来接我，就在附近的馆子里买了些饭菜。

墓地又是另外一个乡镇，距表叔家还有五六公里。

我坐在表叔的摩托上，天气很冷。还好临行的时候，我给老家的同学打了电话了解天气情况，同学说这几天天气都很冷，据说明后天更冷，要多带些厚衣服来，我就全副武装地来了。

还是冷，我戴着羊毛帽，戴着口罩，耸着肩，缩着头，躲在表叔的背后。

从公路进乡村路，又穿过村子，村子很大，岔路很多，表叔也只去过两次你家的坟山，走着走着也找不到了，在村子里来回地穿绕。

总算穿出了村子，进了山，在上上下下左左右右地颠簸在山路上，天气更冷了，手脚都冷得僵硬，鼻涕也出来了。

总算到了，摩托停在半山腰的土路上，我看见了你的墓碑，瓷相上的你，一如从前的微笑，那笑，有些孤寂。

墓碑周围，杂草丛生，满目苍凉。杂草很深，绊着进去，一种叫不出名的植物的籽，有尖尖的针，黏黏地粘在身上，粘了满身，我们刺猬似的。

在你的墓碑面前，我抚摸你的照片，说："宝贝，妈妈来看你了。"

往年的这个时候，是你又一次的带兵出外训练回来了，回来了，你就会有一次休假，只等着首长批示。批准了，你就提前告诉我。告诉我了，我就等，等着你来看我。你来了，我们就见一次面，我给你和玥做一顿便饭。

那几年，年年如是，次次如是。

周而复始的常规，却在今天打破了，换成我来看你，天寒地冻，跋山涉水，你让妈妈费力死了，你这臭儿子。

很平静，不想哭，也许是觉得在一个男性的亲戚面前不能哭，不好意思哭；也许是天气太冷，冷得心都麻木；也许是太奔波，累得没有了哭的力量。

我与表叔把贡品香纸和你的外套拿出来，天气很冷，为了能更好地把这些烧得干净，以便让你尽快拿到，表叔抱来了很多枯枝作燃料。

青烟袅娜，烟火熊熊，给墓地增加了一些温度，我在火边继续与你说话。

回城，去乡下看外公，辗转又去曲靖办点事，匆匆地来，匆匆地返回，今天下午，坐上了回昆的火车。

天晴了，很暖和。

正翻看着在宣威城里同学应邀饭局与曲靖同学农庄参观拍下的照片，微信滴滴地响了。"阿姨，你在哪里？"是一个叫"郭聪"的孩子，你知道的，是你带过的兵。

在重庆，把你送上了天，送行的官兵也渐渐散开，这时有几个战士跑过来，把厚厚的信封要塞给我，说是一点心意，我知道那里面是钱。

我和孩子们推来让去，说你们记得他就行了，阿姨不会要的。

孩子们哭了，又跑回来给我要电话，我把电话给了他们。

回昆明后不久，我收到了包裹，是你的遗物，首长、战士们替你收了寄来的。

打开箱子，附着一封短信："阿姨，我叫郭聪，你好好保重，希望常与你联系。"

又附上了电话。

我回了短信，以此感谢收到了箱子。

郭聪又要了我的微信，加上了。

有时间，郭聪就时不时地在微信上与我聊天，彼此问候，我们越来越熟悉起来。

聊你，聊郭聪他自己。

“阿姨，我是读了大一就去当兵的，今年九月份就退伍了，退了后继续回学校读书。”郭聪说。

“小郭，你在他的连队当兵的时候，他带你还行吗？让你们这样地怀念他。”

“他是我的好连长，他是我的好哥哥。阿姨，我来当兵的时候，才有十八岁，连长把我当成弟弟，无微不至，又像父亲一样教导我，在训练中对我又严格要求。”

“他是我的好连长，他是我的好哥哥。”郭聪不断地重复着这句话。

“在部队当了两年的兵，对自己有什么改变？”我问郭聪。

“当兵前，我就是一个懵懂少年，很混沌，做事又冲动，没有目标，没有毅力，更不知道什么叫价值观。入伍了，我遇上了连长，两年，我真正地长大了。现在，不管什么事，我可以冷静地思考与判断，做出正确的决定，在困难面前，我不会怕了，也有了挑战困难的勇气与克服困难的意志。这些，都是他教我的。”

“阿姨，我大学毕业后，不一定再在部队工作。但，我永远会用一个军人的标准去要求自己，以一个军人的风范去工作与生活。”

听着这成熟与庄严的声音，我一点也听不出是一个二十岁的孩子的话语。

特殊的职业，特殊的环境，造就了特殊的你们。两年的军营生活，他已经在灵魂里注入了军人的英气与豪气，注入了一生的价值观。

这些，我都不知道，不了解。当然了，你很忙，哪会有时间和我聊这些？更多的是：对于你来说，对于一个军人来说，这本来就是最平常的事，有什么好聊的呢？

“如果你愿意，你可以把我当成你的一个小孩，我会很荣幸，我虽然做不到像连长一样常常来看你，但我不会忘记你。有时间我就会与你联系，你想说什么，有什么事，都可以跟我说。阿姨，我想多听你的声音，就像听连长当初的声音一样。”

“好孩子，谢谢你这样地重情义，你好好读书，好好生活，连长他会很高兴的，阿姨也会很欣慰的。”

“好的，阿姨。”

我知道你怎样地带这个小弟弟了，我知道你怎样的为人了，这些日子，每当听见这些声音传来，我就觉得又悲伤又感动。

“小郭，在重庆的时候我很晕，我说了电话就走了，其实到现在，我都还没弄清楚谁是谁呢。你看，和你联系了这么长时间，我还真的不知道你是当中的哪个呢，你可以发一张照片给我看看吗？”

“好的，阿姨，我马上就发给你。”

大约二十分钟，照片发过来了，是请人现照的：稚气的脸，英气的眼神，笔挺的站姿，像随时在听候命令。

是他呀！那天，送走了你，他流着泪也跑过来给我要电话。

他好可爱，他也一定很乖，难怪你这么喜欢他，带他这么好，也难怪他这样地思念你。

那以后，我就叫了郭聪“聪聪”。

今天，那稚嫩的声音，又让我哭起来，我边擦眼泪边回微信。

“聪聪，我回老家来了，现在坐在回昆明的火车上。”

“哦，阿姨，你注意安全，到了家可以给我一个快递的地址吗？”

“你要寄什么？”

“我寄点特产来给你。”

“不用了聪聪，你的心意阿姨领了，你还在读书呢。”

“阿姨，这值不了多少钱，但它是我的一点心意，如果你不接收，我会难过的。”

前久，一个朋友来看我，聊起他自己来，他说他也是当过兵的，战友情是生死之交。那时，他们刚好在对越作战，临行前，他与他最要好的一个战友喝下了血酒，定下了生死约定：假如哪个战友牺牲了，活着的一定不忘记牺牲了的战友，也不忘记他们的父母。

庆幸的是，他们两个都活着回来了，那个战友继续留在部队，不久升了团长，他去读大学了。

他进了大学，团长知道他是从农村来的，家里很困难，就把第一个月的工资一分不剩地寄给了他。

“战友情，是生死的盟约。我知道，团长家其实也很困难，但他就是想用这种方式来表达上苍让我们活着回来的厚爱，如果我拒绝团长的心意，团长会不高兴的，所以，我接受了。我们的情，永远不会忘记，真的！”朋友感慨地说。

我理解了军人的情怀，理解了郭聪。

“好吧，聪聪，谢谢你！”我把地址发了过去。

四天后，快递到了，我从门卫室抱回了沉沉的箱子。

进门，抱着箱子，抱着沉沉的问候，如抱着聪聪与我共同的思念，眼泪又一次夺眶而出。

其实，我并不可怜，可怜的是你，我的宝贝，我何德何能？要得到这么多的关爱？我并没有为你付出多少，你却可以用生命来报答我，还让我又多了这么多的孩子，把我当成母亲一样地敬重。

宝贝，假如有来生，你愿意再做我的儿子吗？

2017.12.21

今年的“年”

这几天，不能想你，真的，不能。

不是不想，是不能。

春节，多好的日子啊，举国欢庆，万家团圆，我需要用四周的烟火来淹没思念。

我不想你，不想你！

距春节还有三天吧？你从梦中来了，好像是说：来看看我。

梦境，很不清晰，只记得，你穿着一套淡蓝色的休闲服，很清爽。

我和你说着话，很淡然，淡然地聊着家常。聊了些什么？我忘了，只记得，你很祥和，你的笑容和你穿着的衣服一样柔和。

你在担心我吗？你是不是问我今年的这个年怎么过？在哪儿过？然后，我醒了，醒了的时候，你已经又在天上。

在梦里，我有没有回答你的问题？我忘了。

现在，我来回答你，回答你我今年是怎么过年的，然后，希望通过那不死的灵魂，通过下一次的梦境，通过我们母子的心灵通道寄往天上，让我日渐平静的心境，把咱们家国日渐兴盛的境况告诉你，也好让你放心。

往年，每每春节，你早早就询问，安排。我像个孩子，只等着你和你的妻——我的儿媳玥与你共同安排我。

玥也没有休息的，直到春节的那一天，她都还在值班。这样，她就不能去找你过春节，不能去探亲。

你们结婚后，春节的事，你的岳父岳母就替你安排——他们也还在上着班的，只是没有玥那么忙。

每年的春节，他们早早就订好年饭，玥的外婆、爷爷，有时，还有其他的亲人，加上我。除夕的那天，一二十人的队伍，浩浩荡荡，年饭的桌上，你的电话响了，电话在桌边传递，一个圈，你一个一个地问候，致新春的祝福，电话结束了，那祝福的声浪还在桌边紧紧地围成一个圆，暖暖地在每一个人的心中。

今年啊！儿子呀，你不在了！

我在无奈中不得不渐渐松开你的手，因为你的离去你也是没有办法，我只能在自己心痛如割无望的情况下希望玥还有另外一把伞，可以给她遮风挡雨，陪伴她走过泥淖的路，这把伞，就是你的岳父她的父亲。

然而，他也走了，年头到年尾。玥啊，她生命中最重要的两个男人，家里的两个顶梁柱，在一年当中离她而去。

如果说，你的离去是一种意外，你也不愿意，却没办法的话，那么，你一直硬朗乐观的岳父却突然患病离世，是不是一种爱的追随？

那时，你出了意外，牺牲了，我也看见了他的悲痛，如同丧子一样的悲痛。玥说："在我的记忆中，我爹只哭过两次，第一次是我奶奶去世的时候他流泪了；第二次就是这一次，夏霄牺牲了，他流了三次的泪。"

你们这对翁婿，情之深，如同父子。我一直很感谢亲家给你家的温暖，给你父亲一样的爱。

只是，亲家呀，他只顾喜欢你了，喜欢得追你而去，却忘了他的女儿失去了丈夫又没了父亲。从此，她该怎么办？

"我爹他是去找夏霄了，他太喜欢他了。也好，就让他们两个在那边互相做伴吧。"就在过年前的两天，玥来了，来看我，面带微笑含着泪，她如是说。

我不敢说话，不敢安慰她，我也无法言语。

"今年，我舅舅家接我和我妈去他家过年，你在哪儿过啊妈妈？"玥又说。

"夏霄的表姐表弟都在昆明，还有景谷的大表姐，舅舅舅妈也从老家来了，他们接我了，我与他们一起过年，你不用管我，和你妈妈多互相陪伴互相安慰吧。"我说。

"那就好，妈妈，你不要太担心我，你自己要保重。"玥还是带着笑，含着眼泪。

末了，她强塞了两个红包给我："祝妈妈春节快乐！""祝外公春节快乐！"

红包上，是你们两个人的名字！

心很酸！这次，只为了玥，这个可怜的女孩，除了心酸，还是心酸，没有了别的感觉。

过了两天，有玥微信里的更新：她打扮得很漂亮，挽着爷爷的胳膊，静静地，在一起，一老一少，都带着微笑。

我的心，又很酸，没有欣慰——那照片上的一老一少的淡淡的笑是怎样挣出来的？透过那笑，我定定地看着玥尖尖的下巴，没有光泽没有肉肉的瘦瘦的小脸，我如何欣慰得起来？

装！用厚厚的脂粉填充，试图用它来包裹深深的悲伤与痛苦，也像我用四周的烟火气氛来包裹一样，试图用这些来淹没深深的思念。

所以，我没有言语，无法言语，不敢给她打电话，只有心痛，深深的心痛。也在担心：一个原来备受宠爱在阳光下幸福得如小鸟一般的她，从此，她瘦弱的肩膀该如何扛起这几副沉重的担子？

过年了，我来到你表弟新买的房子里，我要好好包装，不能悲伤，这是节日，万家灯火，吉祥如意的日子，我不想你，不能想你。

今年的春节，昆明的天气好极了，暖洋洋的，我很平静，很安静，与你的舅舅、舅妈、表姐、表姐夫忙着做年饭，年饭的菜肴很丰盛。

下午，一个叫“君君”的军嫂打电话来了，问我在哪儿过年？我一一作答。

“这就好啊，阿姨，你不要想那么多了，好好过年。经过这段时间的了解与沟通，你真的很棒，我们都好喜欢你，有时间我们约着来看你。”

“嗯，好，谢谢你们……”我平静地与君君通话，发自内心的很乖。

过年了，老老小小十几个人围桌而坐，很热闹。

我不想提及你，不能提及你，这是万家团圆、举国欢庆的日子。

大约七点开外，手机又响了：“阿姨，过年好……”是彭超，他快速地说着话——他还在值着班呢。

“超超，我很好，你辛苦了，换了班就赶紧吃年饭去啊。”我又很平静地和他通完了话，还把我们的年夜饭发给了他。

接着是谭红兵，你当年的文书，他把过年的情景拍成了小视频发给了我，接着是王康、郭聪、蒋丽等，以不同的方式都给我送来了问候与祝福。

年夜饭吃完了，爆竹声声，烟火阵阵，回味着来自四面八方远远近近的问候与祝福，我站在窗前，烟花深处，似乎看见你在天边微笑。

站着，看着，心里有了暖意。

时间，真的是个奇妙的好东西，经过近一年的时间，我可以这样地过年了，希望，再过一年，玥也可以这样，因为你与你的岳父，你们都希望生者的我们快乐平安，不是吗？

2018.2.16

为你而歌

2018年的2月底，你离开人世马上就一年了，时间过得真快。

春夏秋冬，寒来暑往，四季一如既往地更替，除了每一个人都又长了一岁，世界似乎没有多少变化。

胃不好，一直不敢胡吃海喝；因为有严重的支气管炎，一小点感冒就会诱发咳嗽，一咳就不可收拾，每年一进入秋天，就特别小心。但，又干又冷的这两个季节，总让我防不胜防。

秋天和冬天，是我很难挨的时光。

过年前，照例又狠狠地咳了一二十天，各种治疗，总算好了。

今年的春节期间，云南的天气一直阳光明媚，直到今天，我也好像进入了春天。

年初四，我准备回自己的住处，你的表弟说，他的两个姐姐姐夫连同他都难得春节期间不值班，提议带着小孩子、舅舅舅妈和我出去玩玩，我就和他们去了禄丰了，又去了楚雄。

初六，大家都该回去了，因为明天上班族都要上班了，我也准备随着他们回去。

吃中午饭的时候，大学的同学纷纷给我发微信了——他们看见了我发在朋友圈里的旅游的照片。

“香姐，快来啊，你都到楚雄了，来下关聚会啊，从楚雄坐班车到下关两个多小时就到了。”

我的大学，读的是成人高校，年龄参差不齐，因为那时，一个班的同学大多都是工作后又脱产去读书的，有的工作一两年就去读了，有的六七年或更长，我是工作五年去读的，也有一部分高中毕业生由大理教育局送来这里委培的，如李芬阿姨就是。这样，我们就教龄不齐，年龄悬殊。这样，一个班，就有很多同学我叫他们“大哥、大姐”的。

工作一两年就去读书的和那些委培生就都叫我“姐”。

这次，是由大理的“弟妹”招集，在下关聚会。

年前，我也接到了通知，只是，我心情一直不太好，又不知道到时候天气和我的身体状况怎么样，过年也还没有计划，就回复他们，说这次聚会我不参加了。

“快来啊，香姐，你看天气这么好，来这里又这么近，下了车我来接你。”李芬阿姨直按电话再三呼叫。

“吃完饭，我去下关！”我对家人们说，并说了缘由。

“好的好的，多出去走走，心情会好一些。”他们都很支持。

吃完饭，家人们把我送到车站，给我买好了票，于是，我来下关来了。

这次来大理，主要是来见同学的。上次的曲靖聚会，一个班六十位同学去了四十多个，还有少部分同学由于特殊原因没有到，这次的下关聚会，上次没来的同学中又有四位同学也来了，见到了二十六年没见到的同学，同学们真的好高兴。

聚会的晚餐，杯来盏往，快乐有加，其实喝的大多是茶水或饮料，这把年纪，很少喝酒了，同学情深，喝白水心也醉。

第二天一大早，我们去苍山踏青，坐索道，走便道。

这次，大理之行，我算是故地重游。2008年，我领着外公从昆明乘飞机先到丽江玩了三天，又坐班车到大理，就住在下关，在大理的三天，苍山、洱海、古城我们都游了，蝴蝶泉、三塔也去了，连天龙八部的拍摄基地影视城也都去了。

大理的同学本来就常常来苍山，其他地方的同学对这里也不陌生，因为都是云南人，大多都来过，这次再去苍山，看风景不是那么重要了，更多的是看人，看熟悉而又陌生的同学，看二十六年彼此的沧桑，看一朝金兰结下的一世同学浓情。

走在空气清新怡人的山间，心情格外好，青山未老，人已黄昏，只有永远的同学情怀长青。

我们走了十公里，还有三公里下山的路，这段路很陡，大多是像楼梯一样的石坎路，又窄。

下山了，我羸弱的体质终于暴露出来，只觉得腰酸背痛，脚下无力，走着走着，满脸汗水。这一年，眼睛特别花，眼睛被汗水一濛，就什么都看不清楚了，在窄陡的石坎下坡路上，就更加重心不稳。我轻一脚重一脚地慢慢往下弹，不久就落在了最后面。

“呵呵，香姐走不动了，等等她。”一个同学说。

“香姐，我来拉你。”一个同学边说边又回去，拉着我的手往下走。

我的手握在同学的手心里，觉得有了安全感，也有了力量，走路快多了。

另外的同学也来了，在三公里的下坡路上，同学们轮流着拉着我的手，往山下走，往公路走。

下了山，吃了晚饭，我和同学们一起去了歌厅。在歌厅里，同学们纵情高歌，歌唱着同学的情怀，歌唱着对生活的热爱，感恩着上苍赐予的恩惠。

我没有点歌，也很少说话，因为在那表面的快乐里，在心里还是藏着深深的你，挥之不去。

“香姐，喜欢唱什么歌？我给你点。”一个同学说。

“多年不唱歌，都唱不出来了。”我说。

“不怕，香姐，同学在一起，唱好唱歹没关系，求的只是快乐。”一个同学说。

“唱吧，香姐，唱唱歌，心情会好一些。”一个同学说。

这两天，我没有向任何同学提及你，也没有任何同学询问我，可是，我时时看得到同学们投向我的关切的目光，这些默默的关注，让我在心灵的寒冬里有了很多温暖。

我不能太扫同学们的兴，也不能让同学们为我担心。

“好，我唱！”我说。

大多数歌我真的忘了，也唱不出来了，便请同学给我点了一些军歌，因为一年来，想你的时候，我就哼唱着这些歌。

轮到我的歌了，我站了起来。

“也许我告别，将不再回来，你是否理解，你是否明白？也许我倒下，将不再起来，你是否还要永久的期待……”

宝贝，其实你没有向我告别过，因为你来不及，你也想不到你会走。只是，在那冥冥中，你最后的一次休假，你为家人为我做了所有的事，这何尝不是告别？

“如果是这样，你不要悲哀，共和国的旗帜上，有我们血染的风采……”

你什么都来不及，来不及诉说，宝贝，我用歌唱的方式，替你诉说，因为，我懂你，懂你作为一个军人的情怀。

一声声的歌唱，我的声音悲怆而沙哑。这时，同学们站起来了，凝望屏幕，一字一字地和我唱起来。

“也许我的眼睛，再不能睁开，你是否理解我沉默的情怀？也许我长眠，再不能醒来，你是否相信我化作了山脉？”

我相信，宝贝，所以每次去你的墓地，我都不太悲伤，很平静，我来的时候，我相信你从山的那边来迎接我，我和你说话，你也一定听得到，我们只是隔了阴阳，灵魂却是相通的。

“如果是这样，你不要悲哀，共和国的土壤里，有我们付出的爱。”同学们和我一道，把你对祖国对人民对大好河山的无限热爱替你唱出来。

“如果是这样，你不要悲哀，共和国的土壤里，有我们付出的爱；如果是这样，你不要悲哀，共和国的旗帜上，有我们血染的风采……”

一遍又一遍，我们唱着，表情凝重，庄严肃穆，为你歌唱，把对军人的情怀，对军人的礼赞融入歌声。

歌唱完了，我们还站着，默默的，向你致敬，向军人致敬。

似乎，你在荧屏的上方，向我问好！向人民问好！向祖国问好！

年年岁岁花相似，岁岁年年人不同。今年的春，同学们陪着我看山看水看花开，陪我一道，为你而歌。

2018.2.23

在军营

1.小玉与蒋丽

那天，我们一下飞机，就有三四个战士来接我们，把我们送到医院。到了医院，营长和几个战士早就在重症室外面的大厅里了，安排我们坐在长椅上休息，同时有几个军嫂迎上来和我打招呼，其中一个瘦瘦的年轻军嫂拉着我的手说："阿姨，我叫蒋丽。"边说边握着我的手。

看着森严紧闭的重症室的大门，我问你爸爸："我可以进去看他吗？"你爸爸含含糊糊地说："暂时……不能，专家和首长在里面……研究治疗方案……"我预感到了事情很严重。

难挨的9天，蒋丽形影不离，她的儿子才两岁，她放在了家里。

随着希望的一天天破灭，我绝望地痛哭，每当我又声嘶力竭地哭喊起来的时候，蒋丽也只能抱着我，把我的头放在她的肩上，让我喊一会儿。

希望，彻底破灭了，医生宣布你救治无效，让家属准备后事，这时我已经没有了喊的力气，只是无望地哭泣。蒋丽照例抱着我的头，她流着眼泪，自言自语："阿姨，阿姨，你以后怎么办？怎么办啊？"

我无力地摇着头，一直摇着头，无力地重复着一句话："我不知道！我不知道！"

小玉是主官小熊的妻子，那时，她刚生完孩子，在月子里，小熊也得到休假在陪产。

小熊突然被召回连队，小玉也不知道是为什么？小熊回到连队打回电话，说夏霄出事了，伤势很重，正在抢救。

小玉每天都给小熊打电话，询问你的病情，小熊总是很含糊地回答："在抢救。""在抢救。"

那天，小玉又给小熊打电话，小熊哽咽地说："他，还是抢救无效，牺牲了。"

小玉懵了，她一下子哭了起来，婆婆和妈妈都告诉她在月子里不能哭，哭多了，会留下眼疾，可是她就是忍不住，一直哭，一直哭，所以，她的眼睛现在怕风，一见风就流泪。

小玉想起，就在前段时间，她要回家待产，刚好遇上你，说："夏霄，我要回家待产了，等我生了，出了月子，抱小侄过来给你看。"你笑着说："嫂子，祝贺你们了，我也准备休假回家，回来若有空就过来看你们。"

接着你也就休假了，休了两个星期，休完假你回了部队，五天，仅仅五天，你出事了。

小玉一直忍不住流泪，惹得公公婆婆也流泪。二老与你接触不多，但公公说："这孩子很谦和，太有礼貌了，是个好娃儿，可惜啊！"

"是个好娃儿！"在一个并不太熟悉的老人眼里，这已经是对一个后生的最好的肯定与赞许了。

小熊就失了对妻子陪产的职，来乱你的后事。

"他们在一个连，整整四年，形同兄弟，有时间就在一起打球，和我也就熟得不得了。"小玉说，"他随时笑呵呵的，是个很阳光的人。"小玉接着说。

一年多来，不管在哪里，不管哪个和我谈起你，对你最深的印象都是笑与球，这似乎成了你日常生活中的名片，这名片，定格在了人们的心中。

你知道小熊家生了千金，很为他们高兴，正准备不太忙了就去祝贺……

可是，你牺牲了！没能看到小侄女。

你牺牲了，我痛不欲生，小玉还在月子里，不能经风寒，她很着急，怕我想不开，就叮嘱蒋丽一定要看好我，蒋丽说："你安心休养，阿姨有我。"

每天，蒋丽把我安排了休息着，就给小玉通电话，每每一说，就两个人都流泪，为我流，为你流。

我回了昆明，准备你的下葬事宜，小玉也出了月子，她就给蒋丽要我的微信，加上了，她叫我夏妈妈，我们一直没见上面，但通过微信，却很熟了。

军嫂们就都叫我"夏妈妈"，一直和我联系。前久小熊去外地学习，小玉带着女儿和妈妈去送小熊，途经昆明，他们一家四口来看我。

你的战友、军嫂们一直邀请我来部队看看，住一段时间，我答应了。前几天，蒋丽的爱人小吴休假，他们一家三口回了重庆，现在假期满了，要回部队，经过昆明，就把我带来了，就住在家属区小玉家。

2.熊依晗与战士们

熊依晗是主官小熊的女儿，一岁零一个月，又白又胖，一直笑嘻嘻的，走起路来还摇摇晃晃，像个小不倒翁，却随时在摔跤。

小家伙摔倒了从来不哭，一个跟头爬起来又摇摇晃晃满地跑，爬高上地看见什么都去拿，拿到了就往小嘴里塞，弄得外婆和妈妈常常跑去跟她抢。

她胃口极好，什么都吃，妈妈和外婆把吃的撕小了递给她，她用拇指和食指拈着送进小鸟嘴一样的小嘴里，特认真地吃着。

吃饱了，小家伙想睡觉，张着小翅膀一样的小手追着妈妈求抱抱；她说话很清楚，叫起人来可甜了。

妈妈把她抱起来说："困了吗？扑着。"她马上自己把胸前挂着的奶嘴含进嘴里，歪着小脑袋扑在妈妈胸前，一会儿就睡着了。

我真没有见过这么乖的小朋友。

只是，不知道熊依晗与战士们有过什么"过节"？我住在家属区的这几天，战士们下了操得了空就来这里和我说一会儿话，他们进门都先抱抱小家伙，逗她玩玩，边逗边说："骗子！"

小家伙就去抓叔叔的眼镜或肩章，边抓也边说："骗子！"

我被逗笑了，问妈妈是怎么回事？妈妈说她也不知道，只记得有一次爸爸抱着小家伙出去找战士们，回来她就学会了说这个词。

"骗子！"

"骗子！"

在这里，没有任何特殊含义的这个词，却给艰苦的军营带来了生机，给艰辛的战士们带来了笑声与快乐。

3.战士们

此次来到军营，本不想让战士们知道，我怕影响他们的工作，甚至，如果你知道我又来部队，你会不会生我的气？

七年，我很想来部队看看，你也计划了若干次，却都被工作冲掉了。

也许，你也知道，作为母亲，想来儿子工作的地方看一看，这么小小的愿望等了七年，却一直没有等到，我不可能一次也没有生过你的气。但是，你宁愿让我生气，宁愿得罪我，也不想得罪工作。

也许，你也知道，妈妈生气也只是一时的，不会真生气，自己的妈妈好说话，理解总是多于生气的。也许，你正在计划下一次的休假，满了后，一定带妈妈来看看了。

你果然让我来了，只是，还没有到你预期的时间，突然的意外，你倒下了，却迟迟不肯离开。医生说，这样的伤，一般的人当天都挺不过去，可是你挺了九天。

宝贝，我知道你是在等我，你是觉得你还欠我一个邀请。所以，你倒下了，也要挺着，让我在这里看个够。

看够了，真的看够了！我以为，今生不会再来部队，因为儿子已不在，这个地方与我无关了，有关的，这是一个断魂的地方。

可是，时隔一年，我还是来了，你的众多战友、军嫂们的呼唤，各界了解你了解我的亲朋好友的目光，让我有了勇气与力量。

还有一种不可名状的心情，这个心情很重要：我就是想看到穿军装的孩子，就像看你一样。

我来了，但我不想让战士们知道，因为我想，如果他们知道我来了，一定会影响他们的工作的。

而，他们宁愿影响工作，也要照顾好我，不会让我不开心。

如果是这样，那我对战士们不是一种为难吗？那你一定会生我的气的。

当我把我的这些顾虑告诉小玉，让她不要告诉战士们我来了这件事时，小玉说："夏妈妈，你想得太多了，战士们很早就想请你来看看了，只是不知道你的状况怎么样，又不敢打电话给你。他们看见你比预想的好得多，他们会很高兴的，我已经在微信上与指导员联系好了，下了班，他就带着战士们来看你，影响不了他们的工作的。"

我释然。我静静地等待着与战士们的相见。

晚上九点许，指导员王维带着战士们来了，一进门，王维就说："阿姨你总算来了。"

还有几个去昆明看我，又一起去老家给你上坟的战士，也都来了，他们有些激动，好高兴地看着我。

在车上，我不能确定自己见到战士们是什么样的情形？什么样的状态？我会不会又流泪？

"阿姨很好吧？阿姨没有让你们失望吧？"我笑着和战士们开玩笑。

我是真的高兴，因为我看到了这么多穿迷彩服的孩子——我知道部队有规定：不是工作时间，是不能穿军装的，所以你每次休假回家，穿的都是便服，就没有穿军装给我看见过。

"棒！阿姨，比我想象的好多了。"王维就像夸奖小孩子一样，伸出一个拇指，我又一次笑了。

"按你的要求，我没有完全通知，何况，原来的连队重新编排了，有些出去了，有些进来了。"王维说。

“葛茂林还在这个连吗？”我问。

葛茂林，是你带过的一个排长。从你受伤，我们到医院，他一直都在，给我们办各种各样的事。你牺牲了，在殡仪馆的最后一天，第二天要送你上天了，他进来我的房间说：“阿姨，我来和你坐坐。”然后，就双手杵在床檐，两只脚挂着，坐在床边，一句话也不说，默默地看着我，一直看着。

茂林是个话不多的孩子，很文静。

我们在老家安排停当，茂林随着部队代表护送你的灵盒回老家来，住在城里的宾馆里。第二天清晨，我赶到宾馆，正看见茂林抱着你的灵盒，准备抱你上车，他叫了我一声：“阿姨。”又默默地看着我。

我问：“这一路，都是谁抱着他？”茂林温暖而安静地说：“我抱着他。”

“我想抱抱他。”我说，边说边伸出双手。

“你抱不动，阿姨，你摸摸他就行了。”茂林没有放开手，还是抱着你，我把我的两只手放在茂林的手上方，下巴往前伸，我们两个把你抱在了中间，妈妈的心房贴近了你。

你好安静，我也好安静，我似乎听见了你的心跳……

“葛茂林他调去九连了，还是当排长。”王维说。

“如果他在这里，你来了他也一定会来看你的。但他休假回家结婚去了，我就没有和他联系。”小玉说。

“哦，真好！”我说。

生命，生生不息，时光，缓缓移动，历史，滚滚向前，生活，按部就班。这，才是正常的轨迹。

我为茂林高兴，发自内心地为他祝福！

“阿姨，我明天安排一个饭局，就在连队吃个饭，让你见见更多的战士。”王维说。

“吃饭就算了吧，我又不是什么大领导视察来了。”我笑着说。

“你不是领导，但你是家长，你不也说了吗？我们都是你的孩子，孩子招待母亲，不是应该的吗？你愿意来这里，证明你真的把我们当成你的儿女了，也是对我们工作的肯定。”王维说。

车上的担忧没有出现，你的兄弟们想得真是周到，他们代替你照顾着我，我的心里暖暖的。

快十点了，该吹熄灯号了，我催战士们去睡觉。

“好嘞！”王维一声令下，一小帮迷彩服跟在他的后面，窜出家属院，快速地往连队奔去。

好生动的场景啊！我一直看着那一簇移动的迷彩，甚至舍不得眨眼睛，一直看着他们活跃地消失在夜幕中。

第二天中午，除了还在训练的战士，都来吃饭了，营长一定要让我上坐，他说："阿姨，吃个便饭，简单，但这些，大多都是我们自己种植的。"

王维指着餐桌上做得很漂亮的松鼠鱼说："阿姨，这也是我们养的，你尝尝。"边说边夹了一大块在我的碗里。

"嗯，地道的绿色环保食品。"我边吃边点点头说，战士们看着我，笑了。

这几天，小玉与王维、张超、赵盼、谭红兵、彭超等一有时间就带着我在军营里转悠，看那些靶场，看那些各种各样的训练场，还看战士们训练。晚饭后看得最多的，是新兵负重跑步，他们围着跑道一圈一圈地跑，边跑边发出整齐的"嗨嗨嗨"的号声。

一圈一圈的，要跑五公里，太阳下山了，他们还在跑，夜幕降临了，他们还在跑，跑得汗流浃背，跑很气喘吁吁，有些孩子看上去还很小，跑得喘不过气，看得出来是岔气疼了，掉队了，但还是按着侧腰坚持跑，也与大部队一起发出"嗨嗨嗨"的号声。

我站在路边，就这样看着，很多孩子我不认识，我的心里却升腾着母爱的暖意：认识与不认识，似乎都是我的孩子，他们真棒！

我住在家属区，每天听着军营里起床与晚睡的号声，每天，出去看战士们操练，绿色的军营，简朴而庄严，林间的鸟声与军号合鸣，一切，都充满了力量。

有几个晚上，夜深了，军营静悄悄，我入眠了，半夜醒来，我又远远听见隐隐的操练声，凝神一听，又什么声音都没有了。

我明白了：太多的情节，我产生了幻觉幻听了。也许，这一生，我与部队，与军营不能分割了，我想，不久的将来，我又会再来。

返回前的那天晚上，战士们又设宴为我送行，教导员说："阿姨，你一定要多来啊，这里就是你的家，我们都是你的孩子，你想来就来，不过，你一定要保重，健健康康地来看我们啊。"

太多的嘱托，太多的叮咛，只希望我好，我突然觉得，我已经不是我一个人的了，我是战士们牵挂的动力，甚至，是他们努力的方向。

我告诉战友们，其实也在告诉你："好！孩子们，我一定努力，努力活成你们希望的模样！"

2018.4

曾经（1）·幸福在路上

那一年，你大学毕业，去了很远的地方工作，一去就是三年，与父母，与你相恋多年的女友都没能谋面——因为，你是个军人。

思念的日子，牵挂无绳，有过很多眼泪，却习惯不倾诉，因为，怕影响你的工作。

思念的心，化为祝福，只要你努力，只要你顺利，只要你平安，就是妈妈最大的心愿。

“妈妈我受表扬了。”

“妈妈我又被嘉奖了……”

这个时候，我的眼泪总是又流下来，这是幸福的眼泪，这是骄傲的眼泪。是的，成功，是用汗水换来的，幸福，总是在路上招手。

与你心心相印的姑娘，和我一样用心坚守，我无比感动，这也是我的幸福。

三年了，你总算可以休假回来一次了，今天，两家人一行五人去机场接你。

这是一个阳光明媚的日子。

到点了，远道而来的旅客们陆陆续续走了出来，你却迟迟不露面，我翘首远望，痴痴等候。

不知道什么时候，有人在后面轻轻拍拍我的肩，我回头，是你。你不知道从什么地方冒了出来，对我神秘地笑。

“想给你一个惊喜，就从另外的一个特殊通道出来了。”你说。

“又长高了，瘦了，却结实了，臭儿子。”我用拳头轻击你的背，身旁的五人一团都在笑。

我竟然又有一种想流泪的感觉。

阳光，依旧灿烂。

去吃饭的路上，玥，你的女友，快乐得如轻捷的小鸟，蹦蹦跳跳，一脸天真，突然，她仰着脸儿问你：“我的小花衣裳给好看？”

“好看好看。”你笑嘻嘻地回答。

“我的小红裙子给好看？”“我的小红鞋子给好看？”她一连串地问你。

我才注意：她穿了一身红的新衣裳。

“好看好看！”“好看好看！”得到你的肯定与赞美，小丫头笑得傻傻的，眼睛眯成了两条线，我和准亲家母用手捂着嘴偷偷地笑。

说话间，到了食馆，大家相视而笑。

这一堆的笑呀！幸福，像花儿一样簇簇地盛开……

这一次，有情人终成了眷属，小姑娘转正成了我的儿媳妇。

你休假的日子，只要有时间，你们，一对活宝形影不离，如胶似漆。

相见总是匆匆，你的休假已满，又飞向远方。

第二天，在微信朋友圈里，有玥的更新："你来了，又走了！"我看见，眼泪"哗"淌了下来：短暂的相聚，多少不舍，多少依恋，她写下这六个字的时候，一定和我一样的十分难过。

然而，为了生活，为了更加美好的未来，为了人生有一个无悔的青春，相恋的你们，不得不暂时又分别，万般不舍的妈妈又不得不再拉起牵挂的绳，只用心灵的手，互相牵念，彼此鼓励。

那时，我告诉我自己，也告诉你们：人生，不仅仅只是相聚一堂，更多的时光，却是为了相聚的那一刻奔忙在路上；爱的意义，不仅仅是花前月下，不仅仅是在海边的沙滩上堆砌童话般的浪漫，更多的内容，却是像鸟儿一样为了爱的巢都在忙碌；耕耘的时光是漫长的，然后才是收获，才是秋收冬藏；石头砖块都很普通，却要用它们铺就远方；那些日子，都不平常，很多的岁月，都在路上。

两个年轻人有缘牵手，是很幸福的事，一个女孩成为我半个女儿，是我最大的造化。从此后，一老一少两个女人，共同爱着一个男人，哪怕分别，却都在对方的心上。远方的你，其实，是何等的幸福！

那疼女婿的你的岳父岳母，更是视你如己出，每年的中秋节，时间未到，就早早把你喜欢吃的月饼寄了去，我倒只有偷着乐的份。

聚少离多的日子，每每都在思念中，你休假回来十天半月，却很少陪伴我，有时，脾气上来，我就对你任性，现在想想，我该抽自己的嘴巴。

然而，生气也好，任性也好，其实，都是源于爱，因为爱而任性，因为可以任性而幸福。更多的时光，是我与玥还有亲家一家人，用心灵的珍珠在共同编织思念，编织对远方的你的牵挂与祝福。

花开花落，春华秋实，喜喜怒怒，奏成了美妙的乐章。

因缘生爱，你们是上苍送给我最好的礼物，我用心爱你们，本想与你携手共进，用心的金砖，筑我们爱的堡垒，现在，这一切，却成了永恒！

2018.1.21

曾经（2）·飞翔的风筝

那年，你考上了大学，录取的学校隔家很远。送你上火车的时候，我说：“去吧宝贝，好男儿志在四方，你的天地很广阔，希望你飞得更高更远。”

你刚刚到大学的时候，经常打电话回来，想你了，我也常常和你联系：电话、短信；长篇大论、三言两语；高兴了胡侃，不高兴了就教训你；有时你也一通电话，就天南海北，常常个把小时；有时，我心疼电话费，就说：“好了好了，我有点事要出去。”你这才悻悻地挂了电话。

我干脆在电脑上申请了QQ，装了视频，买了话筒，这样，就可以在电脑上和你没完没了了，一举几得。

可是，没有多长时间，你在学校混熟了，和我联系的时间就越来越少，我在网上开了视频，你也早就来了，和我打个招呼：“妈妈晚上好。”就不知道和谁聊得起劲，我生气，你诡秘地说：“妈妈乖，别生气，我有事在忙。”你这小子，谁不知道你是在忽悠我？

没办法，我就只好每天上线时和你打个招呼，就各玩各的。几年来，我和你几乎天天在网上见面，看着你红红的头像，在聊天框上三言两语地说说话，在视频上看着你和别人眉飞色舞，有时，也真的在专心致志地忙乎。

你的四年大学，玩儿似的，天天在网上和我见面，并不觉得隔我有多远。

时间真快，你就快毕业了，论文、跑工作、准备，那半年，你忙一些，上网的时间很少，我也没在意。

那天，你打电话来，匆匆的：“妈妈我的工作定下来了，明天就要去报到，我的电脑我寄出来了，到家你收一下啊，有时间我会打电话给你的。”我想多问两句，你已经挂了电话。

又过了几天，你又打来电话，又是匆匆的：“妈妈我们要去训练了，在部队管得很严的，一般不准带电话，你要照顾好你自己，有时间我会给你打电话。”我想多问两句，你又已经挂了电话。

大约两个星期后的一个晚上，你发了一条短信：“妈妈，我们回来了，我们的生活很没有规律，也不定点，一天跑到一个地方，真累。”

我没有回短信，回成了电话——电话更快一些啊，可是你把电话挂了，又回了短信：“妈妈，战友们已经休息了，不好影响他们，不方便和你通话，妈妈我会努力的，你不要担心我，你要保重你自己。”

这以后，你和我的联系又越来越少。

很长时间，你没有发短信来。

“儿子，你又到了哪里？那儿的气候好吗？生活习惯不习惯？工作很艰苦吧？”

日甚一日的牵挂，让我度日如年，心里有说不出来的难过，晚上闲下来的时候，总习惯打开电脑，挂上QQ，开开视频，可是，你不在线——当然了，你的电脑都带回来了，还上什么线啊？电话信息都无法联系，我真是。

我把开了的电脑又关了，心，怅怅的。

儿行千里母牵肠啊，我现在深深体会到了这样的心情。

一年过去，你还是联系很少。

这段时间，你又和我联系起来，话很短，却很兴奋：

“妈妈我得到表扬了。”

“妈妈我当排长带兵了。”

“妈妈我又被嘉奖了。”

每次，你打来电话，话都很短，但都是那么兴高采烈，抑制不住成功的喜悦。

每次，我还没有从狂喜中缓过神来，你就匆匆又挂了电话，你忙啊。

我很牵挂你，我也很欣慰。

有儿在四方。孩子，你像一只高高翱翔的风筝，但是宝贝，不管你在天空怎样翻飞，请你记住，你的天空永远有一双注视你的眼睛，永远有一根牵着你的线。那就是妈妈给你的祝福，有了妈妈的祝福，你的风景会更加精彩，飞得更高更远。

2010.10.21

曾经（3）·片段

生活的片段，点点的日子，串成珠链，拳拳的牵挂，总在絮絮叨叨中表达。

晚上，照例的，一个人坐在沙发上，边看电视边吃饭。

习惯地看看：内挑的小阳台上的飘窗，窗和地板上，盆景蓬勃地茂盛，横梁上垂下来的挂花很美丽。

参差的夕阳，笼着我的脸，花园似的小阳台，把我的心包裹，思念中等待——这是我为你准备的礼物。

你两年没有回来了，你的工作很特殊，是我动员你选择了这个职业。

你两年没回来了，你要去远方的时候，母子俩还住在老地方，不久，我搬走了。两年，你还没有看见过母子俩的新家。

我想你，想极了的时候，就流眼泪，却不能让你知道——因为，这会影响你的工作。

两年，盆景排着队，长大了，蓬勃地茂盛。两年，我的发间长出白发，一根两根地，我老了许多。

晚饭吃了一半，手机的信息响了：

"妈妈，吃饭了没？"

"正在吃，你呢？"淡淡的回答。这样的回答已经是习惯了。

你的工作越来越忙，没有时间上网，不像原来那样想见你就打开电脑在视频上见。只能偶尔打电话，发发信息，每次的联系，还只能长话短说。两年了，我都不知道你长成了什么样？今天，是母子俩半月来的第一次联系。

"我刚吃完，妈妈，你看看彩信。"你发信息来了。

"嗯。"

我回复的中间，彩信过来了：在郊外的山坡上，你匍匐着，握着步枪，你的战友们就在左右，一个姿势的，正在瞄准。很漂亮的迷彩服，很周正的军帽，你红扑扑的脸，炯炯有神的眼睛……

你真好看。我笑着看照片，眼泪却"哗哗哗"地淌下来。

一个月前，你打电话来说："妈妈，告诉你一个好消息，我们这次的急训总算结束了，我可以有一次休假了，过两天，我就飞回来看你了。"你语调欢快地说。

我高兴得差点跳起来，赶紧给你准备你爱吃的好东西。

第二天，你一大早就又打来电话，很烦躁地说："妈妈，哎呀！休假的事，又泡汤啦！又接到任务，要去学习，到年底。还说可以来看你了，结果……哎！"

我好生失落。可我想都没想，就赶紧安慰你："没事没事，妈妈很好，你的工作要紧，到年底也没有几个月了，好好工作，到时，妈妈给你接风。"

"那么，你多保重，我要上班去了。"你挂了电话。

看着昨天买来的大包小包的食品，我孩子似的哭了。

"看见了没？妈妈。"你又发短信过来。

"看见了，你更帅了，宝贝。瘦了吧？"看上去，你的脸小小的。

"胖了呢，胖了好多，肚子上都有赘肉了，嘿嘿。"信息后面，你又加了一个调皮的表情。

也是，你原来太瘦，脸颊长，没肉，现在，脸长饱了。

"胖点好，有福！"我发短信过去和你开玩笑。

"嘻嘻……好了妈妈，我们还要出去继续训练，乖哦！"你又发了一个调皮的表情。

难得啊，两年了，你还是第一次和我聊这么长的时间。

饭冷了，不吃了。

"臭儿子！"我抚摸着照片上英俊的你，笑着，笑着，眼泪，又掉下来。

2012.3.29

曾经（4）·小幸福

一方小小的、咖啡色的木盒子，小巧，雅致，静静地在我面前的茶几上。

打开盒子，一柄小小的梳子，静静地躺在盒子里：谭木匠的，黑色的梳柄，镶了金丝的花，两边，酱红色的梳齿均匀，圆润。

一柄很漂亮的小梳子。

“妈妈：祝你节日快乐。”

我笑了，幸福地笑了。

今天，是母亲节，属于我的节日，哦，我忘了。是你从很远的地方，寄来了温馨的祝福。

你长大了，真的长大了，我的儿子。

我很欣慰，我今天真的很幸福！

2010.5.9

曾经（5）·那年那天，与你同行

你一年只有两次休假，一次二十天。

二十天，你要分配到很多地方，你父亲那儿，奶奶，姑姑，叔叔，都是必探的亲人。

你结婚了，有你的住宅，有你的家。

你的妻子还有外婆，还有爷爷，也该看望的。

你还有很多必聚的朋友与亲戚，还有很多杂事。

二十天，你恨不得自己有分身术。

时间！分到我名下的时间？我不能确定你什么时候可以联系我，什么时候可以让我见到你，让我与你一起吃一顿饭。

于是，这二十天，我的手机二十四小时开机，随时准备应你的呼唤，那时，我就放下所有的事务，只赴你的约。

这二十天，我几乎天天给你打电话，问你现在在哪里？在干什么？你大多回答："妈妈，我在开车。"

我就不敢再多说话，怕影响你开车，我也听见马路上喇叭的声响。

你真的很忙。

没有时间见面，我却很踏实，只有这二十天，我消除了遥远的牵挂，你与我在同一个城市，我似乎听得见你的呼吸就在我的身边——你隔我很近，很近。

今天，你呼我了，这是你回来的第四天，分给我的时间真早呢。

"妈妈，你在家吗？你有事出去吗？如没事，中午约你吃饭。"吃完早点，我正准备出门去健身房。

"没有没有。"我赶紧回答。

"那，你想去哪儿吃？我来接你。"

你每次休假回来的时候，你的妻子总上着班，工作很忙，中午几乎没有吃饭的时间。偶尔，你把自己的事情办妥了，匆忙地让我到她的单位附近，你找个馆子订好饭，等她得了空，我们母子婆媳三人小聚一会儿。

今天的中午，你有点空，你的妻子却从单位出不来，你只好只约我一个人了。

"只是我们两个人，不必出去吃了，你过来我做给你吃。"我说。

"嗯，好吧，也好久没有看看你这里了。"一会儿，你开着车来了，笑笑的，我的饭菜也齐了，我炒着菜的时候，你照例给我弄弄电脑或手机。

“妈妈，我下午还有事，不能陪你，你要去哪儿吗？我送你去。”吃完饭，你对我说。

“那么，我去艺术剧院办点事，你忙你的，不用送我了，我自己去就行了。”

“不怕，我送你。”你说。

从家到艺术剧院并不远，步行也就五十来分钟，我平时如果懒得走路或时间紧就坐公交车，很方便的，今天时间还很早，我可以慢慢走着去，权当锻炼。

“我送你去，妈妈。”你又一次说。

“不耽误你的时间吗？”我问。

“不怕，还有一点时间的，想想，学出车来很多年了，却没有时间练，一直不敢上路，现在可以开了，但你还没有坐过呢，我送你一次吧，让你坐坐儿子开的车吧。”你有些顽皮，也很自豪。

我没有再推辞，其实我真的很想坐坐你的车，儿子开的车。

坐上了，儿子的车。

你专注地开着车，目光向前，我坐在你旁边的副驾上，侧过脸看着你：你轮廓分明的脸，红润健康地透着青春的活力，你一眨眼，一偏头，微微地笑，我看见你突出的喉结与下巴上绒绒的短须——你们家的人，胡须稀少，属于人们说的白面书生的那一类，你也是的。只是，长时间的军营生活，你的文静与果敢都体现于一身，加上你带着战士们野外训练长达半年刚刚回来，长时间的风餐露宿，高原的日照，让你的脸有点黑，但那透着光亮的黑，那炯炯的目光，却让你显得更加英武，更加富有阳刚之气。

我静静地欣赏着你，像欣赏着一幅画——这幅画，是我一生唯一最满意的作品。

很多年了，因为你长大了，因为你远到外地工作了，我很少有机会这样近距离地欣赏你，欣赏我的杰作，以至于有很多时候，你的容貌都有些模糊……

我突然有些希望车开得慢一些，甚至，堵一会儿车……

“哎哟，妈妈，这是哪里了？”你突然问我。

我也才发现你对路线不熟悉，绕了好几个弯弯。

“这是国防路，前面是昆都。”我回答。

“艺术剧院还远吗？这导航，哎！这时间……”你边有点前言不搭后语地自言言语边看车上的时间。

我明白了，你的时间来不及了。

“不远了不远了，我从这边的一条小路过去，一小段就是艺术剧院了，我下车自己去。”

“你行吗？妈妈。”你还继续慢慢地边看路边开着车。

“赶紧停车，我要抄小路去，你再开，我还得走回来呢。”我笑着说。

“好吧好吧，那你注意安全。”你边笑嘻嘻地说边靠边把车停了下来。

我下了车，退到石阶人行道上站定，你摇下车窗让我看见，却没有向我挥手，仍手握方向盘，只正过脸对我笑笑，又摇上车窗，一溜烟地走了。

我还是站在人行道上，看着你的车影远去。

算算时间，今天，从家里出来到现在，也不亚于四十分钟了，我再步行到艺术剧院，差不多一个小时了。

我边开步走路，边哑然一笑。

其实，我只是想坐坐你的车，只是想多有一点与你同行的时光。

2018.3.10

心　路

从部队出来，我没有直接回家。你的表哥凯在文山的广南上班很多年了，一直邀请我去那里看看，说广南的坝美和丘北的普者黑都是文山州有名的旅游胜地，我什么时候来了他就陪同我到处转转。我爱旅游，也一直计划什么时候去。

这次出发前，我也就给凯打了电话，告诉了他我这次的行程。他说："好的，姑姑，我等着你。"

在部队本来计划只准备待两三天就转到文山的，但小玉总舍不得让我走，战友们也再三挽留，就一天一天的推迟，一待就是一个星期。

到广南的那天，刚好是周六了，我窃喜起来：凯用周末陪我，就不耽误他上班了，真是歪打正着。

凯接到我，带我去吃中午饭，我发现街上到处是标语："热烈庆祝文山壮族苗族自治州建州六十周年。"

"你们这久是在搞庆典活动吗？"我问凯。

"是的，这久的周末都没有休息。"凯回答。

"那么，你出来陪我了，旷工？警察旷工可不得了！"我与凯开玩笑。

"我向领导请假了，原来我也与同事们聊过你，领导准了我的假，还再三叮嘱我要照顾好你呢。"凯笑笑地说。

我没说什么。

吃完饭，我想了想，对凯说："我们下午就去坝美，明天的普者黑我自己去。"

"我请了两天的假的，明天我还是陪你。"凯说。

"算了，在这么特殊的时期，领导能准你的假，是对你极大的爱护，也是对我的尊重，我们要懂得感恩，你明天赶紧回去上班。"我说。

"那，好吧。"凯边去开车边回答。

我说的话，这些孩子很顺从。

从广南城到坝美不远，一个小时，到了。

把车停在停车场，我们准备去有名的"世外桃源"——坝美村。

要去"世外桃源"需乘船从山洞里钻过去。

买了门票，走一小段路，我们就去坐船了。

云南的山里有很多溶洞，洞里有千奇百怪的钟乳石，形成神奇的自然景观。为了打造旅游，洞里大多都建了栈道，设置了灯光，那些灯光光怪陆离，有些还闪闪烁烁，有点像《西游记》里的场景。

通往“世外桃源”的这个洞，没有栈道，出入只能坐船。里面没有灯光，小船进去，黑漆漆的，头顶上听见“扑棱扑棱”的声音，有点诡异的感觉。

凯用手机打起电筒，四处照照，才知道是蝙蝠在洞里盘旋，洞的墙壁湿漉漉的，顶上不时滴下水滴，一滴一滴地滴在水里。

洞里有些冷。

出了洞，又坐马车。

马车停下，又坐船，顺着一条河逆流而上……

小船又停下，下了船，爬一小段石坎，转角一处，一个古朴的村庄呈现在眼前，那是一个沿河的壮族、苗族的村店，顺着小路沿河而上，河边有碧绿的树木，有鸟儿的欢叫，箐里有淙淙的流水，河边的地里有三两个人在拾弄着，还显得有点悠闲，沿路的房屋的顶上偶有白烟冒出，远远地也听见狗叫。因为距公路远，这里空气很好，也显得安静，确乎有一点“陶渊明”的味道。

但这里，也有客栈，也有服装店、杂货店，也有卖吃的东西的，旁边还有一片机器隆隆，材料杂乱，我问了问，说是要扩开这里的景点。

商业的气息已经明显地侵染了“世外桃源”。

该出村了，说是可以不原路返回——原路返还耗时太大。

我们就手持通票，又去坐马车。这次，一会儿就到了公路上。

要回停车场取车，到又要坐中巴车回去了。现在，我总结出来了，那就是，山里有个洞，洞里有暗河；山那边有个村子，要去村子，就坐船钻过去，其实，也可以顺着山脚坐车绕过去的。

旅游的导向，只是让在喧嚣的城里待烦了的人暂时找一个清静的去处，如此而已。

但，我坐在洞里的船上，洞里黑咕隆咚的时候，我真的觉得与世隔绝了，当我远远看见出口的光，那光越来越扩大越来越亮，最后终于下了船出了洞，整个儿站在了阳光下，我确实觉得自己真的随着时光的隧道古今穿越了一回。

普者黑。

到普者黑，已经是中午了。一个人旅游，没有多少思路，也没有计划，随心所欲，漫无目的。开车的师傅说可以先到“仙人洞村”把住宿订下，那里的客栈便宜，隔公交车站也近，便于明天返回，我便听了师傅的建议，订下了客栈，也就在这家吃了中午饭。

门口有小马车叮叮当当跑下来，马车师傅一招呼，我便坐了上去，一会儿到了“普者黑风景区”，师傅说这一段只能到这里了，下一段是人家的地盘。

然后，该先去哪儿呢？我正在想，一家人的团队又来坐马车了，说是要去“三生三世十里桃花”风景点，我和马车师傅商量了一下，就拼上了小马车。

在“三生三世十里桃花”游逛了一会儿，拍拍照，钻了观音洞，又爬上了青龙山，俯瞰了普者黑的全貌，回到客栈的时候，天快黑了。

吃晚饭的时候，下起了雨，天气越来越冷。云南的天气，有点“一雨便成冬”的特点，我赶紧回房间加了衣服。

一人无事，又下楼与老板聊了起来，烤他家的电炉火。老板说：“仙人洞”是个很大的洞，隔这里很近，可以步行去，这里是游客必去的景点，你明天可以先去这里。坐船穿湖嘛，看今晚的这天气，明天的湖里会更冷，现在又没有荷花，就没有必要去了，在湖边路上看看就行了。

我谢了老板，回房间歇下。

今晚，一直下着很大的雨。

第二天清晨，雨停下，身上有了很多的暖意，我按计划步行，去钻了“仙人洞。”

云南的人，经常钻山洞，看那些钟乳石，看多了，其实也大同小异，没多少看头。

慢悠悠来去，慢悠悠游逛，天气更暖和了，我决定还是去坐船穿湖——来也来了，谁知道下一次什么时候才能再来呢？

我又坐着叮叮当当的小马车，到了公园门口，买了票，按工作人员的指引到了码头。

湖边，一排排泊满了小船，游客很少，船夫也很少，有些在闲谈，有一个，在船上的长凳上仰着，双手枕着头，用帽子遮着脸闭目养神。

我张望了一会儿，那些船夫看我只有一个人，并没有载我的意思，还是该干吗干吗，只有一个看上去三十多岁头戴篾帽扎着腰带的女船夫向我招手，说：“上来吧，慢点。”

我上了船。

小船开划，往湖中划去，一只船只有我一个人和那个女船夫，还没有荷花的湖，显得有些冷清。

太阳微微露了脸，天上有淡淡的日光，身上一点也不冷了，暖暖的。

女船夫慢慢划着桨，往湖的深处划去。水很清，越往深处越清，没有任何的杂质，显得柔软而温和。水，清得可爱，清得让人感动。

小船穿越一个又一个的小岛，岛上有碧绿的树木，沿岸的植物也很青翠，还有芦苇，齐刷刷立在水里。今天没有风，水里的水草洗得干净，看得见嫩嫩的绒绒的，桨儿哗啦，小船一推，水草便往两边顺溜。

我坐在船头，旷野无人，偌大的湖，我一人独览，除了湖光山色，只有桨声，心，很安静。

我回头看看，来路已经很远，天上淡淡的日光照在水里，亮亮的，有水天一色的韵致，女船夫的曲线腰身包在日光里，像一幅画。

也许是今天生意不繁忙，女船夫划得很慢，一桨一桨悠闲地摇，我坐在船上，一点一点地往前，胸前挂着的你的照片，随着桨的节拍刚好轻轻叩击着我心脏的位置，一下一下地击着，似乎告诉我：你很幸福。

我把照片捧起来，凝神看看，亲了亲，我微微笑了。

心，很安静。

摇吧，慢慢地摇，今天，普者黑的湖里没有荷花，也就没有花的盛宴的热烈，没有黄金周争渡时的兴奋与喧嚣，没有年轻人戏水时的尖叫与浪漫。这，正好，这静，是我所需要的。这样，我可以在这远离尘世的空空的湖里信马由缰，放飞思绪，可以想一切之所想，念一切之所念。

摇吧，今天，整个的湖，是我的了。

这一年多来，很多的东西，没有了。没有了惯常中什么好玩的事情，得到什么，也没有溢于言表的激动兴奋。没有快乐，也没有太大的悲伤，心，还算平静。很多的人不再联系了，很多的事不再感兴趣。所有的名与利不再关心与关注。从那一场突然的狂风暴雨过后，心，似乎与世间隔了一层厚厚的膜，只想远远地、静静地看着，却不想穿透，不想走近。

其实，这是我所需要的，可以安静，不错了。

摇吧！就在这小山的包围里，把心暂且交给这湖水，让我静静地摇，好好地晃悠。

今天，又是满满一湖的想念。

2018.4.16

出口

“王姐，你来了？挺住啊！”在迪美生健身中心总台的门口，客户经理金龙也许远远地就看见我了，我走近前来的时候，他笑容满面地凝视着我的眼睛，但，那笑里也分明有泪的影子。

我淡淡地点点头，回应金龙淡淡的一笑，眼泪却像江水一样奔涌而出。

“你们知道了？”我轻轻地问金龙。

“知道了，你请陈老师向我帮你停卡，我就知道了。来，坐下来休息一会儿。”金龙还是笑容满面，拉了一把椅子给我，同时对台柜里正在值班的工作人员王明玉说：“拿点纸巾给王姐。”

小王递过纸巾和一杯热水，她也已经泪流满面。

这是孩子出事后半年，我第一次走出家门，走进健身中心。

台柜里还有两个工作人员，没说话，只默默地看着这一切。

再也没有其他交流，空气有些凝固。

泪水停下来了，我大口大口地喘气，然后慢慢把热水喝了。

“我去操房了。”我站起身，对金龙他们说。

他们只是点点头。

进了操房，有几个很熟悉的朋友向我打招呼，我向她们点点头。

在这个地方健身整整十年了，认识了很多朋友：工作人员，老师，会员。十年时光，我们熟得像同事与同窗。沐浴间，女性的朋友边沐浴边聊着无边的话题，随时笑声四起，热火朝天。操房里，会员们边做着课前的准备边闲扯：哪里的衣服打折了，哪里的小吃最地道，惹得嘴馋的或爱臭美的人心痒痒的，下了课就约上一两个往那里跑。

健身中心，是一个热闹快乐的世界。

从2017年3月9号，我从这个世界隐退了，与这个世界没有了任何的触摸，只把自己严严地关锁在一个独立的空间。

在浴室，在操房，洗澡，做动作。我行我素，独往独来，没有表情，没有言语，甚至，没有思想与思维，只机械地重复着简单的动作。

不想说话，也没有人和我说话。

世界，似乎只有我一个人。

是我自己跌进了一个没有窗子没有氧气的黑洞。

过了好几天，上课大约还有20分钟，我坐在垫子上发呆，这时，陈平走过来，在我的垫子旁边蹲下来，一只手扶了扶我的肩膀，含泪喊了一声："王老师……"

陈平是瑜伽老师陈羿欣的大姐，这姐妹二人一个是教练，一个是会员，她们长得特别像，都身材高挑，面容美丽，气质非凡，功夫也不分上下，我们刚刚来的时候，常常分不清楚她们谁是谁，只是时间长了，还是分清楚了。

"你第一天来的时候，我就看见你了，但不敢跟你说话，下了课我和陈羿欣都说：王老师总算来了……"

我又泪流满面。

"看着你，心里特别酸，但不知道说什么，我们都知道，在这种情况下，什么样的语言其实都很苍白，只是，就像陈羿欣说的：你来了就好。"陈平看着我的脸，递了一包纸巾。

我一直跟着陈老师练瑜伽——我喜欢她的课，也喜欢她这个人：内秀而阳光，热情而随意，开朗而不张扬，文雅而快乐，术业有专攻，敬业而轻松。

十年相处，我和陈家两姐妹成了挚友。

"是的，我来了。我知道，第一次见到熟识的朋友，我肯定不能平静，我会哭。但我也知道我无法回避，也不能回避，生活还要继续，就此消沉或者放弃，孩子也不允许。所以，我来了。"

又有两三个熟识的朋友进来，也蹲过来，默默地听着我说话。

"第一次见到朋友我会哭，以后就不会哭了，真的。"我带着泪对陈平和那几个朋友说。

"这就好。"陈平点点头，那几个朋友也点点头。

时间到点了，朋友们回到原位，开始练瑜伽。

我走出家门，见一个一个的朋友，一次又一次地流泪。

一年零三个月，健身中心的朋友都见过了，我不再哭。

我愿意说话了，我会笑了，有好奇的事，有好吃的好看的，也凑了过去。

那时，把孩子安葬了以后，我想我把我的心我的灵魂也安葬进去了，活着的只是躯体，每天除了哭还是哭。王芳和她的同学来看我，她说："王老师，我昨天和侯秋华通电话了，你知道她是怎么说的吗？她说我们的王老师经历过的太多了，她是内心最强大的人，她一定会挺过来。"

王芳和侯秋华是我二十多年前教过的学生，当时王芳是班长，侯秋华是学习委员，那时我还年轻，与学生打成一片。后来，我来昆明居住，王芳毕业后也在昆明做生意，侯秋华在山东工作去了。

我与她们班的同学成了知心朋友和亲人。

“我们都太了解你了，老师，像秋华说的，你一定挺得过来。就为他活吧，替他活，老师。”王芳说。

“我也想，我也想为他活下去，替他好好活下去。可是，我不知道我能不能做到。”我说。

“你做得到的，老师，我们看着你，等着你。”

一个认识了十几年的朋友，发了一则关于一个叫郑念的女性遭遇不幸最终活成了精彩的故事(郑念：中年丧夫，50岁蒙冤入狱，女儿活活被打死……)。

我明白朋友的用心，他希望我和郑念一样坚强与隐忍，不要被苦难打倒。

其实，这样的事例还不少，如众所周知的杨绛先生的经历我也了解，只是，我认为她们都是名人，伟人，我只是一人普通人，平凡人，我没有她们那样的力量与勇气。

后来这个朋友又来看我，说：“我看见了你的进步，看见了你一点一点的变化，我相信你也会走过来的，只是需要时间。心灵上的压力谁也代替不了你，悲伤与痛苦也谁也为你抓不掉，一点也抓不掉，只能你自己慢慢来，我相信时间可以治疗你的伤。你就慢慢把他藏在最深的心灵里面吧，用一年的时间来过渡，年把以后，正常的生活你就该开始了，我等着你……”

那时，我不相信朋友说的话：“这怎么可能？这是一条无限追思的路啊！”我想。

“夏妈妈，我们用另外一种方式来怀念他好吗？”当我又一次哭泣的时候，小玉苦口婆心：“他不要你的眼泪，他太爱你了，他希望你过得好，如果你一直沉浸在悲痛中不能自拔，他在天上也不安心啊。夏妈妈，为他活吧，也为自己，好好活着，好吗？”

太多的声音，都在向我呼叫，也许是水滴石穿吧，同样的道理，不一样的语言，不断地强化。也许是时间的凿子不断地在敲击，冰封的心里，还真的硬生生凿出了一个口子。

一年过去，我真的好多了。

一年以后，我想出去了，能正常地生活了。正常地过节，正常地见朋友，正常地按计划从事我喜欢的事务。

我都有点吃惊：那个朋友似乎可以神机妙算？

“也不是，这只是事物的规律，人的坚强不是天生的，都要经历事情才会变得强大，人之所以伟大，就在于此。”朋友感慨地说。

是的，我读懂了这一切。

只是，特殊的日子，也免不了会悲从中来，比如母亲节，比如孩子的生日，比如我的生日，比如孩子的忌日，还有春节，还有中秋节……那时，我也会忍不住哭，那就哭吧，这是一种释放。我知道，哭完了，该吃，我可以好好地吃，该睡，我可以好好地睡，其实，这是很好的状态。

所以我告诉关心我爱我的亲人朋友们：我很好！

也是在“迪美生”健身认识的小季，很熟，很莫逆。近一年来，她不敢和我说话，见面只打个招呼，甚至不敢直面我，打完招呼就把视线移开。后来她告诉我，我突然遭遇这样灭顶的不幸，作为好朋友，她感到特别痛心，除了痛心，她还有恐惧，因为她的儿子也是一名军人，也是家里的独子！

“王老师，刚刚得知你的不幸的时候，我无法接受，不瞒你说，除了痛心，我还有很大的恐惧。你也知道，我的儿子也是军人，你的儿子出事以后，我每天都揪心地牵挂着我的儿子，有时还常常幻想：假如王老师的儿子还活着，他只是受了伤，还在救治，他需要献血吗？我要给他献血去。他需要器官吗？我要给他捐赠去。如果因为我的捐赠他活了，我相信就两个孩子都会一生平安。”

“我也不知道怎么会有这么多的联想，但事实上，这一切的假如都不成立了，我的心愿都用不上，我就一直不踏实，心怀恐惧。”小季说。

这就是母亲啊，我由衷地感谢小季，也很感动。不光光是因为她想到假如有机会她会为我的儿子献血献器官的这片心，更多的是，她想用这种方式来给自己儿子的平安买下一生的单。

季妹妹啊，我何尝不是这样想？那时，因为孩子的肺伤得不能自主呼吸，我也问过“肺可以换吗”这样的话，因为只要能，我要把我的给孩子啊，我要他活下来，我要替他去死。

可是……

“真的谢谢你，小季，虽然你的心愿无法完成，但上苍也已经知道了你的善心。再说了，人各有命，如果可以代替，我是最有资格的啊。可是，我也没有这个机会，这就是命，所以啊，小季，你不用担心，你的孩子一定会一生平安的。”我安慰小季说。

“谢谢你的祝福，王老师，其实，今天敢和你说这么多的话，是一年多来我眼睁睁地看着你是怎么走过来的。你看，今天反而是你在安慰我，那时，我不敢和你说话，不知怎么安慰你，但背地不知流过多少泪，一问起来，连我爱人都流泪。一年多来，我看见了你的坚强，说实话，我是一个脆弱的人，在你的身上，我有了很多的力量，现在想想，谁不希望一生平安？但这只是一种愿望罢了，其实人是最脆弱的。人们也常说：意外与明天不知道哪个先来。王老师，人生都不会一帆风顺，我想，假如我也遇上了什么挫折，我不会怕了，我能承受了，你就是我的榜样。”小季平和而淡定地和我聊了很长时间。

“英雄是逼出来的，在这个角度上，谁也不想当英雄，可是如果上苍硬要逼你，你不想当也得当，也许人的潜力是无限的，需要的时候，就迸发出来了……”我也很平静，甚至带着笑的面容，凝视着前方。

前方很静，是下过雨的一片树林，有很多落叶掉在地上，这静静的树林，满目苍凉，却坚挺地站立着。

人掉进了黑洞却还不应该属于天堂的时候，是要有一个出口的，这个出口只能自己挖，别人可以给你一些工具，但那工具自己也要伸手接过来。

挖呀！挖！当那厚厚的墙洞里出现了一个有光的出口的时候，我看见，有很多人在出口等着我。

2018.6.13

常　态

特殊的人生，赐予人特殊的常态。

用泪来表达，成了我的常态。

不！亲人们！朋友们！你们不要被我的这个定义吓到了，也不用为我担心，其实我很好。

只是因为，现在的我，悲伤与欢喜都会不自主地流下泪来，这，成了我的常态，我也没有办法。

既然是常态，那就由它去吧，既来之，则安之。

昨天早上，2018年的高考分数在网上都查询到了，每个学校、每个考生都在谈论、关注，考得满意的学校纷纷晒着喜报。我也捧着手机，在为家乡的学校和我曾经工作过的地方又取得辉煌成绩而高兴和自豪。

这时，微信的“亲人群”里也传来消息：“亲人们！我的分数出来了，呵呵！”这是楚在群里汇报她的高考分数。

楚，是三弟的小女儿，也是家里我最小的侄女(比她小的还有两个，是侄子，在读初中)。

家里的这个群，建起来很多年了，楚一直没有在群里——我们的家里，有一个不成文的规定：还在读小学或中学的孩子，高考以前不可以有手机，当然也就无法进微信。

高考过后，楚也进了群，但也只是偶尔和亲人们聊几句——她考完就去打工了，她想利用假期参加一下社会实践，也顺便挣点钱买一个手机。小丫头从小就天真活泼，很阳光，也很乖巧，笑起来可甜了，声音也很脆，是她爸爸妈妈的贴心小棉袄。

作为姑妈，侄子侄女们读书的事情，我很少过问——远水解不了近渴。何况，十一个侄子侄女，谁顾得过来？有他们的爸爸妈妈呢。

这些年，侄子侄女们一个一个地读出书来，一个一个地奔赴工作岗位，成家立业，结婚生子。“知识改变命运”这句话，算是对我们这个家庭最好的写照。

当家里这第七个寒门子弟闭门十年苦读今天终于报喜讯的时候，亲人群里乐翻了天。

“祝贺祝贺！580分呀，厉害！厉害！”

楚读的是理科。

“哎呀！咱们家的小不点考了这么高的分，高兴呀！”

“……”

在四面八方工作或读着大学的哥哥姐姐们，都聚在群里来了，逗着楚玩。

“我对自己不满意，你们看，人家600分以上的多得很。”这时，楚发了一个噘着小嘴的表情。

“楚儿，可以了，你一直很努力，这就够了，爸爸对你很满意。”和我一样也在群里一直观望却没有发声的三弟发声了。

三弟是个很中庸很低调的普通教师。

“是啊是啊，一个家庭，我们不要求都是顶尖的人才，只要个个都对社会有用就行了。”我也发声了。

这是一个快乐的日子。一个人，一个家庭，不需要多大显赫的富贵与名旺，只要都日出日落地工作与生活，平平凡凡平平淡淡平平安安地过日子就行了。这个家庭达到了。

我沉浸在楚分享的劳动与快乐里……

“就差你了。”这时，一个笑容满面的身影突然钻进我的脑海里，挥之不去。如果人生都常规，如果没有那场突然的灾难，他也一定在亲人群里，和表哥表弟表姐表妹们逗着楚儿玩。

我薄命的霄儿啊！

突然的很难过，但，一年多的疗伤，伤痛好了许多，我有了很多的定力，所以，没有哭。

接下来，是就楚的志愿在群里展开大讨论，大家各抒己见，亲人群又俨然成了一个点子公司。

这些年，我基本脱离社会，有价值的信息一点也提供不上，老不中用了，就只有在群里看着孩子们给楚出谋划策。

“热闹嘛！我刚才在哄娃娃睡觉，来晚了。”这是刚生了二宝还在休产假的侄女贤。

“我得好好补看看聊天记录，看你们都出了些什么点子？”贤同时发了一个招手的表情。

我还是只默默地看着。

“玥：想不到你也来了，看到你，我很感动，真的。”贤向玥打招呼。

“二姐，我也是这个家的人啊！”玥发了一个拥抱的表情。

其实，玥也早就来了，只是，她上着班，没有更多的时间也逗楚儿玩。群里进行到志愿大讨论的时候她才冒了泡，出了很多别具一格的点子。楚很感谢玥的点子，但因为玥在群里用的是昵称，楚刚进群，不认识她，我告诉楚：这是你李玥大嫂，楚很甜地叫着大嫂。

在群里，玥又亲切地拥抱了楚！

其实，因为特殊的工作，霄很少在群里露面，倒是自从他把玥带进了群后，都是玥代表他在亲人间联络。前年，小弟的女儿瑶瑶高考完毕后，瑶瑶和弟弟来昆明，玥带着瑶瑶和弟弟去吃饭看电影。去年的这个时候，霄儿的姑姑的女儿与二叔的儿子同时高考，那时，霄儿已经去世了半年，也是玥忍着悲痛给弟弟妹妹送去了祝贺。

“我也是这个家的人！”

我的眼泪流了下来。

这眼泪，是感动。好孩子，你永远是这个家的人，霄儿不在了，你是我的女儿，永远都是。

今天，是周末，志愿的事宜暂告了一个段落，一大早起来吃完早点就没事干，便走了出去。

这一年，喜欢上了“夜听”。白天的繁忙与喧嚣过后，洗漱完毕，我就躺在床上，闭着眼，静静地听那些“故事”或那些充满灵性的人生告白。每每那时，我的心特别静，很多时候，听着听着就睡着了。

“夜听”，成了我沉淀心灵的山泉与催眠曲。

这久，在听“宣威夜听”这个栏目中桂桂的朗诵，她的声音特别柔和，加上大文学家余秋雨的《文化苦旅》系列散文特别煽情，那大气华美流远的文字，让我一遍又一遍地听，晚上听了，往往第二天又重新听。

昨晚听的是《蜡梅》，因为很晚了才开始听，听得迷迷糊糊，听着听着也睡觉了。

现在挂着手机在外面，便从头开始重新听。

这是余秋雨在旅途中遭遇疾病住进一家医院，院里一枝傲雪凌风的蜡梅陪伴着病人，给病人们带来了力量与希望的故事。

我漫步在家门口附近的一条林荫道上，听着桂桂温润缠绵的声音，我似乎听见了病院里那两个绝症病人乐观的笑声，听见了病院里的病人们对一枝蜡梅的依恋与呵护的情怀，最终，我看见了一种面对苦难大无畏的精神。

我慢慢地走着，长长的路，浓浓的树叶，林荫道上昨夜下过雨，显得有些寂寥，也很清幽。林荫道上有一个路口，右转，有一小条河，很窄却很深，看不出水在流，沿河的植物很绿……

我继续走着，一遍又一遍地听着《蜡梅》，寂寥与清幽，孤苦与力量，默默的人生，都交汇在一篇《蜡梅》的感怀里。

又下雨了，雨不大，小雨滴在河里，河面亮亮的，像天上撒下无数细细碎碎的小星星。

我站在河的中段的一座小桥上，用手机拍起照片来，拍出来就发到了朋友圈。

“姑姑，下雨了，不要被淋着哦！”这是在昆明当老师的侄女发来的，她真快啊，距我发出照片也就两分钟吧。

“我就在家门口，带着伞呢。”我笑笑，回应侄女。

“你在哪里？要去搞什么？下雨了，赶紧回家！”对侄女的回应还没有结束，就被朋友那命令式的电话打断了。

我的眼眶有些湿润：纵然我在天涯，也随时有关怀的声音传来：这是温暖的溪流。

我立即关了微信小视频，乖乖地往家里跑。

2018.6.24

时 光

启文湖，一个名不见经传的小小的湖，椭圆形，周长五百八十米，坐落在宣威市东北角四十二公里处的格宜镇。解放前，格宜的启文湖边有一所中学，就是以启文湖命名的，叫“启文中学”。解放后，宣威又陆续成立了中学，以成立的先后顺序，启文中学排名第二，改为“宣威二中”。

宣威二中，是我的母校。

我的小学，是在家乡的宝山镇虎场小学读的，虎场小学还附设初中，小学毕业考上初中，可以就在虎场小学读。

那时，每个乡镇都有“附设初中”。但“普通中学”就不一样了，一所“普通中学”面向五六个乡镇才招收两个班的初中生，一个班五六十人，要考上“普通中学”，真是很难。

小学毕业，我考上了“普中”，来到隔家十五公里的启文湖畔的宣威二中读初中。

湖畔的二中，如水上小小的睡莲，朴素而雅致，湖的北面后面有一排低矮的房子，那是教师宿舍，我们的数学老师叶琬莹老师就住在那里。

叶老师刚刚从专业学校毕业，分到二中上我们的课，她特别年轻，瓜子脸，皮肤白净，眼睛双双的，大长辫子垂在背后，整个人特别美，像个明星。

第二年，宝山镇也成立了普中，地址就是原来的虎场煤矿那里，中学叫“宣威第十二中学”，就是现在的宝山一中，距我家三公里不到。

家乡也有普中了，为了就近，和我一起考到二中的三个同学都转学到了十二中，降级再读一个初一。

我入学本来就晚，不想耽误，成绩也好，就没有转学而继续留在二中读。

初中毕业，我考上了师范。师范毕业，我分到了十二中教语文，当班主任。

两年后，我结婚了，调到了二中，这时，我成了我的很多老师的同事，叶老师也是。

我又回到了启文湖畔我的母校——二中，和我的老师们一起耕耘一起收获，圆着很多的梦。

我和叶老师从师生变成同事，我们住在同一幢教师楼的上下层，她是一个柔和谦逊包容的人，把我当成妹妹一般。我生了孩子后，没事的时候，就常常抱着孩子去她家看电视。

三年后，我脱产去读书，毕业后调到了宣威一中，叶老师也在那一年从二中调到了一中，我和她又是同事了，这是后话。

调到二中后，我还是想教语文。但老牌的学校，已经有很多教学很丰富的老师，我就不敢在前辈面前班门弄斧，只好接了很多杂课。

当时的师范生，人们称为“万精油”，校学里缺哪一科的教师，就让你去上哪一科的杂课。所以，来二中三年，政治、地理、音乐我都上过，三个年级都有课，每个班每周两节。

那时，初中升考，除了政治，其他两科都不考，称为副科。副科，是不被重视的科目，学生主要学主科去了。这样，副科教师管纪律就成了很重要的一环。

我刚刚来上副科的时候，我的课堂纪律很糟，乱哄哄的，常要我扯着嗓子喊“不要讲小话了！”同学们才会停下来，但一会儿又交头接耳起来，真是烦死人。后来我想到：这个年龄的学生都喜欢听故事，我刚好有一肚子的故事，何不用来诱他们好好上我的课？

说干就干。那天，我走进教室，同学们已经在座位上就座了，但还是闹哄哄的。我走到讲桌前，定定地看着同学们，好一会儿没吭声。良久，同学们也发现了这样的气氛，渐渐停下了讲小话。

“同学们，你们喜欢听故事吗？”我问。

“故事？喜欢！”反应过来的同学们齐声说。

“老师，这一节课你给我们讲故事吗？”一个同学问。

“可以，但我得先把正课上完了，同学们也听懂了我才能讲啊。”

“好好好，我们好好听课。”那个常常带头闹课堂的家伙昂着头说。

教室里安静下来，我滔滔不绝，师生有问有答，课堂气氛活跃而有序，一堂课的内容常常可以提前十来分钟就搞定了。

这时，我该兑现我的承诺了：给同学们讲故事，历史地理，文学典故，生活中的趣事感悟，都是我故事的素材，一节课一个。

后来，有些同学甚至盼望起那每周两节的地理课来，其实是在盼故事。有时，因为某节课某个同学没有好好听课，我维持纪律去了而影响了课堂效果，我就故意不讲故事，那些早就盼故事的同学就很生那个同学的气，时间一长，那些闹包怕被孤立，也就不敢了。久而久之，同学们的良好习惯也渐渐形成，我的课堂纪律越来越好，再也不用操心了。

说来惭愧，我上初中99、100班的课的时候，正怀着孩子，精力不济，觉得很疲惫，很少讲故事了，也很少点名。

我生完孩子，休了三个月的产假，这时99班100班进入初三，不再有地理和音乐课，所以这一届的同学们我对他们印象不深，更没有对号入座记住他们。

所以，前久99班举行毕业28周年同学聚会，邀请任课教师参加，同学们多方寻找，又通过叶老师终于找到了我的时候，我对叶老师说："我上他们的课时间太短了，也没太用心，连他们的人与名字都记不得了，我不好意思参加。"

"但他们记得你，这些年你经历了多少事啊，你记不得他们是正常的，二十八年，连我都有很多事忘了，何况是你？"叶老师说。

二十八年，往事如烟。后来的那一场疾病让我失去了文化记忆，人和事也模糊一片，只有启文湖的晨光与暮霞常常朦胧在梦中。

人生都在摸黑路，不知道什么时候又被黑路中尖厉的巨石把脚趾撞得鲜血淋淋。去年的丧子之痛又让我恍如隔世，心力与体力都弱不禁风。叶老师知道了这件事，她很想来扶我一把，但就像很多的亲人一样，她不敢。我那时的心已经像被烧化了的一堆灰，只怕她们的一伸手，看似有形的那堆灰就散了。叶老师只好在微信朋友圈里每天关注着我的动态，看着我用泪水抒写着我的伤痛。我一滴泪水一个字地写着，每每这时，叶老师就边读着我的文字边哭。

一年半，很多的泪水都凝固成了文字，静静地躺在时光中。终于，我的状态好多了，当我这次回到宣威，终于有了勇气见叶老师并愿意接受她的抚慰的时候，叶老师放下了手上的事务匆忙赶了来。

"同学们这样热情，我们不要辜负了他们好吗？我陪着你，我们一起去好吧。"

"好！"我乖乖地回答叶老师。

在叶老师的家里，我们等着接我们的同学。我木木地坐着，叶老师柔柔地和我说着话，一边给我削水果，就这样，我安心地接受着她如从前一样的照顾。

接我们的同学如约来了，我们坐上了车。从宣威城到格宜不远，一会儿就到了。同学们给我们定下酒店，安排我们边喝着早茶边等候其他的同学和老师。

一张一张的车陆续来了，三三两两的同学与老师走进酒店大厅，聚在了一起。

陌生！除了大多数的同事我还记得，学生，我真的一个都记不得了。

"老师，你还记得我吗？我是陆春丽。"一个眼睛双双的女生拉着我的手问我。

"我……"看着面前的这个女孩，我一片茫然。

"那时，我的功课出了一些问题，我妈妈就常常带我去你家，请你的爱人给我补课，你就做饭给我吃，我在你家吃过很多饭呢。"女孩笑眯眯地说。

"你妈妈姓戴？"戴大姐我倒记得，但她的女儿陆春丽我却真的忘了。

“是的是的，你总算想起来了。”陆春丽又一次笑起来。

“老师，学生杨万庆有礼了。”一个满面春风笑容可掬的男生举着茶杯走过来幽默地说。

我站起来，回敬他的热茶。

“老师，我最记得我们的第一节地理课了，你走进教室，和同学们问好后，在黑板上用一支粉笔一会儿就把中国地图画了出来。”杨万庆说。

这时，我也想起了那堂地理课：我用教鞭指着用粉笔画出来的中国地图问同学们：“请同学们看看，咱们的中国地图像什么？”

“像一只大公鸡。”同学们齐声回答——因为应我的要求，同学们预习过了。

“那么，台湾像什么？”这一次同学们说法不一。

“像个鸡腰子。”一个同学说。

“对对对，还真的很像。”同学们热烈地说。

这时，我请一个同学走到黑板面前，指出云南在哪里，这个同学有些紧张，一时找不出来。

“在鸡脚杆上啊，笨蛋。”课堂又闹哄哄的，这次的哄闹，却让同学们牢牢地记住了这只东方雄鸡：山川河流，地域宝藏都在同学们的心中。

“那时，你不但上我们的地理课，还上我们的音乐课。你教我们唱歌，教我们简谱，教我们指挥，我学会指挥就是你教会我的。”杨万庆继续说。

“我也学会指挥了，我们那年的歌咏比赛，就是我指挥的，我们班得了第一名呢。”这时，身材高挑的张英不无自豪地说。

“那时，你太年轻了，长长的披肩发，戴着眼镜，文文静静的，你是我们心目中的优雅女神呢。”又一个同学插进话来说。

我也想起了那些音乐课。我不是专职的音乐教师，但我真的很喜欢唱，歌唱让我忘记了烦恼，歌唱给我带来了快乐，歌唱让我充满了憧憬。因为这样的喜欢，学校里唯一的一台脚踏琴被我抬到了家里，有时间的时候，我就坐在一根高脚的独凳上边弹边唱。

我突然觉得有些心酸，心里也暖暖的。那些岁月，我和同学们其实年纪差不了多少，青春年少，蓬勃朝气，意气风发，和同学们一起嬉乐，和同学们一起畅想着美丽的未来。

吃中午饭，教室里茶话聚会。下午，师生们流连在启文湖边，二十八年的思念容纳在心里，一朝倾巢而出。拍照，交谈，让缘分延伸，让美丽定格。

吃了晚饭，同学们来到歌厅，纵情高歌，倾诉着同窗的情意，倾诉着永远的牵挂与祝福，歌唱着对生活的热爱与向往。

“老师，我想听你唱歌，我给你点歌去好吗？你想唱哪些？”一个同学问我。

“我嗓子不行了，也记不得歌词了，唱不了了。”我说。

太多的变故，太大的沧桑，让我没有了唱歌的兴致，多年不唱歌，歌词也真的忘了。

“老师，你一定能唱，你还记得吗？我当时也很喜欢唱歌，也唱得还可以，我们毕业考试的时候，你给我打了98分呢。”一个同学兴奋自豪地说。

“是吗？”我很高兴地回答。

“是的，老师，你就唱你给我打了98分的那首，你记不得歌词了，我陪你唱，好吗？”这个同学边说边就把那首歌点了，又顶了上去。

盛情难却，我只好领受了。

歌唱完了，同学们给我热烈地鼓掌。

“我就说，老师能唱，还和当年一样。”这个同学不无奉承地夸奖着我。

“老师，我又给你点了，都是当年你教我们唱过的那些老歌。”说完，又把歌顶了上去。

我已经身不由己，每到我的歌，同学们就把我推到前面，把话筒递给我，一个晚上的时间，大多都给了我，那个同学一直扶着我的肩陪着我唱。

每唱完一首歌，同学们就给我热烈的掌声，给我送来热茶。

我有些惊讶：我今晚的状态出奇地好，唱歌也越来越有感觉了。

我这才反应过来：同学们知道我的一切情况，却没有任何同学询问过我，那是因为一定是叶老师事先与同学们打招呼了，让他们不要问我的情况，问了，我会很痛的。

我感受着同学们心的搀扶，又一次觉得心很温暖。

一首又一首的歌，歌声唤醒了我的梦：在启文湖畔，我恋爱结婚生子，我工作生活，我教学生歌唱，和他们一起度过了最美的斑斓的青春。

2018.7.26

生命的重量

“我看见你的微信了，希望你节哀……”父亲去世的当晚，我在朋友圈里简单地发了消息，很快，那个时时都在关注着我的动态的朋友打电话来了。

“人都有这一天，只是走法不一样。伯父很高寿了，他这样无病无痛无疾而终，其实是他的福气，也是你们做儿女的福气，不是人人都能有这样的造化的，是他修造得好，才可以这样地走，懂吗？所以，你们就安安心心地把老人家的后事办妥帖了便好，好吗？”朋友接着说。

我静静地听着电话那端充满关怀的安抚，连连说好。

这些年，常常和这个朋友聊天，我们有很多共同的话题，常常能够得到共识。生活中的感慨，价值观的取向，包括生活的态度，包括对生命与死亡的理解。

有一次，我们聊起前几年微信里广为流传的关于陈毅元帅临终时接受着抢救给他带来的巨大痛苦的故事：元帅得了绝症，治疗了很久。后来，病情发展得很恶劣，最后的阶段，他已经陷入深度昏迷状态，没有了意识。为了延缓他的生命，他身上被插满了管子，当他生命垂危的时候，医生要用医疗器械重重地按击他的胸部，迫使他快停止的心脏复苏。这样，每一次放了器械的瞬间，元帅的胸部都高高地弹跳起来。元帅已经没有能力表达，但看得出来他很痛苦。他的儿子问医生：“可不可以不救了？”医生说：“我们敢吗？你敢吗？”

诚然，在人们的观念里，一个人的生命还有体征而放弃抢救，是不可以的，这不亚于杀人，作为一个医生的职业操守不允许，作为一个爱父亲的孝子也不允许，只要这条生命还存在，就必须抢救，就必须延缓，哪怕这条生命已经没有了意识，也不可能再有意识，为了延缓这样的生命，抢救的时候却要让病人经历常人无法想象的痛苦，甚至毫无尊严地扭曲着身躯与肌肉。

据说，陈元帅的儿子事后很后悔：他就这样眼睁睁地看着父亲接受着这样的痛苦，却没有勇气帮助父亲终止痛苦，他认为这才是最大的不孝。

也许，我是幸运的，在父亲临终的时候，上苍没有让我来做这样两难的选择；父亲是幸运的，88岁高龄的他可以无疾而终，真的是他最好的结局，所以，接听朋友电话的时候，我还算平静，没有太大的悲伤，这与我们平时常常的探讨是有很大的关系的。

挂了电话，我走到父亲的灵柩旁边，他就躺在那里面，盖上了盖子，降温器的管子从灵柩的一个缝隙里插进去。灵堂里很凉爽。

父亲躺在那里面，永远地睡着了。

那天的早晨，我还在床上，突然接到了大哥的电话："小香，快回来，爸爸昨天晚上突然叫不醒了……"

我边一个跟头爬起来边接听着电话："叫医生了吗？"我问大哥。

"怎能不叫？医生来了，给爸爸检查了身体，说他没有病，只是，油尽灯枯了，不要再折腾他了。说完，走了。"大哥说。

我放了电话，快速地收拾行装。晚上，我回到了家，听着大嫂进一步的陈述。

昨天中午，大哥照例早早地推开父亲住的小屋，看父亲已醒，就侍候父亲穿好衣服，给父亲洗了脸，又回到他后排房子的家，去给父亲做饭。

中午的饭，父亲吃得很好，边吃边吩咐大哥："你们前次给我买的饼干很好吃，快吃完了，哪天赶街？你再给我买点。"

大哥说："明天就赶街了，我去给你买。"

吃完饭，大哥回到家忙他的家务。下午，大约五点钟，大哥又做好了饭给父亲送去，父亲坐在沙发上靠着，睡着了。大哥连连地叫父亲，大声地叫，父亲却再也没有醒。

父亲平时是睡在里屋的，现在，父亲的床被搬出来了，让他睡在堂屋里。二哥，三弟，小叔，也和大哥大嫂一起，还有和我一同到达的三弟媳与她们的女儿蓓，大哥的儿子小创，亲人们站的站，坐的坐，围在父亲的身边。

我们没有再去找医生，也没有再把父亲往医院送，就这样围在这里，就这样静静地看着父亲的呼吸越来越微弱，静静地等着死神来接我的父亲。

第二天的凌晨4点55分，我的父亲停止了呼吸。

给已经去世了的父亲穿戴整齐。晚上，给父亲装了棺，我坐在地上，呆了很久，然后，发了那条消息。

父亲的灵柩就停在他住的堂屋，他的两张照片摆靠在灵柩的前面，一张是他二十一岁的时候刚刚当兵时照的，穿着军装，一张是他八十岁那年我们给他做寿时照的。

父亲照相不多，老年的有一些，年轻时的很少。这些照片，他很少看，照了，就压在柜子的抽屉里。

我更是几乎没看过。

不要说照片，其实，我就很少正面仔细地好好地端详过父亲的面容。

也许是做女儿的害羞？

其实是不细心。

现在，我在地上蹲起来，仰头看着父亲的两张照片，不时伸手去抚摸。一张年轻的，一张年老的；一张年老的，一张年轻的，我来来去去，左左右右地看着。父亲真帅！双双的眼皮，高高的鼻梁，轮廓分明的脸——父亲的皮肤是很白的——二十一岁的他，称得上那个年代的美男子——从相貌来说，父亲的五个儿女，我们一个都不如他的，真的。

我又定定地端详着父亲年老的那张照片：六十年的跨越，两张照片，父亲的相貌一点也没有改变，只是他的帅气变成了慈祥，特别地慈祥，一点也看不出来那是一个四岁就没有了母亲、历尽了沧桑的老人的表情。

父亲经历过很多：丧母；因为兵灾而随父搬迁；十三岁就跨越几个省独立谋生；自己安家立业……他把他一生的风霜雪雨，用韧性与坚持刷过去了。最后，他留给我们的是一脸的平和与慈祥的表情。

父亲的表情很祥和，他面带微笑，嘴唇微微开启，正面，目视前方……

我仔细地看着，心里升起骄傲与自豪。同时，也升起酸楚——从此，父亲只剩照片了，为数不多的照片，自己的父亲，他活到一百多岁也不够啊，儿女都是想他的。

我流泪了。

父亲出殡，惊动了整个村子。这些年，村子里的很多人都不在家了。原来，家乡有煤矿，可以在这里挣钱，这些年煤矿也垮了，村民无以谋生，青壮年就都出门打工去了。

孩子在外工作的，妇女们也跟随孩子带孙子去了，留守在村里的，多数是一些只能勉强照顾好自己的老人，所以现在，小小的村庄人烟越来越稀少。父亲衰弱无力不能走动以后，家里都是他的四个儿子轮流回家照顾他的，小弟也在外地打工，照顾父亲的那一份是委托三个哥哥的。

也还有少部分青壮年留在村里，那是自己在附近就有门路谋生的能人。

在这个地方的农村，若哪家的老人去世了，有一个专门安排大小事务的人，叫“提悼人”，我们村子现在的提悼人，按辈分我们叫他“舅舅”。

父亲去世的当晚，大哥就把舅舅请了来，舅舅来了，就把有关父亲送葬的所有事情揽起来。

在小小的村庄，去世了一个老人，是整个村子的大事。那天，舅舅来了，就一个一个地打电话，通知在外的人，他只说：我们村的某某的爸爸去世了，哪天哪天出殡，在外的人一听就知道要回来帮忙了。

来帮忙是不收任何费用的，却会把死者的后事办得妥妥帖帖，这是农村千百年来约定俗成的“村规”。

舅舅打了电话后，村里的人就陆陆续续地来了，听着舅舅的号令。第二天，在外的也来到了舅舅的指挥下，我问舅舅：我可以做点什么？舅舅亲切地说：“小香，没有你的事，你只管照顾好自己，只管和你哥弟们为你爸爸守灵就行了。其他的，我会帮你完全安排好。”

“那，谢谢舅舅了。”我说。

“不用谢，这是家家门前过的事。”

父亲的后事，牵动了整个村子，我们反而没有了什么事情。这几天，只看见村里的人在舅舅的指挥下忙得脚底板翻天，却各执其事，井井有条。管账的，买菜的，做饭的，做菜的，烧水的，侍候桌子的，洗碗的，一应俱全。那些侍候桌子的，都是一张桌子两个人，这两个人就连桌子、凳子、碗筷都从家里搬了来，帮完了忙又自己全套搬回去。

出殡的头晚上，乡里乡亲，亲戚朋友都来了，来悼念父亲。

明天要给父亲抬棺的青壮年，全部到位了，舅舅给大家做了明天具体的分工。

吃了晚饭，舅舅把我们家族里所有的人招集起来，告诉我们：他要给父亲盖棺了，想再最后看看老人家的，就到灵柩旁边来。

我们围了过来，棺木的盖子重新掀开，父亲躺在那里面，舅舅让我们依次站到父亲的头部的位置，以便看清楚。轮到我了，我走了过来。父亲躺在里面，眼口紧闭，睡得很熟很熟，他和照片一样慈祥，特别地慈祥，似乎还带着微笑。

我用手抚摸着父亲的脸，又捏了捏父亲的双手，他一动不动，还是沉沉地睡着。

我多么希望时光就此凝固，多么希望这一幕是一个永不醒来的梦。

舅舅催促了，一会儿，他指挥着一应人等，给父亲合上棺木的盖子，订上了木钉。我的父亲的一生，就此画上了句号。

出殡，是最后的环节，中午饭吃得很早，这时舅舅带着我来到饭桌的中间，向帮忙的乡里乡亲致以最真诚的感谢：仅仅每人一包香烟，一顿薄酒，我用感恩的心向乡亲们叩拜，向纯朴的山村膜拜。

出殡了，父亲膝下连同我们三个叔叔膝下的后代百来号人跪在父亲的脚下，最后一次向父亲告别，村里的乡亲跟在后面，一起都要送父亲一程。舅舅指派的十六个青壮年，充满崇敬地把父亲高高地托举在肩上，缓缓向墓地走去。我又一次感到很感动：这是对生命的尊重，这一托举，分明是托举着一个平凡的老人的生命的重量，托举着一份厚重的乡情。

别了，爸爸！别了，我至亲至爱的父亲！从此，除了可能会在并不清晰的梦中见到你，你就只剩照片了，连同老屋里的那些旧物——那些旧物，有些还是奶奶的嫁妆呢，它成了家的历史，成了村庄的“文物”。

在这一带的农村，每年都会上演着这样的山村葬礼，我回到家的时候，常常听大哥二哥说起村里的哪家哪家的老人去世了，埋葬在哪里哪里，都是他们去帮忙抬埋的，所以，村里哪家的坟地，全村人都清清楚楚。

人生短短几十年，一个平凡的人一死，很快就被历史的洪流淹没、卷走，了无踪迹。然而，在山村，一个平凡的老人却可以被这个山村记住，被山村的后辈人们记住。

2018.9.8

一路风景欧洲行

世界这么大，我想去看看。

去欧洲是临时的决定。

自从父亲去世一个多月，状态总是不好，反反复复地失眠。我也知道，父亲年纪大了，人生，生老病死是自然规律，何况，他老人家无疾而终总是幸事。然而，没有太大疼痛的心却总是很空，像被突然掏空了一样很茫然。待久了，就混混糊糊起来，觉得心很累。

出去吧。我喜欢旅游，世界这么大，那就去走走。此生本就无牵无挂了，以后，会有很多天马行空的日子，那就从远点的地方开始吧，等更老了走不动了，就回来窝在家里用回忆了此余生，也不枉来人世间一场。

去旅行社报了名，办了烦琐的出境手续。9月23日，我又一次踏上天涯荡孤舟的旅途。

到了机场，接见我们的是一个胖胖的领队兼导游的年轻人，他第一句话就很幽默："我姓黄，是你们的领队，长得很有特点，很容易记住，因为大家都说我像金某某。"大家都笑了，一看，还真的很像。

我却觉得：金某某应该没小黄这么风趣，也没他这么有活力吧。

走进团队，我暂时忘了烦忧。

从昆明长水机场直飞巴黎，12个小时零10分钟的飞行，一夜无话。到巴黎的时候，时差把钟点也还停留在巴黎时间早上6点50分。

下了飞机，办好入境手续，我们坐上大巴车就马不停蹄地开始了欧洲5国13天的旅行。

第一站是前往法国"斯特拉斯堡"大教堂。今天，天气极好，法国的高速公路一马平川，道路很干净，路边的植物一尘不染。导游小黄说，法国是个农业国，没有工业，所以没有污染。汽车一路奔驰，静静地滑行，路边很少有人家，只有低低的植物和偶尔低低的房舍，都静静地卧在旷野中。汽车似乎也不多，小黄说，那是因为欧洲人很少让车堵塞，在城里也偶尔堵车的，但一会儿就会通了，因为他们都很礼让，不用交警来维持。

果然，后来13天的行程，我没有看见过交警的身影，这是后话。

欧洲的高速公路上，似乎是个无声的世界，只有小黄在车上一路讲解一路介绍，没多长时间，我就发现他是一个很有才的人，历史地理，文学艺术，风土人情，吃穿用度，特产奢侈品，他都介绍得很详细。我说，小黄你懂得的真多。他说，身为导游，肯定要懂嘛。

身为导游，自然要懂，但我觉得，懂得却有深有浅，小黄是个功底很深厚的人。第一天行程的车上，他给我们讲路易十四的传奇故事，就深深地吸引了我，他讲的那些人物故事，在旅游的进程中后来都到了教堂和宫殿的展厅，变成壁画和雕塑栩栩如生地展现在我们的面前。

我是中文系毕业的，外国文学却读得很少，因为我天生愚钝，读书都用在文化课上了，还好我刻苦，文化课学得扎实。可惜，那年的那场病却让我失去了记忆，文化课全部忘记了。这些年，一直在从头学，也想补补外国文学课，却因为身体状况和年纪见长，一点也补不进去。所以这次的行程，我最感兴趣的还是小黄讲的外国文学中的故事。

学文科的人，可能都是多愁善感，到了奥地利的时候，小黄又讲起了茜茜公主的故事。

读大学的时候，在中文系举行的一次文学活动中，我听了一对男女生电影对白，有些印象，对的就是《茜茜公主》片段。本来就是片段，说得很少，以后我也没有找小说来通读，所以对茜茜公主的故事，知道的也就一直很少。

今天，在车上，小黄对茜茜公主从头到尾的详细讲述，我才知道她的一生。

> ……茜茜是巴伐利亚的公主，她美丽端庄，有着皇室高贵优雅的气质，却对皇室的循规蹈矩不喜欢。她追求自由，却阴错阳差地成为奥地利的皇后和匈牙利的王后。她的婚姻并不幸福，儿子是她唯一的寄托与精神支柱，却因为感情问题而殉情自杀。从此，茜茜公主游走四方，一身黑色的长袍成为她后半生的标志……

绘声绘色的故事，让我流下泪来。茜茜公主是贵族，我是个平民的女子；茜茜公主美丽动人，我却相貌平平。然而，我却与她有着很多相同的遭遇。感情是没有国界的，母子深情是天性，同样的孤身，同样的丧子之痛，天地之大，古今穿越，我的灵魂似乎穿越时间与空间到了彼岸，与茜茜公主惺惺相惜。在欧洲旅游的行程中，这种情绪一直挥之不去，每每看到同行的母子们，手拉手亲昵地走着路，我的心就隐隐作痛，回到大巴车上我一个人一排的座位上，我几次捂着嘴巴痛哭。

继续旅游，行程很紧张，我的状态很不错，能吃，能睡，能跑，和团队一起奔忙一起快乐，只是谁也不知道我又为思子哭过一场。快乐是大家的，悲伤是我一个人的事。其实，在我的生命中早就注入了这一项了，它已经和常人穿衣吃饭睡觉一样正常了。

在欧洲，看了很多建筑。第一站的法国“斯特拉斯堡”大教堂就让我们眼前一亮。它是中世纪最重要的历史建筑之一，也是欧洲著名的“哥特式”教堂。法国知名作家雨果曾以“集巨大与纤细于一身令人惊异的建筑”来形容这座教堂，它坐落在市中心，中世纪莱茵兰地区黑白木构架建筑的街景特别是在沿着伊尔河的“小法兰西”，成为法国的标识之一。

梵蒂冈是世界上最小的国家，常住人口只有500人，却先后出了很多杰出的设计师，23岁的米开朗琪罗是最年轻最优秀的设计家，大教堂的落成也是他最后完成的，因而梵蒂冈有了世界上最大的教堂。

走出教堂我们又在教堂的广场中央注目了许久，看着这气势宏大的建筑，我有些回不过神来：这小小的国家，这大大的建筑，这精美的设计，就算设计师是上天派来的，那么建造这么大的教堂的人力物力又是从哪儿来的呢？真是不可思议。

欧洲的建筑都很宏伟，包括住房与公司、单位的建筑，它们并不像我们的建筑那样一条一条地耸入云天。(当然了，咱们人口众多，土地有限，自然要充分利用空间。)而是讲究结构的严谨与材质的质感和古典的风韵，不高却气势宏大。还有一点，欧洲的建筑一旦落成，是百年甚至几百年不变的，所以，我们见到的这些建筑都显得陈旧，却是经得起时间的洗礼的。

欧洲许多国家都信仰基督教。基督教分三个分支：新教，天主教，东正教。在基督徒的眼里，教堂是最崇高最神圣的地方，人们都要以仰视的目光去瞻仰它，敬畏它，人们飘忽的灵魂，也只有在教堂里才能得到净化与洗礼，得到安宁。所以，教堂是最高的建筑，其他所有的建筑都不能高于它。

这次去欧洲，参观了很多教堂和宫殿。几乎伟大的东西都陈列在这里，伟大的艺术家们把伟大的人物用雕刻和绘画的形式展现出来。在意大利佛罗伦萨参观文艺复兴时期的艺术作品，特别能让人有一种近距离的真实感，那是因为里面的作品很多都是真迹，很多的雕塑也和真人一样的比例。

伟大的作品总是无处不在：《最后的晚餐》《蒙娜丽莎》《大卫》《路易十四》等等，在每一个教堂或宫殿里都有它们的身影。我不懂艺术，对艺术深厚的渊源与发展认知完全是空白。所以，我不敢写，也写不出来，我只能用浅薄的感观感受它的宏大与伟大。博物馆的讲解员也说："我带你们看见的，只是极少的一部分，我的讲解也只能让你们了解一下。"

因为小黄先就给我们讲了路易十四的故事，也因为我对文学敏感一些，所以我也对路易十四印象深刻一些。凡尔赛宫里几乎所有有关路易十四的物件都是金黄色的，有很多还就真的是用黄金打造的。那一排排用黄金镶嵌的吊灯，也与外面广场上的金黄色建设遥相呼应，成为"太阳王"的标志，因为路易十四自称"太阳王。"

路易十四出生于中国的康熙时代，也像康熙一样，执政时间很长，他执政时期也成为法国最鼎盛的时期。

在宫殿里看的都是绘画和雕塑。

艺术和照相是不一样的，这是艺术与生活的区别，在佛罗伦萨教堂里的作品也一样。各个时期的艺术家们对艺术的理解不一样，表现也就不一样，所以有些时期的作品，男人和女人都长着同一样俊俏的脸，或四肢不成比例，有些部位特别夸张，这与当时的审美有关。

在圣彼得大教堂，有一幅雕塑作品，是圣经故事里的画面：受难的耶稣遍体鳞伤，一个穿长裙的基督徒女人用纱巾去给他拭擦血迹。那又飘逸又细如丝的纱巾和裙子的皱褶、纹路的质感，那种灵动，根本看不出这是在石头上雕出来的，这让人太惊叹了。

在佛罗伦萨，整个展厅都是壁画和雕塑，天花板、墙壁、地面都是大型的绘画。画作上，人体画、一般生活的场景、圣经故事里的场景都栩栩如生地、气势宏大地展现在壁画上。

在这里，我们也看到了雕塑"但丁"，是除去了肌肉的一个骷髅的头部，据说这是他的死亡密码，我也不知道是什么意思。

我们还看到了达·芬奇的很多作品，说是多数都是真迹，因为比如《蒙娜丽莎》这一幅，只有真迹才能让你不管在哪个角度看她，她的眼睛都是看着你的。

雕塑作品里，卢浮宫有一幅雕塑，用很夸张的手法，画的是一个裸体的女人，画家主要突出了女人的臀部，那侧转的臀特别大。导游说：这肯定是不合比例的，这就看得出来是那个时期审美的标准，表现的是那个流派的风格。

在凡尔赛宫，有一幅路易十四的油画，他穿着丝袜和高跟鞋，有着修长的身材和玉藕般的双腿。

当然，艺术家也不能没有根据地乱画，历史上的路易十四本来就是一个优秀的演员，他最喜欢演希腊神话里的太阳神阿波罗和跳芭蕾舞。艺术家们还是本着历史的原则，加上浪漫的元素，综合体现了路易十四精神上的伟大，其实，他的身材是很矮小的。

看水，也是一个重要内容。我们到意大利后，就去了威尼斯。亚得里亚海的明珠威尼斯，它的风情总离不开水，蜿蜒的水巷，流动的清波，宛如脉脉含情的少女，它的眼底流泻着温柔。

顺着行程，我们还坐了意大利的火车，游览了五渔村。我喜欢水，此次看了很多水：海水、河水、小溪水。总之，欧洲的水很纯粹，没有污染。

除了斯特拉斯堡大教堂，法国的其他景点是结束了瑞士的行程回到巴黎才去的，比如凡尔赛宫、卢浮宫等。那两天，我们三次经过塞纳河，巴黎圣母院和埃菲尔铁塔都就在塞纳河畔。

到了瑞士，当然要登著名的阿尔卑斯山。朋友们戏说阿尔卑斯的顶峰那一段有点像中国的长城。在山顶俯瞰瑞士的时候，我觉得那下面河河相连的第勒利安海就是一幅浓缩的凝脂的油画。

下了山，我们走进了那幅油画。大巴车绕着湖缓缓行驶，一个又一个的湖，湖边是一个又一个密密的小村庄，小村庄似乎就摆放在嫩嫩的草地上。湖水是绿的，稠稠的。今天天气不是很晴，太阳反着淡淡的光，翡翠般的湖水显得更加透明。

瑞士人就这样依水而居，一切的物体都像用水洗干净了堆在地上的小玩具，水边密密的小房子，延伸到斜坡的山上，延得很远，越发像小玩具，带着水汽，非常清新，亮亮的。

人在画中游，瑞士是一个童话世界。

瑞士，想就这样生活在自己的童话世界里，所以，它是一个永远保持中立的国家，不喜欢参与国际事务。然而，世界并不太平，你不想惹人家，怕人家想惹你啊。所以，为了防御，瑞士加强国防，它是世界上军事力量最大的国家之一。他们是家庭可以持枪的国家，枪击事件却很少，因为，人家不惹他，他就不会主动挑衅。

十三天的行程，跨越经度与纬度，拉远了夜与昼，来到这遥远陌生的地方，却只是蜻蜓点水走马观花。然而，长到这么大，很多年少时就在书本上、影视上见过的、听过的，也一直是平面的、文字的、模糊的那些东西，我今天终于看到了它们的“真面目”。当我站在埃菲尔铁塔的脚下，夜晚绚丽的灯光注满了铁塔的全身，十点，铁塔悠悠地旋转起来，这时，巴黎如梦如幻，一会儿，圣歌唱起，歌声让转速越来越快，塔尖夺目的光束在夜空中更加旋转，这时人们兴奋得尖叫、欢呼。第二天早上，我们又乘着船登上了塞纳河的轮渡，当早上的阳光洒满了美丽的塞纳河，让我们可以再一次欣赏着巴黎的风光的时候，我觉得我们都可以与这个世界很近，只要你想，只要努力。

在欧洲，也还有一些书本上我们没有见过的，没有听过的，也让我们新奇。

欧洲人是很闲散的，下班很早，商店、超市也五六点钟就关了门。我们在国内吃惯了蔬菜水果，在欧洲却吃得很少，早点也永远只有面包和牛奶，我们想去超市买点水果。但是，行程到市区的时候，市场、超市都早就关门了，一直没有买到。所以，一到欧洲就便秘。

行程中，有好几餐还连正餐都吃不上，导游事先就告诉我们要带糕点或方便面。

到了瑞士，晚餐还是有人到餐馆买饭菜吃，吃回来的人说太难吃了，还贵得要命，根本就不如我们平时都不想吃的方便面。难怪导游不建议我们在瑞士吃饭。

欧洲没有药店，小毛病就去教会医院诊治，不要钱。但比如一个感冒咳嗽拉肚子，去医院看，可能要一个多星期才排得到，所以我们都按小黄的嘱咐自己带了常用药。

出发前，小黄在手机上给每一个人都发了出行通知书，让我们不要佩戴贵重饰品，那样不安全。我想：这么发达的地区还不安全吗？所以还是把金手链戴在手上。到了昆明机场，和我编成一个组的周警官看见了我带着的手链，悄悄问我："你怎么还带着这个？"我说："不怕吧？"另一个同行的妹妹说"怎么不怕？我的一个朋友去年就是去欧洲，她也说不怕吧？你猜怎么着？她把包背在后面，才一会儿，欧元不见了，钱包却还好好的在挂包里。"集队的时候，小黄又再三强调安全问题："欧洲的小偷简直是神偷，他盯上你了，你就怎么都跑不掉的，你们不要不信这个邪。"

回来，在凡尔赛宫和卢浮宫讲解的董导游也说："你们一定要把包挂在前面，欧洲某些地区来的小偷是没有犯罪感的，因为他们认为同样是人，为什么人家有钱我没有？我偷点用用是天经地义的，却总也不白明劳动与偷是不一样的，所以就算他们因为偷窃被抓到了，大不了送到教堂里去强制忏悔。但，早上忏悔了，下午又继续去偷，欧洲的有些法律就是这样，让人没有办法。"

我当然乖乖地把手链收了起来。

欧洲人不喜欢看电视剧，说那是别人的生活，看别人的生活干什么？他们喜欢长时间地在咖啡馆里，尤其是法国人。在那里面谈事情，聊天。所以，去过欧洲的人，尤其是在欧洲生活过一段时间的人都说欧洲人太闲散了，可以用三个词来总结：太清静了！太闲散了！太无聊了！小黄说：他有一个朋友曾经想移民到欧洲，就事先在欧洲体验了一段时间，结果不移民了，就是因为适应不了欧洲太闲散的生活。

欧洲太发达，物价特别高。所以我们每天从景点回来，都住回距市区很远的郊区，那些地方连灯光都很暗。有一天，我和周警官起来得早一些，就看见月亮还挂在天上，想起这几天刚好是我们的中秋节和国庆节期间，就跑出去看，边照相边调侃，这个说："这是外国的月亮。"那个说："也不怎么样嘛，谁说外国的月亮比中国的圆？"

还是想家了。

只是，世界这么大，我想去看看，而已。

2018.10.16

军 人

又看见一身迷彩服的孩子。

这个部队在一个山上。今天，天气很好，我迎着阳光，走进大门。进了大门，是一个很长还有拐弯的大坡，往上走，一抬头就看见新兵排成两排在路两边，举着右手，庄严地敬着军礼。

他们是在列队欢迎我，也在欢迎你。

去年你走的时候，两千多名官兵，也是这样排成两排站在路两边，举着右手，一直举着，庄严地敬着军礼。那时，他们是送你走，细雨蒙蒙中，他们含着眼泪目送你去火葬场。然后，我把你接回了老家安葬。

那时我想，我把你带回来了，你是我的儿子，也只是我的儿子，那天上人间的桥梁，会架起我们母子灵魂永远的通道。但，此一别，我与这些素昧平生的人，再无关联了。

然而，让我没有想到的是：不久，战友们就一个一个地和我联系，一个一个地来看我，一个一个地走近我，走进我的生活。

赵盼，也成了我的孩子，他也是你的兄弟，你带过的班长。

在重庆，你受伤了在医院抢救的时候，赵盼也一直在，在医院里与葛茂林还有很多战友一起照顾着我，奔忙着办各种各样的事，直到你抢救无效牺牲，他们又把你的后事办好把你送走。

那时，因为太悲伤，这些战友，除了葛茂林，我一个也记不得了，包括赵盼，甚至一点印象也没有。

今年的3月，赵盼和我联系，说他是你的战友，这两天休假了，想去看你，还有另外两个战友周关青、谢登云。我就和他们一起去了宣威给你上坟。

接着我又应战友们之邀去部队待了一个星期，也就和赵盼熟悉起来。

从此，赵盼就很甜地叫我“妈妈！”就像你当年一样。

“妈妈，今年，整个军区招起来的新兵都集中来昆明训练了，我被派来带新兵，到时候我就可以来看你了。”8月，赵盼给我发微信。

我眼圈红了，战友们离我越来越近了，离你越来越近了，那心灵的走向，向我走来，向你走来。我隐隐感到这是缘分的驱使，是上天的安排。

9月初，赵盼到了我这里，同来的还有余扬帆，皮肤很白，显得有点腼腆，他现在是连长，也来带新兵。

他们两个陪我吃饭，陪我在街上逛——新兵明晚才到，他们是提前一天来看我的。

“妈妈，等我们把新兵训练出一点样子来了，就请你来看看，给你检阅。”在街上，赵盼很快乐地笑着说，他是一个很开朗的孩子，性格也很温和。

“好啊，我又可以看到很多迷彩服了。”我说。

一个多月以后的一天，赵盼又给我发微信：“妈妈，这久好吗？我们的新兵进步很快呢。”又发了一个开心的表情，看得出来他很有成就感。

“好啊，祝贺你，我真的想什么时候来看看这些孩子，看看你。”

“我明天可以有半天外出的时间。妈妈，我找了一个女朋友，明天带来给你看。”赵盼又发了一个又开心又顽皮的表情。

“哦哟！那是我未来的儿媳妇了，我可得好好接待你们了，我等着你们。”我也开心地和赵盼开起了玩笑。

第二天一大早，赵盼带着女朋友来了，攀谈中，得之姑娘还就是我们的老乡，心里有说不出的亲切。

末了，赵盼说：“妈妈，我今晚回去安排一下，你明天就来部队吧，带你看看。”

我说：“不用安排呀，你只要告诉哨兵放我进去，我自已悄悄看看就出来，不要惊动任何人，行吗？”我神秘兮兮地说。

和赵盼说话，我也已经就像当年和你说话一样随便了。

“那不行，我前几天也和领导们说过你要去的事了，他们说一定要好好接待你，让战友们列队欢迎你。”赵盼说。

“要这么隆重吗？我不习惯呢，我不去了。”我又像当年一样，有点任性。

“别呀妈妈，你一定要去，我们都是你的孩子，都很想念你，又没有时间来看你，你能来看我们，我们多高兴啊。”

是啊，这些都是我的孩子，包括那些新兵，我应该去，去看看我的孩子，其实我真的很想他们。

“好，明天我去。”我说。

赵盼又一次温和地笑了，他可不敢像你当年一样，在我任性的时候严肃地教训我。

今天，我如约来了，又一次来到部队，又一次与母亲的身份来看我更多的孩子。赵盼和王霄迎出来，接过我的挎包挎着，簇拥着把我接进大门，这个时候，我更加相信缘分。

在来的路上，我一再告诫自己：要高兴，要开心地见孩子们，因为我是代替你来的。不，挂着你的照片，我们是一起来的，来看你的战友，你的兄弟，我的孩子们。可是，当我一抬头看见那长长的队伍，那些一直举着的右手，那庄严的军礼，我还是瞬间热泪盈眶。

我们继续往上走，我边走边左右扫描着这些稚嫩而又庄严的小脸。他们穿着满身的绿色戎装，青松般正立在阳光下，充满朝气，散发着无尽的希望。终于，我含着泪笑了：孩子们，谢谢你们，我又一次看见了儿子的影子。

到了练兵场，营长、教导员、连长和几个战士早准备了椅子桌子和茶点水果，在一片平整处让我就座，还有两个新兵代表，一起坐着边交谈边看孩子们训练。

那一片移动的绿色，时而像一阵风，时而像怒吼的海潮，时而又像蛇一样匍匐前进……

短短一个多月，新兵已经很有军人的样子了，赵盼他们很有成就感地看着，充满了满足。

我充满了欣喜，充满了感动，这是祖国的朝阳，这是祖国的明天。

吃了中午饭，赵盼带我去他的宿舍，让我休息一会儿，他去大宿舍和战士们午休。

一会儿，军号响了，我知道战士们又要接着进行下午的训练了，我也起了床，边叠被子边听着窗外的操练声。

我想把被子叠得整齐一些，却总也叠不好。

叠被子，小时候我也都叠成豆腐块的，那是因为你的外公我的父亲一直是这样叠。

后来，读书、工作、成家、调工作，距家乡越来越远，也距父亲越来越远。时代往前，我也跟着走进新时代。

再后来，有了自己的房子，卧室大了，席梦思大床取代了儿时靠窗的小木床，被子一铺，再罩上床罩，房间显得气派豪华，再也不想叠豆腐块被子了。

只是，叠衣服，还是你外公的叠法。两三年前，一个朋友来我这里做客，我正在叠洗好晾干的衣服，他说："哦！你这是军人叠法嘛。"

"是吗？"我问。

"是的，我们军人叠衣服就是这样叠的。"

我反应过来，他曾说过他当过兵。

我也才反应过来：小时候你外公教我叠衣服叠被子就是军人叠法啊，因为他也曾经是一个军人啊。

你当兵以后，休假回来，也是这样叠。

缘分！外公曾经是军人，你是军人，和我最有话题的这个朋友是军人。现在，赵盼叫我妈妈，很多穿军装的孩子把我当成母亲一样来关怀。

缘分！此生来人世间，就是来与军人结缘的，生命与灵魂似乎都只想与那一片绿色相守。

窗外还是操练声。我把赵盼的被子一次次叠起，又一次次打开，又叠起。

我庄严地、慢慢地叠着。我在重复那一份回忆，回忆中，外公走来，你走来，你们把那一份浓浓的情怀重重地教给了我。

赵盼敲门进来问："妈妈你起来了？哦，你还把被子也叠好了。"

"只是叠得不好，总不像你们那样板扎。"我安静微笑地回答。

"很好了，妈妈。"赵盼说。

我像士兵得到首长的夸奖一样喜悦。

赵盼又陪着我在军营里转了转，看了看。夕阳西下，王霄、陈先梦、赵盼把我送出军营的大门，又把我送上回家的汽车。

"妈妈再见！有时间就来啊！""阿姨再见！""阿姨再见！"三个孩子向着车窗频频挥手，我也回礼挥手，却再也说不出话来，泪水又扑簌簌地掉下来。

别样的军人情怀，它让我失去了你以后，还有一份精神支柱，凭着这份强大的支柱，我勇敢地、坚强地活着。活着，我又不断地看到新生的力量。

2018.10.28

一个人的队伍

在宇宙的运行中，摆脱不了自然的规律。很多时候，人的命运也往往不能用个人的意志来决定，因为，人是社会的人，必须顺应社会，顺应历史，顺应时代。

今天，又是一个新的时代。

实行了三十年的一胎政策修改了：一个家庭又可以生两个孩子了，特殊家庭三胎都可以。

七零后的家庭，也赶上了二胎的末班车，可以再生一个孩子。于是，在二胎的风云里，欢喜与悲苦，幸福与苦难，在这个大时代里热火朝天，演绎着一个又一个惊心动魄的故事。

我也想成为这个时代的一个主角，哪怕我演绎的故事是最悲惨的那一类中的一个，我也认，大不了再死一回。但如果不是呢？如果恰恰相反呢？那不就赚了吗？不尝试，怎么知道输和赢？不冒险，怎么可能登上高峰阅尽风景？因为我需要孩子。没有孩子的女人是有缺憾的，没有孩子的人生是不完美的。

因为我没有孩子，一个都没有。

离题了。人家说的是二胎，你一个孩子都没有，没有谁不允许你生啊，现在二孩三孩都可以，何况一孩？

然而，我们是五零后、六零后，二胎政策对我们没有意义了。但，没事！无所畏！浩浩之宇，天地之大，不可能每天都照顾到每一个生灵；人生在世，不可能囊括所有的幸运。

生理使然，我们没有二胎的机会了，没事！我们把机会移交给我们的孩子吧，咱就静等着我们的孩子结婚生子吧，等着咱们做奶奶爷爷或外公外婆，享天伦之快吧，嘿嘿！在这欢欣鼓舞的时代，真是皆大欢喜。

然而，我是被世界抛远了没有了空间的独行者，荒原里只有我一个人，我是世界、宇宙中唯一的旁观者。

曾经，我也和众多的女人一样，读书、工作、恋爱、结婚，有了一个可爱的孩子，一个完美的家庭，有了整个世界。这一年，我常常想起30年前那个孩子来到我身边的点点滴滴……

三十多年前，五零后、六零后、七零后的男女，被计划生育了："少生优生，幸福一生"；"只生一个好，政府来养老"。纯朴而无奈的大时代，我们没有选择，何况，有五零后大哥大姐们心灵的搏斗与历练，到六零后的我们结婚生子的时候，已经没有太大的纠结而顺应时代了。

1987年1月，23岁的我结婚了，不久怀上了孩子，还懵懵懂懂地成了准妈妈。

少生，当然必须优生。那个时代的我们，把一生的希望与寄托只能交给一个孩子了，一个孩子就是一代人。

少生，优生。但，不一定幸福一生：如果这个唯一的孩子意外了呢？或者，这个孩子长大不学好成了社会的渣人被法律制裁了呢？这样，对于父母来说，就是毁灭性的。

人生，很多时候都在赌博。这个赌局是大多数人都可以赢的，赢了，就"幸福一生"。要不然，国家也不会制订这么一个关系着国计民生的政策。

当时，为了生这个孩子，尤其是女人，把所有的成本都押上去了。不赌不行，家庭是需要孩子的，尤其是女人。

在赌的过程中，也充满希望和快乐：意外或成渣的孩子毕竟是少数。在这个大赌场里，少数人赌输了，那是命。

我也就在那个赌场里拼杀。

从怀上孩子，我就什么都吃不下去，隔壁邻居家一炒菜，我的胃就翻江倒海；为了孩子，想勉强吃下一点东西，可是一到嘴边就想吐。有些水果是想吃一点的，可是那时，物质还很匮乏，这个季节还没有水果卖。等呀等，痴痴地想水果。到了八九月份，有水果了，买来狠狠地吃了一饱，就不想吃了。

一段时间，突然又想吃甘蔗，但那个季节哪有甘蔗呀，还是痴痴地想吃：真是像婆婆说的"害儿婆娘想吃屁"。又总算到了有甘蔗的时节，但，乡街子里却没有甘蔗卖——甘蔗不是我们这一带的作物，那时又还少有人经商的。城里倒有卖的，但我们都在乡下上课，没那时间。就算有时间，我们都是农村出来的，也舍不得那两块车费特意进城买甘蔗。

又过了一段时间，好事突然来临：有一天，孩子的父亲去学校食堂买菜，笑呵呵地扛来了四大根甘蔗，说是总务主任昨天亲自押车从城里拉来了甘蔗，卖给教师。

我兴奋地拿来砍刀开吃，不断地吃，一大根甘蔗被我嚼得干干净净，只剩下一箩筐的甘蔗楂和一肚子的甘蔗水，那满口的甜蜜呀，似乎孩子也在我的肚子里尽情地吸吮糖水。

但，第二天我不再想吃了，第三天、第四天如是，孩子的父亲只好把剩下的甘蔗分发给在这里读书的小叔子小姑子们吃了。

后来想吃面条了，总想吃，但又哪里有面条呢？那时的粮食是凭粮票供应的，家里条件不好，两边的弟弟妹妹都在读书，粗粮够吃就不错了，哪舍得再换成细粮的面条吃？但，为了孩子，为了一代人才有一个的孩子，孩子的父亲还是换了一点面条，让我可以一个星期吃上一次面条。鸡蛋是妈妈养着的几只鸡下的，攒得几个就送来。现在回想起来，鸡蛋面条是我吃过的最好的美味，在孕期，觉得一直没有吃够。

孩子在发育，我每个月都一个人进城去做产检。那时做产检，也就是给医生听听胎心，摸摸胎位。不像现在这样全面，根据胎儿的体重和发育情况，母亲应该注意些什么，细到母亲饮食的调节，真是一应俱全。

我还是每个月都利用周末进城去做产检。每次医生都说：“胎心是好的，胎位也是正常的。”胎儿五个月的时候，学校有很重要的事情周末没有放假，我就跑到当时的镇卫生院让医生给我看，老医生给我一摸，说：“你这个孩子是足位嘛。”

“什么叫足位？”我问老医生。

“就是孩子出生的时候脚先出来，这样很危险的，你们学校距卫生院这样近，你咋不早来看？”老医生有点责备。

我支支吾吾不敢说我每个月都进城去看了，怕老医生说我不相信她的医术。

我不服气，第二天一大早就请了假又进城去了医院，医生还是说“胎心是好的，胎位也是好的”。

我急忙从床上滑下来，到了医生办公室——我现在才想起来：这五个月都是这种医生给我看的啊，她们都是实习医生。我对值班医生说：“我来你们这里检查五个月了，你们的学生一直说我的孩子胎心是好的，胎位也是好的。”

“你是说有什么问题吗？”值班医生问我。

“你给我看嘛。”我板着脸有点生气。

值班医生又把我带到检查室，让我再次躺在床上摸了摸，说：“是个足位啊，喂！你们是谁看的这个病人？”

检查室没人回答，站着的实习医生都戴着口罩穿着白大褂，我刚才一急，也没看清楚是谁给我看的，就这样不了了之了。

以后的产检我没再进城。

我回到镇卫生院，坦诚地把事情跟老医生说了，说着说着，又气又急流下了眼泪。

老医生安慰着我，说："不怕不怕，你是足位，一般是可以采取抽产的，不用剖宫产。只是生产的时候你必须进城生，因为我们这里条件有限，如果孩子出现危险，我们这里连氧气都没有。"

"这样吧，我教你一个方法，看能不能把胎位调过来，那样你就不用进城生了。"老医生接着说，"那就是，你晚上睡觉的时候，先趴着睡两三个小时，姿势是膝盖跪着，头和肘关节着地，肚子悬空。"老医生边说边比画着给我示范。

"如果实在调不过来也不怕，到时候你就进城抽产生。"老医生接着说。

回到家，我按老医生的嘱咐，每晚四脚着地"睡"三四个小时。

一个月后，我去复检，胎位没有调过来。

又过了两个月，胎位还是没有调过来，医生说：算了，越大越难调了，就等着到时候抽产吧。

我不甘心，我想生一个顺产的孩子，因为我知道顺产的孩子免疫力更强。

我还是坚持跪着睡。肚子特别大了，跪姿越来越困难，痛苦不堪。

距预产期只有两个周了，我的坚持并没有推翻医学的推断，老医生说：赶紧进城了，胎位不正的不知道什么时候生，如果生产不顺利，我们这里没有抢救措施的。

我进城了，住在人民医院候产。

其实孩子只是胎位不正，发育是很好的。产期很准，提前了两个星期住院，我就在医院里挺着大肚子晃出晃进，也没有继续跪睡了。

孩子的父亲急着工作，回学校上课了。婆婆家刚好就在城附近，老人家就来医院陪我候产。

又是周六，孩子的父亲进城来了，替换婆婆回家。那时，是六天工作制，为了多一天时间来医院看我，孩子他爹向学校调了课，一周的课集中在五天上完，他周五上完课后，就赶晚班车来了。他让母亲回家，星期天下午再来。

又过了一个星期，又是周末，孩子他爹又来看我，我还是没有动静。到了星期天下午，孩子他爹又该回学校了，但是今天婆婆还没有来，他很着急，我说："没事，妈妈肯定晚上就来了，一大个家的事情她也太忙了，你赶紧走吧，要不然赶不上班车了。"

孩子他爹只好去坐车，可是，他一会儿又回来了，说："车走了，我看看时间，我没有误时间的啊，就跑到售票处，拿着早上买好的车票跟他们扯，他们也没办法，只好把车票退给我了。我又一想：怕是小子要出来了，不让我走呢。"他笑嘻嘻地说。

那晚，婆婆一直没有来。

晚上十点左右，我有动静了。先是觉得孩子往下坠，挤压得我特别尿频，后来就一阵一阵地疼，主治医生来看了看，说：“早着呢，你的孩子又是足位，正位的产妇有些都要生几天才生得下来，何况是你？别躺着了，赶紧活动。”

还躺？除了频繁地跑厕所，就是一阵紧似一阵的痛。在灯光灰暗的走廊上，孩子他爹扶着我来回地“踱步”。其他还有几个也临产的产妇，由家人扶着，也在走廊上走，大大小小远远近近的呻吟声在廊上彼伏起此，还有惨叫声从临产室传来，杀猪似的。

狭窄的走廊，灰暗老旧的环境，整个产科就像一个阴冷的地狱，小鬼们被放在枷上受刑。

入院以来，我也看着有些产妇生得很快，才来不久，甚至连住院手续都还没有办妥就生了，一会儿又由家属办出院手续。裹着头巾满脸幸福的产妇，包得严严实实只露出粉嫩的小脸的初生婴儿，骄傲的父亲和老人，一家人其乐融融。一个一个的孩子出生了，一家一家的老小穿过长廊穿过生死的渡口，向着外面的阳光地带走去，向着家走去。

正如主治医生说的，也有些产妇生得慢，在走廊上都叫了几天了。

深夜，我的阵痛越来越频繁，越来越剧烈，医生说宫口还没有开，挨着吧。我们继续在廊上走。后来就不叫“阵痛”了，只觉得全身都痛。肚子痛，腿痛，心肝五脏都在痛，全身骨头都散了似的，腿没力，整个身子瘫靠在孩子他爹的肩上。

夜班医生刚好从廊上经过，孩子他爹问医生：“她怎么疼成这样还不生？”

“几床？”医生问。

“某某床。”我们回答。

夜班医生把我带到临产室的床上给我看了看说：“还没有开，等白班医生来了她会给你处置的。”

挨到了天亮，我觉得我快虚脱了，满脸汗水，恶心想吐，头也很晕。

这时主治医生也来换班了，孩子他爹让主治医生赶紧给我看看，主治医生让孩子他爹扶我到临产室，我上了产床，主治医生看了一眼，连忙对旁边的一个医生说：“快去叫主任，这个产妇的孩子出来一只脚。”

主任来了，一看就大叫：“让开！这样的生产，孩子母亲都很危险，让开！”

主任坐在接生凳上，我只感觉她一只手轻轻托着孩子出来的那只脚底，另外一只手的两个手指轻轻探进我的子宫，要把孩子的另外那只脚抽出来。

可是，也许是……也许是……我不懂医学，更不懂产科与女人的结构。主任只轻轻地探测，却疼得我死去活来，孩子的那只脚也没出来。

无论怎样疼痛，我始终咬紧牙关，可以大声地呻吟，却不敢丝毫地动弹，我怕伤了我的孩子。

我的呻吟有些无力了，又是满脸的汗水，天花板很迷离。

“快快！快快快！两只小脚都出来了，你们托着孩子的双脚，我要抽孩子的双手了。”我迷迷糊糊听见主任吩咐旁边的医生。

还好，抽小手还算顺利，时间不长就都出来了。

“脚手都出来了，某某某，你要自己用力了，使力！使力，就像屙屎一样使力！”主任突然大声地叫我的名字。

我像被打了强心针，一下子清醒过来，随着主任的指令，我使劲地想把孩子屙出来，可是，孩子的脚手出来了，头却一直在我的肚子里卡着出不来。

又不知道折腾了多长时间，我精疲力尽，再度想昏厥。

“不行，这样母子都很危险，拿剪刀来。”主任又命令到。

一剪下去，我惨叫一声，全身瘫软，觉得身上发冷。

“儿奔生来娘奔死。”随着我的惨叫，孩子出来了，我闭着眼睛，任由医生给我缝合伤口。

“可惜了，是个儿子。”我突然听见主任说话，就努力睁开眼睛，只见主任边说边拍打孩子的屁股，好几个医生手忙脚乱地在帮忙。

“我的孩子怎么了？”我无力地问。

“孩子有点缺氧，你别管，你闭着眼睛休息，我们会救他的。”一个医生回答。

我不敢再说话，怕影响医生。

我只能把希望寄以医生与命运，在为了抢救我的孩子忙乱穿梭的期间，我死尸一样静候结果，却在心里挣扎于绝望与希望的湖心。

“快快！让家属去找氧气，孩子哼了一声了，有救了。”只听主住兴奋地大声喊叫。

后来我才知道，当时的人民医院也严重缺氧，医生让孩子他爹也加入了找氧气的行列。最后，他在传染科总算找到了一小袋氧气。

氧气管插入孩子的鼻孔，生命的通道接通了。一会儿，小家伙在医生的怀里哭了起来，大声地宣布他来到了这个世界，也委屈地告诉人们他来到这个世界所经历的不易。

我的孩子活了，我感动得流下泪来，软弱地拉过就近的一个医生的手，疲惫地说："谢谢医生，谢谢你们。"

"你谢谢杨主任吧，是她救了你的孩子。"医生柔柔地说。

我才知道，主任姓杨。

孩子出生的时间，是下午1点30分。

我也被缝合好了送进病房的床上，接着，一个医生抱着孩子，连同氧气袋把孩子放在床上我的旁边，杨主任上前，无限怜爱地摸摸孩子那清清秀秀的小脸说："这孩子，大难不死必有后福，你看他那眉眼，以后没准是个武官。"

杨主任是不是懂得面相？也许是她接生的孩子太多了，凭经验，这个孩子不一般？

果然，得到氧气的孩子躺在我的旁边，小脸上还沾满了血污，却一会儿就睁大眼睛，还插着氧气管的小脑袋上下左右地转来转去，眼睛溜溜地到处看，似乎看不够这新奇的世界。

我喝了红糖水，总算有了点气力。

大约下午五点，婆婆来了，看见了她的孙子，很高兴地说："哟，还生了嘛，像个小血人。"

"生了嘛！妈妈呀，你怎么才来？你不知道这个孩子经历了多大的危险才生下来呀！要是昨晚我回去了怎么办？"孩子他爹有点责怪地说。

婆婆被儿子一说，有些难过，脸红红的。

我对孩子他爹说："都过去了，妈妈她也不知道我今天生啊，她守了我这么长时间，家里的事都放着了，还能怪她吗？"

婆婆过来，摸了摸我的脸。

傍晚的阳光淡淡地从病房的后窗斜射进来，照着白白的天花板，照在我虚弱而幸福的脸上，照在我旁边的小人儿的身上，他睡着了。

今天，是个好日子。

"经过抢救的孩子体质弱，要小心带。"护士长叮嘱我们。

整整一个星期，我和孩子一直吊着输液瓶，孩子一打喷嚏，我的心就紧缩在一起，提到了嗓子眼，紧张得不得了。

"小宝贝！你可要好好的啊！"我只能一遍又一遍地和他"说话"。

也许是孩子对这个世界太喜欢，也许是我从心里锲而不舍的祈求，一个星期过去，我和孩子康复出院，和平常的一家人一样，穿过那窄长低矮昏暗的生死过道，回到了幸福的家。

顽强的小生命，在一天天长大。因为我孕期营养不良，孩子出生时又缺氧，生下来的时候就比一般的孩子瘦小，体质也不好，常常不是拉肚子就是感冒咳嗽，弄得我天天背着他往卫生院跑，一年之内还进城住了两次院。读小学以前，孩子常常在吃药打针，是个小药罐子。

我担心孩子和我一样体弱多病，然而，说来奇怪，他渐渐不生病了，头脑灵活，活泼可爱，机灵好动。进入小学以后，身体一下子好起来，几乎不生病了。

我好庆幸，好欣慰啊，我羸弱的体质没有遗传给孩子，这是上苍多大的眷顾啊。我愿意把一生所有应有的疾病与不顺都让我一个人承担，只要我的孩子一直健康下去，因为，他是我一生的寄托。

上苍成全了我的心愿，也许，她也要检验我的告白吧，孩子茁壮成长，我的身体却真的越来越差，接二连三地生病，接二连三地手术。但，我很坦然，坚强地接受着这一切。

当然，我对孩子的希望与要求，不仅仅是他身体要健康，更重要的是：我要他成为一个有用的人。所以，对孩子在生活与学习上的要求我们很严格，从来没有给他一般的独生子女的待遇。

在这个时代，这唯一的孩子，维系着太多的希望。一个家庭的延续，兴也是他，败也是他，我不允许他败，败了，这个家庭的这代人就完了，我要最大限度地努力促使他走上让家庭兴的道路。

在急功近利的驱使下，我们用爱的名义，武断地、不由分说地左右着孩子的思想与行为。八成的男孩子在小时候对学习都不太主动吧？我的孩子也一样，这是自然的规律。然而，在自然的面前，我们却没有一个正确的认识与健康的心态，也不是民主与有耐心的父母。孩子犯了错误或者读书贪玩的时候，我们常常狠狠地打他，生活上，我们从来没有给他买过名牌……

在“严是爱，松是害”的主导下，苦也好，乐也好，孩子默默承受，默默地长大了。他如我们所愿考上大学，挣脱大一统的“管教”终于飞走了，一读大学，他就超乎想象地优秀。

我以为我成功了，我以为我赌赢了。

其实，在我们近乎苛求与挑剔的“管教”下，孩子有太多无言的委屈与无奈；其实，是我们自以为是，总是把他当成私有财产，成为赌局中一生的押注。

我以为我成功了，我以为我赌赢了……

然而，家没有了，孩子也突然离我而去，孩子他是累了吗？他把我押进去的一切，连本带利全部还了回来，用金钱的方式。当我这一年来连续不断得到各种抚恤与补偿的时候，当我手捧红红的钞票的时候，我残酷地、冷血地想：孩子，你是要还给我们吗？不惜生命的代价也要证明你是一个懂得感恩的人、有出息的孩子吗？

谁说婚姻无所谓？对于一个爱父母的孩子来说，家，是他的港湾，是他累了可以休息的巢，可是他没有巢了。那些年，我看到了他的孤独与无奈。他是一个有出息的孩子，懂得感恩的人，所以，有出息了的他，尽可能地在担当，尽可能地想要报恩。然而，他的职业，他所从事的特殊工作，让他不能有更多的时间与机会作亲人的陪伴，不能来处理那个早就破碎了的家庭的关系，他只能痛在心里，孤独地承受着一个没有健全家庭的一切。是的，在这个时代，离婚的多了去，然而，在那表面的洒脱里，我却也像在做一次刮骨疗伤的手术，这一切，孩子他看在眼里，痛在心里。

也许，他累了，也许，他迷茫了，也许，上苍要成全他的孝心，也只能用这样的方式？他解脱了，一切都了了，上苍把他带走了，上苍是要把他带到一个极乐的世界吗？是要把他交给未来的另外一个有亲和力的家庭吗？

孩子，但愿是，一定是！那么，祝福你，我今生的宝贝啊！我唯一的孩子。

于是，我成了一个单亲的、多病的失独女人。

就这样，被抛来抛去，最后抛到一个荒无人烟的所在。一个人的队伍，寸草不生，一个人做着永不醒来的噩梦。

在形单影只的日子里，我常常长时间地发呆，长时间地怅然。越来越不想说话，越来越习惯独往独来。

在微信里也好，在生活中也好，“群聊”的时候，话题总离不开孩子。聊子女，聊子孙；读书了，工作了，结婚了。这时，我能聊什么？我只能麻木地默然。

不长的时间，熟识的朋友晒出了孙子的照片，如雨后春笋，小嫩芽般一个一个冒了出来。那些可爱的小孩，那些辛苦并快乐着的奶奶爷爷外公外婆，抱着孙子笑得如一朵朵花。小孩会笑了会坐了，能随着奶奶爷爷的指令做动作了，每每这时，我总是看得目不转睛，羡慕得心痛如割，然后，我默默地离开。

想想，两年前，我的孩子也结婚了，我踌躇满志，等着我的孙子出生，畅想着不久的日子里，我也抱着孙子，享受着天伦之乐。为了那一天，我努力地锻炼，尽可能地节省。

孩子结婚一年多了，但他们两地分居，怀孩子有一定的难度，就迟迟没有怀上。那时我着急过，我想：他们再不生孩子，我就老了，那样，想为他们尽一己之力，然后做一个辛苦并快乐幸福的奶奶的心愿，只怕可望而不可即。后来，我安下心来：两个孩子也一直在努力啊，他们也很想尽快有个宝宝，所以他们一直在努力，我不能着急，着急也在心里，而反过来安慰他们说：顺其自然吧，如果你们生下孩子的时候我已经没有能力在体力上帮忙了，那我就在经济上帮帮你们。孩子说：妈妈，你照顾好自己就行了，生孩子养孩子是我们的责任，你不要太操心，你健健康康的，才好看着你的孙子出生长大，享天伦之乐啊。

多么懂事的孩子啊！

我在等着那一天。

然而，意外真的发生了，我等来的是突然的噩耗。

人生的赌局，全盘皆输。

总不愿意接受现实的噩梦，我常常进入睡梦中寻寻觅觅，纷乱的场景总与孩子有关。

这个孩子还在，他休假回来了，带着他新生的婴儿，和他的妻，一家三口来了，他把襁褓中的婴儿递给我抱抱，然后，教小婴儿叫我“奶奶”，就在我伸手的瞬间，我醒了！

这个孩子还在，他还在读书，他乖巧听话而努力，我在家里做饭，等着他回来吃。可是他一直没有回来，我就出去找，他放学的路上，他们的教室，他常常去的球场，可是他都不在。

这个孩子还在，他还很小，五六岁的样子，他要入学了，我和他的父亲商量着该给他选一个什么样的学校或班主任？……

纷乱的场景，纷乱的梦，反反复复，最终的结果，总是没有结果，我就醒了。

梦中，找不到我的孩子，也找不到回家的路，四周很黑，没有灯光，前方是一堵墙，黑漆漆的一堵墙，我很害怕。

还是不甘心，又做梦了，这次，上苍问我要不要？重新给我一个孩子，我迫不及待地说“我要，我要！”于是我又生了一个孩子，这次的生产很顺利，生下来一看，还是原来的那个孩子，他一下子就长大了，他说：老妈，我一直在你的心中啊。

渐渐地不再做要有孩子的梦了，我只把我毕生的这个孩子留在心中，而接受残酷的现实。

这就是命！

也许，在意外的群体中，也许我又是幸运的吧？孩子是为国捐躯的，是个烈士，这样，我可以理直气壮地悲伤。实在控制不住的时候，我可以任性地痛哭一场。慰问来的时候，我可以心安理得地接受着各界的安抚与关爱。人们安慰我的语言都是崇高的：他是个英雄，人民不会忘记他，祖国不会忘记他；你培养了一个好儿子；你是最伟大的母亲……凡此种种，在肝肠寸断的心境中，也许真的是一种阿Q的元素。

那么，那场赌局我是不是没有完全输？孩子牺牲了，他把生命卖给了这个世界，这个世界给了我很多的补偿：金钱，荣誉，我都有了。

可是，我可怜的孩子啊，你好冤枉！我何曾想要过这些？有人说：父母与子女的缘，都是有恶有善才能结的，有些是来讨债的，有些是来报恩的，我的宝贝啊，你就是来报恩的吗？

从此，我只能拉起一个人的队伍了，一个人寂寂地走在荒原上，直到终生。

2019.1.20

说不完的故事　了不尽的情

2019年9月29日，是烈士纪念日的头一天，一大早，郭聪给我打电话："阿姨，好久没与你联系，你还好吧？"

"我很好，聪聪，你也好吧……"昨晚有点事，睡得很晚。今早，接到电话的时候，我还没有起床。

"哦，你前次带学弟们军训照的照片真好看，更帅、更有长官的派头了。"

郭聪现在读大四，因为之前在部队当过两年兵，这次学校新生入学军训就让他当教官了。

"没有没有，阿姨，如果说我有所作为，那都是连长教导的结果。"郭聪谦虚地说。

"阿姨，我想和你说说话……"郭聪却又欲言又止。

"你说，聪聪。"我说。

"我昨晚和几个同学在外面吃饭，喝酒了，与他们讲连长的故事，很难过……"郭聪说话低低的。

"不难过，聪聪，有那么多人怀念他，我很欣慰。"我安慰郭聪。

"明天就是烈士纪念日了，我今天要和同学们去烈士陵园悼念，连长那里太远了，去不了。"郭聪说。

"烈士，是国家的烈士，你去哪里都是一样的，连长他也会知道的。"我说。

"那么，我们就要准备出发了，阿姨你好好的啊。"

"好的。"我和郭聪挂了电话。

下午，六点过，我正在准备晚饭，张超给我打电说："夏妈妈，有几个朋友从重庆到宣威，要去看夏连长，已经在通往墓地的山路上了。我前次去了以后，现在记不清楚路了，你加他们微信，在视频上与他们说吧。"

"好的好的。"我说。

一会儿，视频接通了，显示的却是一条我不认识的小路，很泥泞，看得出来天上还下着雨。

"不对，你们从哪里来的，怎么走的？"

"我们按张超说的，到加油站，把车停在加油站，从傍边的那个缺口下来的。"

“这是对的，但这条小路不对呀，我走的那条比较宽，是用石子铺出来的，可以通过一个涵洞钻过对面的村子，是村子里的人铺了可以用车拉农作物的，像一条大沟，沟很深。这条小路很窄，又是在地面上。”我说。

“那么，该往左还是右呢？你看，这是加油站……”这孩子边用视频不断变换方位、角度给我看，但我始终看不清楚这个地方该是哪里。

“我看不出来，我平时是到了涵洞附近从右边往那条较宽的石子路走的，往右，再往右然后往左就到了。但我记不得要往右几次才左，只记得快到的时候就有一个坡，坡的旁边有一棵电线杆，电线杆往上，左边有一片相对平整的地，墓地就在那里。”

“好，我们找找看。”

我一直开着视频，这时看见了一条较宽的路，有点像我走的那条。

“应该就是了，但好像又有些变化。”我说。

“那我们再走走看……电线杆是高压的还是普通的？”那孩子边走路边问。

“应该是普通的，才一小棵。”我说。

这时天快黑了，四周有些模糊。

“我们看见电线杆了，附近也有很多墓地，但都不像你说的那种，地形也不像。”那孩子说。

“就是啊。”我边说边试图想找到一些熟悉的景物或坐标。

“不对不对，这些板房不在那条路上的，我记得，前次我们亲戚骑着摩托车带着我去，也走错了，也绕到了这里，但他是怎么绕对了的我也忘了。”

“不怕，反正就在这附近，我们还是回到涵洞，从这里开始走，他跑不掉的。”那孩子呵呵地笑。一会儿又打开视频给我看到了涵洞，又往山路上走。

这时天黑下来，天上还是下着小雨，四周越来越模糊，我一急，完全没有了思路。

“孩子们，别去了好吗？你们尽力了，他知道的，阿姨也知道。”

“不怕，阿姨，我们一定找得到，你别管了。”说着关了视频。

天，完全黑了，我急得跳脚。

我想起宣威的表弟小谦，他家住在距墓地十五公里左右的村子里，这两年，我去墓地好几次都是请他带我去的，本来今晚我也可以给他打电话，让他教孩子们怎么走，但又想：我常常麻烦他，自己能解决的就自己解决吧，就没有给他打电话。但现在这情形，我只好还是给他打了电话，把情况说了。

“你跟他们当然说不清楚，因为你本来就不熟悉，这段有好几个涵洞的，电线杆也很多，都是高压的。别说了，把他们的电话发给我，我还是骑摩托先找到他们，你先告诉他们就在原地，我来找他们。”小谦当机立断，说。

我又打电话给那孩子，但他们又在半路上的山路上了。

我不断地打电话给小谦与那孩子，寻问联系的结果：“你们现在在哪里？表叔联系你们了吗？”

“联系了，他让我们在原地，他来找我们，但我们不知道我们在哪里，只知道在山上。”电话上，那孩子又笑，接着我听见他的咳嗽声。

“你感冒了吧？”

“没有，阿姨。”

我再没有言语，只想着这月黑风高秋雨寒凉的山上，有四个我没有见过面不认识的年轻人，为了找我儿子的墓地，被困在了山上，我却无能为力。

再次通话的时候，那个孩子的咳嗽声越来越剧烈，我的心揪了起来。

“找不到，大嫂，也不知道他们在哪个山头，我怕我的电池不够用，干脆我让他们还是回到涵洞去，我就好找了。”小谦打电话给我了。

“那你说的涵洞，也不知道是不是就是我跟他们说的那个啊。”

“不怕嘛，所有涵洞都在高速路下面，我一个一个地找就行了，不在一个在一个。”

“好嘛。”我说。

“大嫂，我找到他们了，我这就带他们去墓地。”小谦又给我打电话，打开视频，五个人影影绰绰地往涵洞外面走出。从那孩子与我联系到现在，已经足足三个小时了。

“别去了，小谦，太晚了，天气又这么不好。”

“来也来了，不去他们过不去的，我就带他们去看一眼，摩托是骑不成了，人多，而且那一段土路也骑不了，刚才都差点焊在泥里拔不出来了。”小谦边走路边说。

大约四十分钟后，小谦又与我视频：深深的夜晚，四周黑沉沉的，在手机电筒的照耀下，我又看见了儿子，瓷像上的他，一如既往地微笑，碑上的红五星特别醒目。小谦不断地变换角度给我看：三个孩子面向墓碑，仰望着儿子的照片，两旁是大大的两束鲜花；那个刚才和我用视频联系的胖胖的男孩斜靠在墓碑的台阶上，一条腿挂着，婉转地唱着歌：“……多少次的找寻，多少次的叩问，乡愁是一碗水，乡愁是一杯酒，乡愁是一朵云，乡愁是一生情……”

这孩子可能不知道小谦在录视频，继续唱着，如泣如诉：“游子，你可记得土地的芳香，妈妈，你可知道儿女的心肠……”唱着唱着，他哽咽起来了，呜呜咽咽，继而，以手拭泪……

我心很疼，不想再看，就把手机放在茶几上，任它响着。

又不知磨蹭了多久，我又拿起手机握在手里，听那孩子跟儿子“说话”：“这是你的师弟，和你学一个专业的；这个也是老师；这个是搞矿的。国庆了，我们来看你。”

我有点迷糊了，不明就里：他们与儿子难道不是战友关系吗?

与儿子说完了“话”，那孩子对其他人说：“走吧走吧，向他敬个礼。”大家就敬礼。他又说：“我们一起说：音容宛在，永别难忘。”大家就又一起说了。又敬礼。往外走的时候，那孩子频频回首，不断重复：“托梦给我，记得托梦给我啊，托梦给我……”我已经泪流满面，泪眼中把他们送出了视频。

我估计孩子们已经到了公路上，就给那个孩子打电话：“你们现在到哪里了？”他说：“快到公路上了，阿姨，我们今晚去曲靖，明天来看你。”

“你肯定感冒了，赶紧加点衣服，多喝点热水。”

“没事的阿姨，我只是有支气管炎，会一阵一阵地咳，咳完了就好了，我们上车了，明天来看你。”那孩子又重复了一遍。

“好的。”这两年，在这些孩子面前，我已经习惯了不说“谢”字了，因为，一个“谢”字哪能了却这层层叠叠深重的情意？我唯有在心中时时掂量着这我几乎扛不住的恩，但愿下辈子他们成为我血亲的儿女，我就可以时时与他们绕膝，可以为他们做点什么了。

这时，是夜间11：30分，孩子们发动了汽车。

今晚，我没有睡意。

“夏妈妈：沈老师去看夏霄了？”清晨，我还在床上，小玉与我视频了。

“哦，他是老师呀？”我问。

“是的，他是师范大学的声乐老师，因为常常去部队创作歌曲，和连队很熟，特别喜欢夏霄，很偏爱他，以至于常常给他开小灶，给他做好吃的送去，乐此不疲。”小玉呵呵地笑。

“这家伙，就这么讨老师喜欢吗？”

“当然啦，他本来就很逗人想。”小玉说。

又和小玉聊了好一会儿，我才起床。

白天有些事，便与沈老师约定一起吃晚饭。下午五点左右，我微信沈老师可以发位置给我了，位置发过来，我一看，就是我们家原来住的地方，餐厅就在我们大门的隔壁。我有点恍惚：沈老师是第一次来昆明，他并不知道我们原来就住在这里呀，这是天意吗?

“他就是要让我少走一点路，他知道我来昆明第一件事就是要看看他读中学的学校，看看他在家里做作业的小房间。”当见到了沈老师和另外那两个学弟和那个女教师，我把情况一说，沈老师瞬间眼圈红了，大声长叹：“我相信天上真的有灵魂，坚定不移地相信，霄霄他随时随地都和我们在一起。”沈老师流下泪来，站起来握我的手，我才注意他的脚一挪一挪的。

“我多年前脚受了一点伤，一直不好，走路有点吃力。”沈老师淡淡地说。

后来的第二天，我又与小谦通话，小谦说：“前晚，那个老师太受罪了，几乎是另外那两个男生驾着他走的。”这是后话。

开饭以前，我先带沈老师一行去了原来住的那套房子，它就在学校旁边，是教师宿舍。街边，小门进去第一间就是。当年儿子的小书房兼卧室的那一间的窗子就正对着外面，老师们路过的时候，常看见儿子开着窗子做作业。

吃完饭，沈老师又唱了一晚上的歌，唱“战士与母亲”，又讲关于歌的内容，又唱。唱唱讲讲，讲讲唱唱，他完完全全进入了那个情境，梦呓似的。

“他也很喜欢唱歌，唱得也还可以，有时间的时候，他就缠着我要让我教他唱，这家伙，真的很粘人。”沈老师说他长儿子五六岁，他完全把儿子当小弟弟了。

拳拳师生情，茵茵朋友意，儿子也一定懂，所以他冥冥地把老师带到了不需要再折腾的餐馆。

这，像不像拍电视剧？像不像啊？

这，却是完完全全真实的“故事”。

“阿姨，我给你讲一个梦境。”沈老师对我说。

“嗯。”我说。

“在一个半山腰，有一张石桌子，后面有些石凳子，齐齐地摆放，我看见霄霄穿着军装，戴着大檐帽，坐在桌子的前面，面向那些石凳子。我知道他是不在了的，我就问他：你离开我们走了，难过吗？他说：有什么难过的？我不难过，我在这边也在做大事呢，你看，我也快要开会了。他突然就不见了，然后我就醒了……”沈老师眼望前方，还痴痴迷迷地沉浸在梦里。

“阿姨，我真的相信其实他了解我们的喜怒哀乐，他只是无法直接告诉我们，就只能用另外一种方式与我们沟通，这个梦太清晰了，我相信他在那边也在准备国庆的。”沈老师转过头来对我说。

我已经哭成了泪人，但我知道，这次的哭并没有痛彻心扉，也只是一种宣泄罢了。如果真的有天堂，我也更加相信我的儿子真的是被派到天上做大事去了，那么，我有什么可痛的呢？

沈老师与他的学生并没有劝解我，只是默默地不断地给我递纸巾，只是静静地让我哭。

哭完了，我轻松多了，时间也已经快到十二点，这时沈老师让两个学弟捧来了两大束鲜花，又捧来了一个蛋糕，说：“鲜花是送给阿姨的，蛋糕是送给祖国和霄霄的。”他又把一枚纪念新中国成立七十周年的徽章别在了我的胸前。这是这次教育界特制的，沈老师怎么会知道我原来也是一名教师呢？

哦，一定是儿子告诉他的，他们多么细心啊。

零时1分，蛋糕的蜡烛点起来，在鲜花与烛光的辉映下，我们一起唱了起来：“今天是你的生日，我的中国……”

2019.10.2

阳光小掬（玩具，爱心卡）

玩 具

昆明，今年的冬天一直很暖。

坐在一根很小的小木凳上，背着客厅的窗，让阳光照在背上晒着。没看电视，没看书，没看手机。就这样静静地坐着。

小凳子是多年前买的，很小，很矮。橙红色，面上有卡通的图案，很漂亮，很好玩，可以当成一个玩具玩……我一直有一股娃娃气，一直喜欢玩具。

你读大学的时候，放假回来总要找女朋友、你后来的妻子、我的儿媳约会，然后两个人来我这里吃饭。那个时候，你们总是抱着一个玩具玩，每每这时，我都要把玩具要过来抱一抱玩一玩。你没注意是我也很喜欢，因为我总是装出一副不在意的样子……再喜欢，我总不能夺你们的所爱吧，我知道那些玩具可是你们两小个之间互赠的礼物。

后来，我就自己买了这把小凳子当玩具。

小凳子很小，我个头也小，刚好够我坐上去。吃饭的时候，我就坐在小凳上，腰刚好顶在沙发的梁上，在茶几上边看电视边吃饭，小凳子不仅仅是玩具了。

突然想：我要去再买一根小凳子……有孙子的时候，省得他跟我抢……

正在想，这个计划不需要了，再买一根小凳子的计划。

一直坐小凳子吃饭，很少坐沙发了。

还是坐在小凳上，背着阳光烤脊背。

户口所属的社区工作人员打来电话："民政局下周一针对失独家庭有个慰问活动，但不是每个家庭都参加，只是部分，你的情况最特殊，我就报了你。可能也就是座谈一下，慰问一下，发点礼品。"

是一个温暖的电话。

电话上，表达了谢意，然后我说："我不去了，让孩子他父亲去吧。"

我没有说原因。

我是怕我在那个场面上又哭。

"真的勇士，敢于直面惨淡的人生！"

可是，我还不是真的勇士……

爱心卡

取卡处的旁边有公交车站牌，也有地铁站口，来这个地方平时都坐公交车，因为从家里来这里坐公交车更便捷，从家里出来，四五个站就到。

这张卡是爱心卡，民政部门为失独家庭办理的。那天，工作人员把卡递给我，柔柔地说："你去地铁口让工作人员把卡开通就行了，用这张卡，坐公交车和铁地都是免费的。"

我笑一笑谢过。去地铁窗口开通了卡，一刷，坐上了地铁——这条线不通往家里的。

再转，又转公交车，再转地铁，一路畅通无阻。静静地坐着，坐过了站也行的，大不了又转乘。其实只想感受一下社会的温暖。

今天变天了，外面有点冷。

心里暖暖的……

不知什么时候，泪淌下来，热热的，一直到家。

2019.1.31

人世间

周一下午住进医院。同时邻床的老人出院了，她边等着接她的家人边以老病人的身份对我介绍住院的经验“事项”。

今晚，那个床空着。

周二，我一大早就出去做检查，回到病房，空着的床已经躺了一个比我更新的病人，看上去年纪很轻，是个三十岁不到的姑娘，陪护的是她的父母。

世界就这样走马灯似的更替。

我回来就准备输液。

姑娘也已经在输液了，她的输液架上还有好几瓶液体挂着。她的妈妈给她曳着被角，想让她躺得舒适些。她的妈妈一直在忙，他的父亲坐在靠墙的凳子上，有些木然。

陌生的病友各忙各的，一早无话。

我输完液，等着做针灸，姑娘也输完了，由父母抱上轮椅，又去做康复治疗去了，我才看出她的四肢是不能动弹的。我问靠窗那个大妈的护工妹子知不知道姑娘是什么病？护工妹子说是“脊髓炎”。

我没听说过脊髓炎，但看那姑娘的病很严重是无疑的了。

明天要空腹抽血，留大小便，我就没有请假回家住，住在了病房了。

晚上，姑娘的父母各睡在病房空地上的两张折叠床上。

我睡眠一直很浅。夜间，我听见姑娘的妈妈起来好几次给女儿翻身，喂她一点水什么的。

大约凌晨四点左右，姑娘低低地叫妈妈：“妈，妈。”她连续地叫了好几遍，但我听出她喉里有痰，叫不大声，妈妈又太累，睡沉了。

我起了床，走到姑娘旁边她妈妈的矮床旁，推推她妈妈说：“你女儿叫你。”

姑娘的妈妈醒了，一个跟头爬起来，又给女儿侍弄。

我躺回床上。

墙边折叠床上的姑娘的父亲叽里咕噜数落起女儿来，声音不大，说些什么不太清楚。

天亮了，又是各人做各人的治疗。

液又输完了。

姑娘的妈妈想弄女儿起来坐坐，但一个人又没有力气，就叫旁边的丈夫来帮忙，姑娘的父亲过来了，边帮忙又边开始数落女儿："遭钱呀！哎……"又说了些什么谁也没注意听，总之，是对女儿的抱怨。

我转过头，眼睛瞪着他，他没看见我瞪他，继续说："还说今年可以买张车来开了，你看你，半年多钱就都没有了，病还不好，什么时候才是个头啊？"

女儿被扶了坐在床头，两只手挂着，眼泪"哗哗哗"地淌，她妈妈也哭了，用手去推姑娘的父亲，一边大声地说："你走！你走！这样坚强的姑娘，你还天天说她，你走！你走！"

姑娘的父亲一边甩开老伴的手，一边大声地说："不是吗？日子以后怎么过？"

我终于听不下去了，走到姑娘的床边，隔着姑娘的床说："兄弟！这是你的女儿吧？你这是像父亲说的话吗？姑娘病了，你不但不安慰她鼓励她，还这样数落她，她想病的吗？我只看见过很多父亲，女儿遭受疾病后，卖房卖牛都要为女儿治病，你倒好，这样对女儿。"

我一顿指责，姑娘的父亲"气焰"消了，只对我说："她还有一个弟弟呀，也还无家无室的，哎！"说完叹了一口气。

"你还有一个儿子，多好啊，你嫌多了吗？那你把女儿给我行吗？给了我以后，她好不好都与你无关，以后也不准你认她……"

姑娘的父亲顿时哑然无言，也许是被我震住了？

我摸摸姑娘的脸，捏捏她的胳膊，从包里把装着的两百元钱放进她妈妈的手心里，说："她想吃什么？买点给她吃。"

姑娘和妈妈都又哭起来，总也不要这点钱，妈妈说："你本来也就病了，怎么能要你的呢？"

姑娘的父亲一下子冲过来，说："钱我有的，钱我有的，你看你看……"边说边把钱夹拉开，露出一叠人民币，伸到我的面前给我看。

姑娘还在流着泪，说："阿姨，我们不是钱的问题，你也够难的了，这钱我们不能要。"

"我知道，大家都不容易，我这一小点也解决不了你的什么问题，但这只是我的一点心意，你这样坚强，我很高兴。"边把钱又塞进姑娘的衣袋里，继续说："也不要怪你爸爸，其实他也不容易，农村人啊，第一愁的就是钱。"

"是的是的……"姑娘又泣不成声，只是使劲连连点着头，我看出来了，姑娘也并没有生父亲的气。

这几天，姑娘的父亲很乖，老伴给女儿喂水喂饭的时候，他就在旁边一直看着。女儿不做治疗只是躺着休息的时候，他就坐在女儿旁边的凳子上，时不时转过头来和女儿轻声说话，问女儿想吃点什么？这时，我看见了那眼里散发着父爱的光。

我继续住院，每一天的上午，我和姑娘并排躺在各自的病床上输液，她总是静静的，没有多少表情，有时也问问我的情况。我把我大体的经历和她聊了一下，她似乎有些震惊。她说："阿姨，能和你住进同一间病房，真是缘分，以后，我会更加坚强。"

"我相信，你本来就很坚强的。"我们侧过脸，相视一笑。

我和姑娘聊天的时候，她的父亲似乎不敢看我们，只是看着前面，静静地听，有时低下头，发出不容易察觉的长长的叹息。

我的针水完了。这些年，我生病了看医生住院都是一个人去，一个人来，很习惯。

这次，我的病床上的按铃有点高，躺在床上，我用手去按铃却总也拉不着。姑娘的父亲看见了，马上跑过来，帮我按响了铃，护士应声进来，把我的针头拨了。

我用一只手的手指按着打过针的血管，一边对姑娘的父亲说："谢谢你。"

姑娘的父亲没有惯常的客套话，我的"谢谢"反而似乎让他有些无所适从，他又低下头，眼里充满了卑微。

这次，我有些不安了，我那天说的话，太重了！

又输液。我的针水输完了一瓶，我又想按铃让护士换针水，姑娘的父亲说："不用叫护士了，我来换。"边说就边把我的针水换了。

我和这家人更熟了，就没有再说"谢谢"，而是玩笑地说："你还能干嘛。"

"女儿在医院半年多了，转了很多医院，比这个复杂几倍的也早就熟了。"他淡淡地笑笑。

我突然觉得心很酸，很难过。俗话说：久病无孝子！这是真理。然而，这面前的是一个父亲，卑微的父亲，被我骂得体无完肤的父亲，尽管他会发一些脾气，尽管他会数落女儿，但一直守护着，不离不弃的也只有他，哎！我凭什么要这样说他？人生都不容易，我了解人家的家吗？我体会得到一个父亲的无奈吗？就凭我的两百元钱？就有资格可以盛气凌人地评判人家吗？其实我真的太肤浅。

过了一个星期，言谈之间我才知道姑娘已经取了结婚证了，但还没有举行婚礼。

合适的年龄结婚了，按部就班的人生轨迹，是每一个人追求的目标，每一个目标达到了，就算这一阶段的路踏实了。我为姑娘高兴：她结婚了，有家了，这一步她达到了。

可是，五六天了，我没有看见姑娘的丈夫，我也不便深究，心里却隐隐地不安。

周末，我照常输液，其他的理疗却不做。星期天，我来得晚，在电梯口遇到了姑娘，她已经输完输，要去另一层楼做康复训练。这次，推着她的不是她的父母，而是一个帅帅的小伙子，不用说这是她的丈夫了。姑娘、姑娘的父母都和我打招呼，小伙子也笑着向我点头致意。这次，姑娘露着我没有见过的淡淡的笑。我和他们擦肩而过，我出电梯，他们进电梯，匆匆的一瞬，我心里踏实了。

转角处，我进了病房输液。

我输着液，姑娘训练回来了，一直黯然的她今天脸上挂着笑，由她的丈夫从轮椅上抱挪到病床上。小伙子把妻子的床摇成近90度，让妻子坐在床头，然后打来一盆热水，拧干毛巾给妻子擦了擦手和脸。

姑娘的父母匆匆收拾着行李，一会儿就走了——他们要继续去打工，给女儿凑医院费。

这人世间啊，有太多的无奈，有太多的负重前行。

我输完液坐起来，小伙子边给妻子侍弄边和我说起话来。小伙子真的很帅，他浓眉大眼，高鼻梁向，笑容满面。这时是医院的食堂开饭的时候了，小伙子准备去打饭，对我说："孃孃，我去打饭了，把你的也打来吧。"我说："不用了，我隔家近，下午又没有治疗，我回家吃，一会儿就到。"

这几天，看上去，姑娘的心情很好，食欲也好多了。有时我坐在床头还在输液，她在吃东西，我就看着小伙子给妻子喂饭，或者给妻子喂水果。他给妻子套上一个小孩子吃饭时的兜兜，时不时给妻子擦擦嘴边漏下来的汤汁或饭粒，做这些的时候，小伙子眉眼中一直含着情，也时不时笑着和妻子说说话，还就像逗小孩子一样逗逗妻子玩玩。

小伙子总是喂好了妻子，自己才开始吃。我总是静静地看着，看着人世间这一幅让人温暖的画面，在我心里，这是一幅稀世珍宝，真的。

两个周的治疗，我好多了，将要出院。我楼上楼下地跑，从病房到医生办公室，从护士手里接过出院带药，等等。

我又一次走进病房准备收拾物件的时候，小伙子又正在给妻子喂水果，这次，姑娘却不张嘴，低着头流眼泪。

我明白这其中的原因，什么话也说不出来，只走到姑娘的床边，搂了搂她靠在床头的肩，又摸摸她黏黏的脸，长长地深呼吸。

"还是脆弱！"小伙子手上水果刀刀尖上顶着的水果停在空中，看着我，低声叹气。

我很难过，想流泪，但不敢，也不能，我不能更多地感染姑娘。

"脆弱！我也脆弱，人都有无望的时候，我也一样……"我坐到我自己的床边，叹了一口长长的气："如艳（这是姑娘的名字），像我们这样的人，说实话，都要做好与苦难作斗争的长期准备，上苍就是这样安排我们的，但我也相信，人只要永远不放弃自己，上苍也就会永远给我们留一扇窗……”过多的语言也没有必要了，我知道其实姑娘是很坚强的。

果然，平静了一阵，姑娘把丈夫又一次喂她的水果吃了。

午后的阳光洒满了病房，静静地抚摸着弱弱的我们，抚摸着苍天下弱弱的生灵，甚至每一个物件。

小伙子把水果又一样一样地削出来，一定要让我一样吃一个。我把水果吃了。临别时，小伙子给我要了微信，说：“嬢嬢，你照顾好自己，等如艳好点了，我们来看你。”

我使劲点头，对姑娘说：“如艳，嬢嬢等着你们来看我。”

2019.3.18

奔跑的青春

2017年2月28日，我独生的儿子，身为连长的你，带着你全连80多名战士指挥实弹训练，那一枚倒霉的手榴弹突然意外爆炸了，为了保护全连战士，你倒下了，永远地倒下了。随后，你29岁的青春，伴着一块烈士的匾额，成为永久。

不久，你的战友，你的兄弟，一个一个地和我联系，一个一个地来看我，他们的声音，成为你身后的故事，听着这些故事，我似乎看见了你青春的足迹。

王康是第二次来看我了，这一次，他总不肯离开我的视线。

第一次，他从地铁口出来，迎上去，叫了一声“阿姨”，拉了拉我的手，就什么话也不说了——也许，他不敢说什么，不知道该说什么?

我指引着他往家里走。

“我好多了，是吧？”我先开了口，还平和地笑了笑。

“是的，阿姨。”他侧过脸看了看我。

在重庆，送走了你，他跑过来给我要电话：“阿姨，我叫王康。”那时的场景很乱，但我还是记住了他的名字。

之后，在电话上、微信上也有过几次交流，我们已经不陌生了。

“你好多了，阿姨，说实话，这半年，工作的闲暇时，我的脑海里浮现的都是你不成样子的苍白的脸和你红肿的眼睛，还有那恍惚的神情，我一直担心，担心你能不能挺过来。”

“挺不过来又能怎么样？毕竟还得活下去。”我淡淡地回答。

那时，流泪，像每天的吃饭睡觉，似乎是一种需要。似乎，眼泪像生物钟的摆动，到时候就自然流淌下来，由不得自己。

还好，哭一场，我还能吃饭睡觉，还能正常地思维与生活。因为我明白，作为我最亲的亲人，你撤走了以后，在这个世上就再也没有人扶我一把了，我必须自己站着，不敢倒下去。因为，我还想活下去。

吃饭，睡觉，流泪，这是我那期间的生活内容。后来渐渐地，流泪的周期长点了。再后来，眼泪越来越少点了。

这久，好像一个多月没有流泪了吧？可能没有泪了吧？真好！

“你很坚强，阿姨，这样我就放心了。”王康笑了笑，他的脸开朗了。我们一路说着话，继续往家里走。

吃完中午饭，下午，王康说要带我到处走走，才知道他的大学就是在昆明读的，对昆明很熟。

他带我去看他的母校——昆明理工大学，又带我去翠湖遛了一圈，听了一阵公园里的大爹大妈的歌舞。

王康是吉林人，跑来昆明读大学，你是昆明人，跑到西安读大学，天南海北的两个人，本互不相干，毕业后，却跑到了一起，成了至交。

王康是个活泼的孩子，有一种一见如故的亲切感，他一直笑嘻嘻的，逗得我也笑了。

傍晚，王康带我在外面馆子里吃晚饭，吃到半途，他说他要离开一小会儿，我说“好”。

这时，大学的同学刚好给我发来微信，致以慰问与关心，我读着读着，泪又来了。

王康从洗手间回来，大惊失色：“怎么了？怎么了？阿姨，我才离开这么一小会儿，你就哭成这样，你不是说不哭的了吗？好了好了，我不走开了。”边说边坐到我这边来。

我还以为，半年的痛哭，已经把泪水流干。可是，没有，每逢有点与你有关的，就会触碰到那一根特别敏感的泪的神经，不管是因为悲伤还是因为感动，那时，泪水都会奔涌而出。

“不准哭了啊，阿姨，你这样的状态，我怎么会放心呢？”王康边给我擦眼泪边说。

好大一会儿了，王康像哄小孩子一样地说：“咱们不哭了，啊！要笑！笑一个！笑一个！好吗？”这家伙嬉皮笑脸的，逼我就范，我也平静多了，便红着眼睛勉强笑了笑。

“这就对了嘛。”王康扬着眉眼，还是笑嘻嘻的。

这家伙！

哎！其实，是我任性惯了。

你读大学的时候，有一次放假回来，你第二天就要收假回校了，我准备了很多给你饯行的饭菜，让你一定回来吃，你说你还有很多事情没有办完，忙得很，今晚就不陪我吃饭了。

我就生气，责怪你没有安排好，说着说着我就哭了，还赌气说你不爱我，不要我了。

那次，你也是这样哄我的，你也是这样给我擦眼泪，边擦边扶着我的肩说：“妈妈，没有谁不要你，妈妈，好妈妈，我爱你，不要哭了啊。”

我闹够了，气也消了，想起你还要急着去办事，就没好气地说："滚！"

你伸伸舌头，做个鬼脸，逃也似的跑了。

我是一个爱子如命的妈妈，也是一个任性的妈妈。你读大学后，真正地长大了，很多的道理，是你在给我讲，给我开导。

你读书，你工作，后来，你恋爱、结婚，你把人生的坐标把握得越来越好，越来越正确。你在你的青春里奔跑，又拉着人老思想却有些幼稚的妈妈，让我和你一起成长。

"阿姨，以后，我每次休假都来看你，你平时要照顾好自己，不要让我不放心，好吗？"王康送我回家的路上，一再叮嘱。

"好的，你不要太担心我，其实我还是很好的，能吃能睡，还去锻炼了呢。"我说。

"这就好。"

"有什么事，就给我打电话，或发微信。"王康接着说。

"好的。"我又回答。

时隔三个月，王康第二次来看我，还带来了他漂亮的女朋友，说是带来让我把关的。

"让阿姨看看，你给还要得成？"王康边把女朋友推到我旁边坐下边笑嘻嘻地说。

这家伙，总是这样顽皮。

这次，王康总不离我左右，我估计连上洗手间都不敢去了，憋着！

王康和女朋友一人拉着我的一只手，在街上溜达。

"我很调皮吧，阿姨。"王康又笑嘻嘻的。

"嗯，是的，比夏霄还调皮。"我又想起你初中毕业那个暑假，也是在街上，你也是这样拉着我的手，你不成步子地跳着走着，把我的手悠得很高，悠得我的胳膊有些酸，走路也觉得不协调，太不好走。你没注意这个，开心地笑着，蹦跳着。我就放开你的手。你又黏着我，去拉我的手，我说："哎呀，烦死了。"你不知道是怎么回事，只是吓得把手一下子缩了回去……

"开心点，阿姨。"王康知道我又在想你了。

"没事，真的，不提他，并不代表能忘记，其实，有人和我聊聊他，对于我来说，反而是一种安慰。康，我想听你们的故事。"我对王康说。

"好的，阿姨。"王康笑着说。

"我和霄哥是在作训股认识的。那时，他是我们师部的参谋。他长我一岁，我就一直叫他霄哥。我是属于很跳的那一类，他却是很沉稳的一个人，可是我们就是处得好，是最好的兄弟。他话不多，深思熟虑的，但他冷不丁说出一句来却总是很搞笑，也很有哲理。他这个人精力很充沛，在哪儿都很活跃。他为人特别好，是个很实在的人，爱帮助别人，时间长了，大家也爱帮助他。后来他去了连队当连长，我继续在机关，不能天天见面了，只有周末我们才在一起交流工作的情况。有一次，他来找我，他的手机刚好响了，他把它挂了。我问他咋不接电话呢？他说用手机的时间还不到。在部队，手机是管得很严的，战士的手机都由首长保管，下班了才还给他们用一会儿。霄哥是连长，自己的手机可以自己保管，但一般也不能随便用。他真的是很严以律己，和战士一样，不是规定的时间他决不用手机。”

“只有几分钟了，至于这么刻板吗？我给你放着风吧，赶紧回电话去。”我说。

“他说那么谢谢兄弟了，说着就回电话，边很开心地通着电话边往外面张望。我突然喊：首长来了！他吓得一下子挂了电话。”

“这次的电话是阿姨你打来的。我和他在一起的时候，谈论的多数都是你，说你身体不好，天天在吃药，又长时间一个人生活。他特别牵挂你，基本只接你的电话，与李玥多数用微信偶尔留留言。”

“那次，你们已经通完话了，他却还在紧张状态。我是故意逗他玩的，其实那天是个星期天呀，是他忘了。”

“今天是星期几？我问他，他恍然大悟，边大笑边擂了我的背一下……”

王康说着，笑着，突然背过了脸去，久久不给我看见，我知道，他也想你了。

那时，给你打电话，我认为是我最正当的权利，想你了，就打给你。但你大多都挂了，后来你告诉我，部队是不能随便用手机的。

“妈妈，我不是不想接你的电话，是一般不能接啊。以后，我每个星期都给你打个电话好吗？如果你想打，就在xx时间打。”你解释说。

我说“好”。可是你说了以后，却很少给我打电话。有时我就很担心，也不知道你好不好，就在你说的那些时间给你打电话，可是很多时候你还是挂了。有时，你过一会儿就会打回来给我，有时却没有。我后来才了解，那些时间，其实你都在加班，等你有时间想起来给我回电话的时候，我已经睡了。

再后来，我与你约定：我给你打电话，你可以不接，挂了就行，只要你的电话是通的，而不显示停机就行了。那证明你好好的，只是在忙，忙点没有关系，只要你平安，我就放心了。

那些年，很多的时光，我无法听到你的声音，却也坦然。我可以凭借手机的拨音知道你的信号，可以用你简单的短信回复来充实我满满的幸福。那根无形的线，我牵着这边，你牵着那边，在千里之外的两地来回地弹跳，每每这时，我感受得到你有力的心跳与你顽皮的笑。

你这心灵的玉手呀，我以为你会用它一直一直拉着我。直到送我老去，然而……

王康和女朋友还是一人拉着我的一只手，默默地走，我在想你：想那根突然断了的线，想我们母子一世短暂的缘。王康也一定在想：想你们曾经共同经历过的青春，想你们同甘共苦结下的兄弟之情。

不可否认，这想是不一样的：兄弟还有，我却再也没有儿子了。

“阿姨，不要想得太多了，人总得往前走是吧？我们走了，你一定要照顾好自己，好吗？”王康又送我回到家，再一次说。

“好！”我回答。

这次，我没有哭。

这一年来，来看我的你的战友们，我知道他们也把我当成母亲一样地牵挂着，都说有什么事就给他们打电话，“好”，我也都是这样点头回答。

但这一年来，我却很少给他们打电话，这不是我不想打，不是不愿意打，而是不敢打，我是怕影响他们，我不能因为我的任性而影响他们的工作。

我不能再任性了。然而，孩子们又一个一个地和我联系，一个一个地来看我，成为替你给我力量的接力。

谭红兵，我还没有谋面过，但觉得已经很熟悉，他是彭超给了他我的微信号而申请加了我的微信的。一加上，就自我介绍说：他是你的文书，接着也和彭超一样，深情地回忆起你们的共同走过的岁月。他的回忆是以整篇日记的形式发过来的。

> 我和连长相识于2014年的4月。那个时候他刚来，作为连队的新主官，为了了解情况，他把我们一个班叫一堆，围成一个圈，一个一个地了解情况。轮到我的时候，因为我年纪小，回答他的问题的时候，非常害羞和紧张，脸都挣红了，支支吾吾地说我叫谭红兵，是云南曲靖人。
>
> 我很清楚地记得：那天连长看着我这个样子，笑了，拍拍我的肩，也坐了下来，然后他就主动介绍自己，说他是宣威人，也属于曲靖。小学毕业就随着父母到了昆明，还说前段时间妈妈去曲靖玩，在一个像天安门的地方拍了照，发给了他看……
>
> 连长边说边把手机递给我，让我看那张照片，我一看，是曲靖南城门。连长又说：其实他小时候去过只是忘了，妈妈一说他也想起来了。

你是宣威人，属于曲靖，却对曲靖一点也不熟悉，你说的去过曲靖，就是你小学毕业那个假期我带你去的曲靖，我们就住在南城门的一个小旅馆里，从那以后，你真的再没去过。

你读书，后来成了一名军人，再也没有到处看看的时间。家乡宣威，也越来越远，越来越陌生，工作后六年，你没有回过家。六年后，你终于有新婚后的第一个春节假，随着你的父亲回了一次老家，还在家过了春节。

那是你第一次回老家，时间却也很匆忙。

这第二次呀，就是部队的人送你回来了，送你魂归故里。那天，从城里送你去城南的墓地，车队分成两批，你小叔他们先去了，带着你的灵盒的车队在后面，也随着出发。灵车需要从一个很大的村子穿过，走着走着，我们这批的车突然就被拦截下来，是你小叔打电话来：前面村里的车肇事了，过不去了，我们只能回到城里，从城北往高速公路，绕到城南你的墓地。这一条路，是不久前才通车的，属于杭瑞高速公路宣普段，我也没有走过。

那天的早晨，空气很好，阳光普照，我们带着你坐着车，宽广的杭瑞高速公路万道霞光，两边的植物生动地跳跃着迎来送往。

“天意！天意啊！”我相信这是天意，你热爱家乡，却没有更多的时间领略她的变化她的美，甚至不了解。因为你是军人，胸怀的是天下，守卫的是整个国家。现在你回来了，你要好好看看我们美丽的家乡。

天意。所以我说那村子里的那点故障，其实是上苍特意送给你的成全。

在那华丽清爽的路上，我似乎看见你兴奋地欢呼……

我又继续读着谭红兵发来的回忆。

> 我的紧张不知道什么时候没有了，他就像一个邻家的大哥，平易近人，很亲切，一点儿也没有首长的架子。为了让我们可以轻松地和他聊天，他也和我们一样坐在了地上，聊着家常，嘘寒问暖。
>
> 在工作中，连长是一个特别严谨的人，训练中要求高，标准严，每一次训练都要求我们做得更好。我当连队文书以后，和他的接触更多了。那时，很多东西我都还不会，他很耐心，也很细致地教我，边指导着我边放手让我去实践，错了就教我。在这样的情况下，我进步很快，工作也愈发顺利起来。有时候工作比较多，晚上熄灯了我还需要加班，连长查铺查哨的时候看见我还在工作，他就跑到他的宿舍，给我送来吃的，还叮嘱我要注意身体，不急就早点休息，不能熬夜熬坏了身体。有时，我的工作实在太多做不完，他就和我一起加班，给我分担任务。他还教会了我很多技能。
>
> 在生活中，他很关心我，照顾我，只要看到我脸上没有笑容，就会问我怎么了？接着就给我讲他的故事来安慰我。有一次，我和他一起去拉练，因为下雨淋湿了衣服，他把他自己的衣服给了我，强行让我换下来，怕我感冒，又强制我喝姜汤，吃感冒药，后来他自己生病了。

我能成长起来，离不开连长的教导和关心。他很了解我，他除了是我的领导，还是我的大哥和我的知己。我多么想跟着他一起干事业，一辈子，一辈子……

谭红兵的日记没有结尾，我想，他是不愿意相信你走了，他想把这段你们共同的美丽的青春岁月永远地封存。

你与我母子一场，情是何等的深？缘，却这样地浅，情深！缘浅！奈何天？你的牺牲，让我措手不及，让我一下子如同掉进了一个无边的黑洞。窒息的我，口不能喊，手无处探。

“妈妈！妈妈！”“阿姨！阿姨！”一声声呼唤，在黑洞里，我听见了光明的声音：王康、王维、葛茂林、彭超、郭聪、谭红兵、赵盼、赵小玉、蒋丽，还有景党伟、尹良、王霄、余扬帆，还有很多很多的孩子，都走进了我的生活，他们把手伸了过来。在重庆时，把两岁的孩子放在家里，十二天寸步不离照顾着我的军嫂蒋丽，她伸给我的手，从来没有松开过。还有好几个经过蒋丽而加了我的微信，一直在关注我、鼓励着我的其他军嫂。

如果说，缘分可以替换的话，那就是你开的先河：原来我并不认识他们，他们都是你圈子里的人，我连圈外人都不算。可是，这么大的圈子，你却退了出去，让我替你进来了。我一个一个地认识了他们，我相信，逐渐逐渐，会认识更多的人。这些，都是我的孩子了，他们在代替你给我问候，给我祝福，我也把我的牵挂与祝福送给他们，就像当年对你一样。

其实，你并没有走远，天堂的你，一定在远远地看着我们，一定会与老一辈的先烈们一起保佑我们，保佑我们的国家繁荣昌盛，永远享太平盛世！

宝贝！你的身躯倒下了，生命定格在了二十九岁。然而，我相信，你似乎并没有离开，在战友的心中，你依然和他们在一起，一同编织着美丽而又伟大的青春的童话。

2018.6.12

军 装

一条鲜红的绸带，上面印着“光荣之家代表”的字样，斜挎在我的腰肩上。今天，我作为云南省“西山区为烈属、军属及退役军人等家庭悬挂光荣牌启动仪式”的代表之一，在这里倾听祖国和人民的问候。

整个会议大厅庄严肃穆，现役军人和退伍军人们，穿上了他们的军装。

我不是军人，我没有军装，我穿的是普通的服装。然而，在我的心里，庄严与神圣也如军人一样，因为我代表的是我的儿子，一个为国捐躯的年轻军官，一个烈士。

作为母亲，两年的时间，我无法从剧痛中完全走出来，但是，两年的历练，我看到了某种出口和希望。

“阿姨，快起来，夏霄同志是光荣的，你也是光荣的。”第一次接到电话后走进西山区退役军人事务局双拥优抚科办公室的时候，接待我的是一个叫李娜的美丽姑娘，她把一块“烈属光荣”的匾额恭敬地捧给我，我抱着匾额，哭俯了下去。李娜扶起我，给我递来纸巾，泪也掉了下来。

“谢谢，谢谢政府，谢谢你。”我谢过，站了起来，还断断续续地哽咽。

那之后，我又不断地接到街道办事处或社区的电话，让我去填各种各样的表，那一年，我去一次，哭一次。后来，哭得少了，却是一种麻木与冷漠。

年末的时候，我又接到电话，去社区领来了慰问品。

还是麻木。慰问品散落在茶几上，冰冷地看着我冰冷的心。孤独，扎在心窝。

也不知道是麻木还是渐渐平静，我可以很正常地料理生活了。

过年过节的时候，还是接到电话，领慰问金或慰问品，金或品不多，但我开始感动：祖国和人民没有忘记我，也没有忘记我的孩子。

我和李娜熟悉起来，还有旁边姓史的小伙子，他也是当兵转业来到这里工作的。他们很亲切，我每次来，除了工作的问答，他们都会问问我的近况，有没有困难？让我好好保重，照顾好自己。

军民情深，拥军优扶，我感受到了祖国的温暖。

前久有点事又去双拥优抚科有点事，李娜又和我聊了一些新的情况：“阿姨，国家对烈士越来越重视了，每个省，每个区都要建烈士陵园，我们西山区也一样，到时候你可以把夏霄的墓地迁到烈士陵园，以后你想看看儿子就方便了，何况，烈士陵园有专人管理，每年的清明有很多人去祭奠，多好啊。”

“谢谢，谢谢你们，到时候再说吧，青山处处埋忠骨，祖国和人民记得他我就知足了。”我说。

“阿姨，有什么困难和要求告诉我们，你是烈士的母亲，你的儿子为了祖国献出了生命，祖国和人民有义务照顾你。”临别时，李娜温和地向我挥手说“再见！”

这两年，部队和双拥优抚科是我去得最多的地方。去部队，我可以看到那些穿军装的孩子；去双拥优抚办，我能看到祖国和人民对军人的敬重。总之，我的余生与军人与部队息息相关了，刻骨铭心的情怀，将是我灵魂的标识，我的价值取向更加明确，所以，我的习惯和为人做事的作风都越来越像个军人了。

今天，李娜和小史都来了，他们把我接到会议室，给我挎上这大红的绸带，其实，我和军人们无二了。

会议结束了，人们起身离开座位，渐次走出会议室。

只有那几个现役的军人，仍然端坐在座位上，身子笔挺，双手放在膝盖上。他们要让其他的人先走。

我也坐着没有动。

我看着旁边那个战士，他端坐着，一动不动，崭新的军装，似乎散发着青草浓浓的绿香。

我突然觉得很激动，想哭，很想抚摸一下这军装，就像抚摸自己的孩子一样。

人群走得差不多了，那几个现役军人也挪动凳子，准备离开。

我终于鼓起勇气，对这个战士说：“孩子，我可以抚摸一下你的军装吗？我的孩子牺牲了，我想把你们都当成我的孩子。”

那个战士似乎有点惊讶，看着我眼里噙着的泪光，迟疑了片刻，便重新坐正了身子，双手放在膝盖上。

我用颤抖的手，捏了捏那肩章，用手掌、手指，从上到下，从下到上，缓慢地、轻柔地抚摸着那军装。

绿色的军装，带着体温，散发着青春的气息。这时我似乎看见了大漠苍狼，赤日炎炎，夜色静谧，边关安好，是那些穿军装的孩子，一腔热血赤胆忠心，镇守在祖国的大门边！

我抚摸着，颤抖地抚摸着那军装，战士端坐着，昂首挺胸，目视前方，一动不动，像一尊雕像……

家国！从我的孩子走进军营的那天，我的情怀已经和军人、军装连在了一起。今天，抚摸着这军装，我似乎又看到了我的孩子；抚摸着这军装，我看到了千千万万个孩子，用汗水与青春铸着祖国的钢铁长城！

2019.4.12

生命的状况

两年多来，还有一个人，我一直没有勇气提起，提起他来，我怕我承受不住，我怕我本来就很脆弱的心理堤坝彻底溃退。

这个人，就是和我的孩子夏霄一起出事的孩子，他叫“孔令伟”，是夏霄带的战士，就在夏霄的连队转了士官的。

当时，两个孩子出了事，当即就近送进铜梁区人民医院抢救。处置过程中，孔令伟的生命体征相对平稳，当天下午就转院到了重庆市大坪医院救治。夏霄的生命体征却特别不好，一直处于病危状态，不敢动他，只好调动医务力量前往铜梁医院。我是第二天才从昆明飞重庆的，下了飞机就被部队的战士接到铜梁区人民医院。五天的抢救，夏霄的生命体征暂有好转，各方专家当即决定把他转院到第三军医大学附属医院西南医院救治。九天后，夏霄还是抢救无效而牺牲。我悲痛欲绝，又忙于夏霄的后事，就回昆明来了，所以，我一直没有见到孔令伟。

我虽然没有见过孔令伟，但我能够想象：两个孩子正在配合默契、高度专注地作业的时候，是怎样突然瞬间倒在了血泊中。

事后，我听说孔令伟外伤严重，已经摘除了一只眼球，胳膊和腿也各截肢了一条，一直处于昏迷状态。

这是怎样的惨状？我想象不出来。两年多来，我一直想去看看孔令伟，去看看那个同样可怜的孩子。可是，和我有联系、休假时去看了孔令伟又回来看我的孩子们都不准我去，说我去了我肯定承受不了。然而，我总也放不下：他也和我的儿子夏霄一样，是父母的心头肉啊。一样的心痛，我放不下，一直放不下，所以，我还是决定要去，承受不了我也要去。

经过两年的调整，我又把这件事重新提起，和常与我联系的几个孩子商量。征得大多数孩子的同意后，五月九日，我飞重庆来了，第二天，在大坪医院ICU病房见到了孔令伟。

见到孔令伟，我的心理防线还是崩塌了，因为他的情形比我想象的严重得多。

他没有生活的状态，只有生命的状况，状况是：右眼的位置是一个坑；右胳膊从肘关节以下没有了；左腿只剩臀部了，身上有很多外伤愈合后留下来的蚯蚓般的疤；头部因为手术的创伤，有很大的突起，整个面部和头部极不协调……

我的心在颤抖，在剧烈地疼痛：这是一个人，却没有人的样子。我努力地克制着我的情绪，努力地不把眼泪淌下来。

我捂了捂自己的胸口，坐到孔令伟的病床边，俯下头，一手扶着他的肩，一手握着他还算完好的那只手，说："令伟，我是夏妈妈，我来看你了，孩子，你知道吗？"我反复地这样叫他，反复地和他"说话"："好孩子，有生命就好，夏妈妈知道你是最坚强的，你一定会好起来……"其实，我说这样的话是违心的，虚假的，因为面对我反复的呼唤，他还是没有反应，他真的能好起来恢复意识吗？我没有底，真的没有信心。

我和孔令伟说了好一会儿的"话"，只见他留存的那只眼睛不断地眨巴着，眨得很快。我不知道他是否有一点点意识？他知道我来看他吗？他的爱人说："他没有意识的，他平时也就是这样眨的。"

我不甘心，又说："令伟，你知道我来看你了吗？你如果知道，你就停留一会儿不眨眼睛，让夏妈妈知道好吗？"我又反复地这样跟他说，可是，他还是没有任何反应，还是很快地、机械地眨巴着眼睛。

"医生是怎么说的？"我问孔令伟的爱人杨娟。

"医生说这叫浅昏迷。"

这时，杨娟拿来一瓶果汁，撬开孔令伟的嘴巴，用一把调羹，把果汁喂进孔令伟的嘴里，孔令伟咽下去了。我把果汁和调羹向杨娟要来，继续喂着孔令伟。

喂着，一调羹一调羹地喂着，我缓缓地喂着他，母性的疼痛又袭上心头，我还是泪流满面了。

喂好了孔令伟，两个护理的战士和杨娟一起给他做每日的康复训练。擦洗，翻身，按摩，转动一下他留存下来的胳膊和腿，当杨娟一手按着孔令伟的右肩，一手转动一下他的残肢的时候，也许是力度太大了，孔令伟一下子张大了嘴巴，左眼的眼球一下子瞪得滚圆，脸也憋得通红。

他有痛觉的，他很痛的，可是他没有发出任何的声音。

他的声带一定也是受损没有功能了。那么，他会不会其实还有点意识的？只是他表达不出来？那么，他的耳朵呢？如果他有意识，却说不出话来，但也可以按我的指令作点反应吧？可是，面对我反复的指令，他却从头到尾没有过任何反应。是不是他耳朵也听不见？如果是这样，那是怎样的残酷啊，那还不如他一点意识都没有，没有意识，就没有心灵的痛苦。

然而，这一切，都只是猜测，孔令伟真实的情况，我不知道，他完全活在一个谁也不了解他的世界。

两个孩子共同赴死，该是怎样的缘分？只是，上苍要一个速去，一个却要让他仍留在世间接受这无尽的折磨。这时，我突然为夏霄庆幸起来了：他在深度昏迷的状态下离开人世，没有经历太大的痛苦，这何尝不是一件幸事？

探视的时间结束了，我们走出病房，走出医院，我失控了，大声地痛哭。哭着哭着，我甚至愤怒起来：我想起了世间太多的麻木不仁，看到了太多的玩世不恭，在霓虹灯下的醉生梦死，甚至男盗女娼。你们看见了吗？国家的太平与祥和，是孔令伟、夏霄们这样的人保卫下来的。

难怪主席对贪腐对黑社会深恶痛绝，一定要拍死他们。不拍死他们，就算有一大批忠良存在，国家也经不起那些恶棍的折腾。

稍平息了一下心里的波澜，转业到重庆的几个孩子下班后来接我吃饭了，看到他们，我好像看到了儿子的影子。

是的，他们都是我的孩子，还有孔令伟，他们是我活着的希望与力量，有他们，我就有世界，就有活着的理由。

2019.5.12

军人的孩子

这次来重庆，又见到了好几个孩子，有些是原来见过的，有些是第一次见到他们。

杨娟是孔令伟的妻子，他们的儿子阳洋现在四岁了。原来我一直没有见到他们，只是，2017年的下半年，小玉把我的微信告诉了杨娟，通过微信，我们认识了。她叫我“妈妈”，让阳洋叫我“奶奶”。一年半，我在微信视频里看着阳洋长大了，越来越懂事。时光的流淌，时空的交流，我知道了杨娟是一个无比坚强的女子，对阳洋的教育也非常到位。我们虽然还没有见过面，但通过网络已经很熟悉了。我很心疼这对母子，从心里把他们认成女儿和孙子了，杨娟也一直为我做着女儿会为母亲做的事情。这次来重庆，就是杨娟一手安排、我到重庆后又亲自接我的。

我和杨娟母子见面了，她放下手头的事，先带我在市区看了著名的景点。阳洋果然很懂事，但我也发现：这孩子的懂事超出了他的年龄。在解放碑、洪崖洞景区看夜景的时候，有很多小贩在叫卖一种闪着光璀璨的棒状玩具，也有很多父母给自己的孩子买了这种玩具，快乐幸福地玩着。阳洋看着，很是羡慕。我准备也给阳洋买一个，可是，杨娟却示意阻止了我，我说：“这值不了多少钱啊，就买一个给他吧。”杨娟说：“家里也有一些玩具的，不能再买了。”

我们往外走，阳洋一直不吵不闹，一言不发，只是频频地回头看那些小孩子玩着那玩具，他没注意后面有台阶，一不留神，一脚踩空就从台阶上跌跪了下去。幸好台阶才两台。我连忙去拉阳洋，杨娟说：“妈妈你别管他，让他自己起来。”我一愣神，阳洋已经自己很困难地爬起来了，看得出来他跌得不轻，膝头和手掌都破了，很伤心地哭了。

杨娟似乎有些冷漠，并不问阳洋疼不疼，而是严厉地问阳洋：“还很想要玩具吗？”阳洋边哭边说：“不想要了。”

“明知不能要，还分心做什么？路也不好好走，幸好这只是台阶，要是天桥呢？那怎么办？”杨娟指着不远处马路上空的天桥说：“以后要不要好好走路了？”

阳洋泣不成声，却连连点头说：“好好走了。”

我责怪杨娟太过分了，只为了十元钱的玩具，害得孩子跌得这么伤。杨娟说：“妈妈，这不是钱多少的问题，我不能纵容他的贪欲。首先，我不能让他长大了丢他爸爸的脸，令伟健康的时候很宠他，但也宠得很有度，该严的时候也很严。现在令伟受伤了，不能管他了，我必须担起令伟的担子。我不是不心疼阳洋，但古人有句话：慈母多败儿，我就怕因为太疼他没有了分寸，反而害了他。想想我们这样的处境，现在我还可以满足他，但等我老了，没有能力了，谁能满足他？”

杨娟说得很有道理，然而，我还是很心疼阳洋：小小的年纪，过早地没有了父爱，因为杨娟过于严格，阳洋不敢有任何的任性，甚至很开心地笑都很少。小小年纪，就没有童年应有的快乐，这对他太不公平。

“没事的，妈妈，他还是很阳光的，把道理和他讲清楚了，他还是很听，也不闹情绪。”

果然，以后的这几天，我看得出来阳洋真的很阳光，一有时间就拉着我的手“吧叭吧叭”地讲话。

后来，我又被孩子们送到成都王维家，王维也是转业了在成都工作的。我和王维说起阳洋，他说：“阿姨，这是很正常的，我也是这样管孩子的。”

王维两岁半的儿子航航特别可爱，但王维对他也是说一不二，他偶尔想任性一下，王维却从不迁就他。“小孩子可塑性太大了，也太容易惯坏，必须从小培养他的良好习惯、独立性，甚至磨炼他的受挫能力，明确价值观。别看他小，但只要正确引导，其实他什么都明白。”

我们吃了饭后，都带着航航出去玩一阵，小家伙礼貌极了，老是老小是小，叫得可甜了，也很谦让，还会帮助比他更小的小朋友。

航航有时也会顽皮，蹦蹦跳跳的，一不小心就摔跤，摔下去也娇娇地看着爸爸，王维却从不抱他，反而问：“你摔跤怪谁？”航航一看没戏，只好说：“怪我啦。”王维说：“怪自己么自己起来，拍拍灰。”航航就爬起来拍拍身上的灰，又蹦蹦跳跳往前跑了。

这几天，我就看着这两父子斗智斗勇，两岁半的航航当然斗不赢爸爸啦，因为他偶尔的任性在王维看来也是没有道理的。航航每每斗输了，也就只好乖乖投降，然后，父子击掌和解：“耶！”每每这时，我就觉得很好笑。

在王维家的这段时间，心情很好，光是看着可爱懂事的小航航的样子就很开心，也在想：军人之家培养出来的孩子，长大了一定不会差到哪儿去。

2019.5.20

万水千山总是情

龙乡新雨起苍黄，
十二春草终吐芳。
青春不朽化忠魂，
天地齐唱家国殇。
将士守戍复开疆，
此去卸甲可堂堂。
路遥千里梦难归，
十年生死两茫茫。

我加上汪瑞的微信后，往前翻阅着他的朋友圈，翻到2017年3月12日，看到了这首诗。这首诗是你追悼会的那天，汪瑞配着追悼会的场景写下的。

还有一段："你什么都没有留下，但你已把什么都留下了。你什么都没有做过，但你已付出所有。你已经离开，但你永远都没有离开。下辈子，还要一起战斗！……"看时间，是你抢救无效牺牲的那天，也是汪瑞写下的，这段文字，明显有点凌乱。

那突然的变故，像梦一样不真实，作为自己亲手培养出来的优秀战士突然离开，汪瑞一定和我一样恍惚，这样的心境，流泻一点心里的痛与茫然，还有什么顺序可言呢?

这次来重庆，汪瑞我也是第一次见到他，还有何杰、夏海燕。准确地说我们不是第一次见面，而是第二次。第一次，是你追悼会的那天，其实他们都在的，只是人太多，太乱，我和他们没有面对面地交流，也就没有印象。

今晚的这些战友都转业回重庆工作了。他们都有些微醉，只有张超滴酒未沾，因为他要开车。吃完饭后把战友们和我一一送走，是他今晚的任务。

张超，我原来见过两次，又去过宣威给你上坟。今天他一大走就来接我，陪我参观了三峡博物馆和重庆市政府。中午，他的爱人带着他们的两个可爱宝宝赶来一起陪我吃中午饭。

下午，张超又带我参观了渣滓洞、白公馆遗址、“重庆歌乐山烈士陵园”和“红岩魂陈列馆”。

从两侧的台阶，就能通往烈士陵园，中间的台阶是用一面一面的国旗铺成的，一直铺到山顶上，那上面的丛林里，就安葬着江姐等先烈们。这是用鲜血铺成的。我从左侧一台一台地走上去，想着江姐和许云峰他们，也想着我的儿子，你，为了祖国永不再血雨腥风，你牺牲在和平年代，你的血也是热的。

一样的悲壮，今天我没有流泪。看着美丽的山河，我有别样的情怀。

晚上，周晶和王君夫妇安排了饭局，周末加班下了班的战友们也来了。

周晶，我原来也见过，你牺牲后，很多的事务也都是他安排的，也是他和其他首长、战士一起把你从重庆铜梁护送回到宣威老家安葬的，所以我们很熟。周晶的爱人王君两年来一直在微信里关心、鼓励我，一直邀请我再来重庆看看。这个地方，有我割不断的情愫，所以我来了。

现在，他们都转业回重庆工作了。

“……他来连队后，我是第一个带他的人，他也是让我最喜欢最省心的连长，他的努力他的勤奋让整个连队让我引以为豪，他的成长也是最快速的，所以我特别欣赏他，喜欢他……”汪瑞是你到连队后的第一任营长，今晚他有说不完的话。

“带这样的连队，是我最开心的事。记得吗？西昌执行任务，是我们最艰苦的岁月。但，也是我们最开心的岁月，就是因为我们真的是官兵一致，同心同德，不畏艰难，才取得了最大的胜利……”汪瑞继续说着，很激动。

“官兵同心，其利断金。”我想起了在铜梁首长邀我们参观“红军团”时，大门上醒目的训语，你就在这样的氛围中成长，也在这里牺牲。好男儿为国殇，悲伤的同时，我感谢祖国对你的培养，也感谢汪瑞如兄长般对你的教导。

“不说了，不说了，怕阿姨累了。”周晶与何杰示意汪瑞不要再说下去，其实是怕勾起我的悲伤。

“没事，我想听。”我说。

“那这样，妈妈，今晚确实太晚了，你想听我们的故事，刚好我去年写了一篇回忆，我隔天发给你，好吗？”今晚刚见面的时候，夏海燕说，“我和夏霄同姓，又是最好的搭档，夏霄不在了，我就是你的儿子，以后我就叫你妈妈了。”他眼睛红红的。

“好的，那么大家回去休息吧。”我说。

“你要随时来啊，阿姨，来看我们，来看你的孙儿们。”汪瑞还是有些醉状，也许，在醉的状态下，其实心灵是最脆弱的。

“好的，你们把我当成亲人，家人，你们的孩子自然就是我的孙子孙女，我会再来看你们的。”我说。

过了两天，我收到了夏海燕的微信。

这是夏海燕的回忆：《我的好兄弟，好战友夏霄》。

第一次见到夏霄是他来连队检查军事训练登记、统计。当时他给我的第一印象就是这个人挺不错，作为机关干部下连队检查，从来不挑刺为难，那时为了套近乎还和他以家门相称拉近距离。2014年3月，他从机关到连队当主官了，连队的前一任连长调整到机关任职，他正好分到我们连队当连长，从那个时候起我们就在一起愉快地共事了近两年半的时间。

在上级领导的心目中，夏霄是一个认真履职尽责，完成任务出色，安全管理放心的好下属，对工作非常认真负责，从来没有出现过大的纰漏，各级领导都很放心。在身边的同事心中，夏霄是一个容易沟通、相处，顾全大局，团队协作良好的好战友，对待工作从来不挑三拣四，完成任务始终尽心尽力。与友邻单位也始终保持良好的关系。在连队战士心中，夏霄是一个工作上要求严格的好长官，生活中却是个性格开朗活泼，关心体恤下属的好大哥。

他始终站在最前排，带领连队冲锋，生活中他兴趣爱好广泛：篮球、足球、排球、乒乓球、羽毛球他样样都会，总能和战士们玩成一团。

夏霄来到连队之后就把全部身心都放在了单位建设上，他利用自身机关工作的经历优势，除了连队训练一手抓外，各类登统计他也亲自把关，确保了表本册填写规范统一。为了提高自身炮兵专业素质，他不耻下问，虚心向连队班长士官，甚至普通士兵学习，利用训练时间主动练迫击炮、反坦克导弹武器操作，练炮兵指挥口令。渐渐地，他从不会到会，从不熟悉到熟悉，最终掌握连队所有武器操作，熟悉所有所属武器装备指挥技能，从一名作训参谋成功转型成为一名优秀的炮兵连连长。

要想把炮打准，指挥班的素质至关重要，夏霄非常重视指挥班战士的选拔和培养。每次新兵下连队之后他都亲自挑选指挥班新兵，并且经常带着指挥班晚上在会议室加班，练习炮兵指挥计算。有时加班太晚了，担心战士们太饿，还把自己的零食拿下去给战士们加餐，指挥班战士见连长都这么认真学习，都愈发用心努力。功夫不负有心人，终于在团炮兵指挥集训期间，指挥班战士杀出重围，代表团队参加师组织的炮兵指挥集训，取得优异成绩并被全师通报表扬，连队工作也受到团首长高度肯定。

2014年年底，士官选改期间，连队战士孔令伟开始一直在犹豫，去留不定，夏霄和我找他谈心，了解他的想法，希望他留下来，但也尊重他的选择，让他综合权衡，慎重考虑。临近选改确定的前夕，孔令伟找到夏霄，说他还是想留下来。当时我和夏霄都知道二级士官转三级士官名额很紧张，为了鼓励孔令伟，我和夏霄随即向营长汪瑞和教导员段成亮汇报了我们支部保留技术骨干人才的想法，后来经过多方努力，愿望达成，孔令伟转了三级士官，最终成为一名优秀的骨干人才。

2014年西昌龙塘沟外训期间，连队在离营地十几公里外的山上开展野外训练，夏霄每天带着战士们风里雨里坚持走了一个多月，每天回到营地都疲惫不堪，也正是这一个多月的高强度训练为下一步完成任务打下了坚实的体能基础。7月28号那天，团里临时通知，让我们三营接受上级考核，执行远程穿插任务，我就想："不就是一次拉练嘛，坚持一下就走下来了。"下午三点钟左右出发，我们炮兵连在营的编程内作为第四梯队。开始的时候还算可以接受，太阳不算大，天气还不错，补给也相对充足，我们一边走一边补充能量。下午六点钟过，天逐渐暗了下来，按照每小时约五公里的行进速度，我们已经走了二十几公里，所有人都变得有点累，我的脑子里开始想：这三十多公里的路什么时候能走完啊。在没有尽头的山沟里又走了约一个小时，其间由于连续多次渡溪，整个下半身已经全部湿透，每次问师里面负责规划路线的那个参谋距离目的地还有多远，他的回答是一直不变的："还有五公里。"夏霄和连队的尖兵班一直走在最前面，偶尔还停下来给掉队的战士加油打气，带着他们跟上队伍，然后又追到队伍的最前面去带队，体能消耗非常大。下午七点过，队伍开始爬山了，这时天色也变得昏暗起来，我们不得不借助手电筒光探路前行。让我记忆很深刻的是一个很大的泥坡，前面的队伍走过之后加上下雨，坡变得更滑，一个人靠自己的力量很难爬上去，夏霄就站在泥坡的中间，拉推并用，帮助战士们一个又一个安全地带上去，然后又追到前面去带队。根据预想三四十公里的距离和每小时五公里左右的行进速度，本以为晚上九十点钟就能到达终点，结果，行军拉练走到晚上十二点钟还没有从前面传来到达的消息，吃的喝的已经没有了，我们只能靠着毅力往上爬。刺骨的山风裹着冰冷的雨水打在脸上像针扎一样，全身湿透加上体能的巨大消耗让我们疲惫不堪，冰冷的双脚几乎失去知觉，只知道迈步、艰难地迈步。脑子里不敢有一丝停下的念头，因为一旦松懈掉队，夜里落在山里又没有任何补给，后果是不堪设想的。夏霄为了不让连队的收容队伍不断变大，不顾自己透支的身体咬着牙边前行边组织队伍，还把战士们背不动的枪支接过去自己背着。晚上三点半左右，连队最后一名战士安全到达山顶的时候，夏霄累得一屁股瘫坐在地上。这时连队一名战士韦利智因过度疲劳突然晕厥，夏霄立马起身强打起精神和战士们一起把韦利智送到了卫生车上抢救，确定脱离危险之后，他才回到连队驻扎地休息。

28号早上5点左右，山上起了大雾，夏霄和通信员靳明柯挤在又潮湿又狭小的单兵帐篷里睡了不到三个小时，又拖着疲惫的身躯起床，组织连队战士抓紧时间往第二天作战演习的预定地域赶。前一天晚上本来就没有休息好，第二天又要完成作战任务，并且担任的是营火力分队队长，那天，夏霄硬是抗住了巨大的身心压力，带领连队官兵圆满地完成了作战演习任务。

2014年5月份，原成都军区李司令员抽考我们团的一个营，团里推荐了我们三营，抽考科目很多，有体能，有战术，有武器操作，全营干部战士都必须参考。全营官兵立即行动起来，夏霄一边组织连队备考，一边准备自己的考试科目。他每个科目都很用心地准备，为了强化体能，他每周至少要跑一个武装五公里，有的时候甚至会跑两个；为了练好示范教学科目，他经常吃完午饭、晚饭之后加班练习；为了背记理论知识，他也是经常晚上加班加点，有时候我半夜一点过后查哨，还常看到他宿舍的台灯还亮着。作为连长，他认真备考的态度和毅力极大地感染了连队官兵，大家都积极向他学习，固强补弱，最终连队圆满完成了迎考任务，受到各级领导好评，后来连队又被集团军评为“践行强军目标先进基层单位”。

2016年团外训期间，我们三营赴日当单独执行边防巡逻执勤任务，营驻扎地日当兵站海拔近四千米，由于营房不够住，营里安排连队搭帐篷露营，看着野外坑洼泥泞的地面，夏霄稍微迟疑，但马上又爽快地答应了下来。接下来的一周时间，他带着连队战士平整场地，搭建帐篷，规整路面，挖排水沟，规范内务设置，高标准完成了野外露营任务，受到营首长高度赞扬，后来连队还成为迎接师首长参观的重点单位，得到了师首长的高度肯定。

夏霄总是很体谅他人。我家住在重庆，遇到周末轮休回家，他总是跟我说："你放心回去陪家人吧，连队有我，你就放心吧！"有时候我家属来部队探望，他总是很主动地跟我说："今天晚上你就不要查哨了，好好陪你家属，我来查就行了。"战士们的家属来队了，他也总是积极地协调安排，要么住士官之家，要么住连队招待室，孔令伟的老婆来连队探望的时候就经常住在招待室。这些事情虽小，但他总能为他人考虑，也正是他这些细微的小事挂在心上，才使得他让人感到那么亲和，让我们与他共事的时候相处得那么愉快。

夏海燕的回忆，把先前彭超、谭红兵对我有些零碎的讲述做了更完整的补充，让我更加了解了那没有战争的战场，更加理解了"官兵同心，其利断金"的含义，更加体会了战友之间用青春与热血建立起来的深厚感情。

在重庆市参观了几天，战友们安排张超给我报了旅游团，跟团去了三峡游旅，又把我送到成都王维家。王维也放下手上的事务精心陪伴我，也给我报团去峨眉山、青城山、都江堰旅游。我行程完毕，王维又亲自辗转把我送上了回昆明的飞机。

我回昆明了，我的心、我的心念，却然仍留在战友们的身边，留在那山山水水之间。

你已不在，又无处不在。战友们与你的深情，移来对我作无微不至的关怀，于是我处处看见你的影子。每一次的交流，每一次与战友们的相见，都是我的力量，都是我勇敢坚强的源泉。每当这些温泉涌来，我就想起那首悲壮而又伟大的世界名曲：

泪洒天堂

你还记得我的名字吗？
如果我在天堂遇见你，
你我还能像从前一样吗？
如果我在天堂遇见你，
我必须坚强，坚持下去。
因为我知道，我并不属于天堂。

你会握我的手吗？

如果我在天堂遇见你，
你会扶我一把吗？
如果我在天堂遇见你，
我会找到度日的方式，
因为我知道，我不能留在天堂。
时间使人消沉，时间使人屈服。
时间使人伤心，你是否向他求饶？
求饶。
在那一道门后，必然是一片祥和，
而我知道将不再有人泪洒天堂。

你还记得我的名字吗？
如果我在天堂遇见你，
我会找到度日的方式。

是的，我只希望，以后的日子，不再有人泪洒天堂。

2019.6

红色之旅

2019年9月14日，是一个特别的日子，我作为全国重点优抚对象之一的身份来到陕西，做一次身体与心理的全面疗养。

10年前来陕西，是儿子接我来的，来这里旅游观光。那时他在西安上大学，大三。儿子毕业后，应征入伍，成了一名军人。7年军营，他成长为一名优秀的连长，飞鹰展翅，壮志雄心。然而，两年半前的一场意外，他成了烈士……

这次又到陕西，整整10年，斯人已去，物是人非。这次来，是祖国和人民送我来的。

那天，在云南省退役军人事务局优抚科工作人员的护送陪同下，我们一行10人到了西安机场。秋雨蒙蒙中，陕西省荣誉军人康复医院的工作人员把我们接到了医院，还有来自全国7个省的疗养人员也同时到达了。医院，就在华山脚下，我们开始了为期11天的红色疗养。

安顿下来，稍做休整。第二天，我们穿上了迷彩服军装。

迷彩服，是出征的标志。儿子在世的时候，他带战士们外训归来，都会发一些他穿迷彩服的照片给我看。那风尘仆仆的身影，那刚毅而又快乐的脸庞，是青春的符号。那时，每每看到，我就心潮澎湃，为儿子骄傲。后来，儿子牺牲了，再不会发照片给我看。我的眼睛不再发光，模糊得几近失明，恍惚中，我在寻找那一片橄榄绿。

这两年，人群涌动的街头、车站、码头，甚至电视上，看穿迷彩服的年轻人，便成了我的嗜好。向往着有朝一日也穿上它，来追寻儿子的影子。

今天，我终于也穿上迷彩服军装了，和曾经的军人们，体验着军营的生活，还有其他的烈士家属，我们都成了战友。

出征前夕，医院给我们做详细的体检，还好，经过两年半的治疗，我的身心有了很大的改善，可以和战友们一起参加红色之旅的活动了。

这是祖国的关爱，看着宏大温暖的大楼，我又想流泪：祖国和人民没有忘记我的儿子，也没有忘记我，我又有家了，这个家，就是我亲爱的祖国。

陕西省荣誉军人康复医院，于1938年2月成立于革命圣地延安，是在毛主席亲切关怀下，由老一辈革命家何长工创建的全国第一所荣军医院，1949年迁至这里。

80多年来，这里先后有参加过二万五千里长征、抗日战争、解放战争及新中国成立后因战、因公致残的伤残军人近三万人在这里休养、生活和康复。

我也康复了，从身到心。

今天出征了，从华山脚下出发。

在华山烈士陵园，我们见到了伤残军人张顺京老英雄，他37年与家人一起义务为烈士守墓，获“全国退役军人道德模范”称号。老英雄给我们一一介绍烈士们的事迹，他一直微笑，说这里就是他的家。两间简朴的平房，他的儿子与妻子正在给门前的树浇水，给地面清扫。

丛林中，烈士们静静地卧在这一方红色的土地里。张老师常年在这里，做烈士们守望祖国的眼睛。

我们向老人告别，没有说太多夸赞的话，37年的坚守，不是一般的人可以做到的，所以任何简单的夸赞语都是肤浅的。我们只需要默默地为老人祝福，吸取他光辉的营养，给自己的灵魂增加一些力量。

此次陕西之行，不仅仅是旅游观光，更重要的是给我们的心灵做一次红色的洗礼。所以，陕西“故宫”西岳庙、习仲勋故居、称为“天下第一仓”的大荔丰图义仓、潼关岳渎公园和十里长廊、面向中小学生做革命传统报告，这些都是一般的旅游看不到的。

在参观渭华起义纪念馆的时候，我的心无比激动。

“渭华起义”，是工农革命军西北军军长刘志丹领导的一场波澜壮阔的武装斗争。这棵大树下，就是当年刘志丹和同志们开会的地方；这里是刘志丹就寝兼办公室的简陋房间；这里是其他同志的房间……大江东去，历史沉淀成一曲西北壮歌的旋律，记录着226名为了理想与信仰而献出生命的英烈。顺着往前，我一个一个地抚摸着那些名字：马云杰、马建华、李兆堂……一个个年轻的生命，变成历史长河中一个个红色的符号。

我们还看了“烈士殉难井”，渭华起义遇敌人疯狂镇压，侯振和、刘孝智、李帮彦等十余名同志被清乡团匪徒逮捕，严刑审讯，毒打致死，投尸此井中。

还有无数无名的英雄，都倒在了革命的征途中。高高的山坡上，我仰望着人民英雄纪念碑，又一次阅读着一个世纪以来中国人民用血与火谱就的光辉，为我是一个中国人而骄傲。

最后的行程，医院召开分享会，我们进一步交流。我们了解到：这次来疗养的，有参加边境自卫还击战而付出了鲜血的功臣；有为了捍卫祖国尊严，捍卫世界和平而付出了生命的烈士的家属；还有两位是参加上甘岭战役而负伤的老英雄，他们是邱少云的战友。

牺牲的不是一个人，悲伤的也不仅仅是一个家庭，在每一个烈士家庭的背后，在军人家庭的背后，都有太多的故事。为了世界和平、为了捍卫祖国的主权、为了民主与自由、为了民族的振兴，千千万万的壮士前仆后继，他们是共和国永远的功臣，我的儿子也在他们中间，我为此而骄傲。以后的日子，我要成为儿子的骄傲，成为祖国的骄傲。

炙手丹心，赤子一片，在祖国70华诞之际，我为祖国送上永远的祝福：祝我亲爱的祖国永远繁荣昌盛，万寿无疆！

时光

美好生活追忆

带着孝心去旅游

三点一线的日子久了，不免觉得单调乏味。今年，一直想出去旅游，而且，去国外，只是，一直没有定下来去哪里。

在老家的父亲听说我近期准备去旅游，很高兴。因为我孤身一人多年，有很多情绪无法排解，郁郁结生，有时就不免消沉落寞，父亲为此很是牵挂。这次，我能又一次勇敢的一个人去旅行，他当然很欣慰，打电话来问我准备去哪里，我说还没定。

父亲几乎每天一个电话，有一天，他又打电话来，突然说："新加坡、马来西亚这些地方好得很啊！"

我有点吃惊，已经86岁高龄的父亲，怎么会知道这些地方呢?

第二天，第三天，父亲在电话上还是这样说，他是希望我去他说的那些很好的地方去旅游吧。

父亲太爱我，希望我最大限度地快乐。

出行的地点与时间还是没有定下来。

我平时的晚饭都是边吃饭边看晚间新闻，饭吃完了，新闻也看完了，就洗碗去。

那天晚上，新闻联播过后，我按惯例起身收拾碗碟，无意中，我抬头看了一眼广告：广告正在这样播：新加坡行，马来西亚，未来城市的榜样……画面中，新加坡与马来西亚美得如人间仙境。

我恍然大悟，父亲是在电视上知道的这些地方呀，是的，他本来就爱看电视，尤其爱看新闻联播与广告。

"去吗？新加坡马来西亚？"今天父亲直接问我。

父亲是个转业军人，虽生活在农村，是个农民，却有不一样的品位，他一直喜欢看新闻，关心国家大事，了解天下奇闻，也很向往那些遥远而美丽的地方。8年前，我总算带他坐飞机去了大理丽江旅游了一转，还上了玉龙雪山，当时已78岁的老人见了如此美丽的雪山，开心极了，回到家，逢人就说我是最有孝心的女儿。

父亲更老了，身体也更弱了，我再不能带他去旅游，那次的大理丽江之行，成了他最有纪念意义的事，作为女儿，我也觉得我做了一件最不遗憾、让自己满意的事。

我将要去旅行，去哪里呢?

父亲如此看重新加坡、马来西亚，我就去那些地方吧，热爱世界的父亲不能去了，我要代替他把那些仙境般的风景带回来。

我当即决定去旅行社报名参加“泰新马游”。

一决定，我就跑到旅行社报了名交了订金。

在路上，我拨通了父亲的电话，准备把这事告诉他，但听见父亲“喂”的声音的时候，我却突发奇想，想跟他开个玩笑，我算得上是一个孝顺的女儿，也是一个顽皮的女儿。

“爸爸，新加坡、马来西亚，可能真的很美，可是我没有这么多的钱啊，还是不去了吧！”我装出闷闷不乐的口气。

“呀！钱，钱不够？爸爸给你，你一定要去……”父亲有些着急，说话有点口吃，却斩钉截铁。

父亲是个农村人，没有多少收入，只有因当过兵政府给的一点生活费，这一点钱，本来微不足道，他却满足得很，很少的钱却也没用完，都攒下来，以备急需之用。现在，他一听说我钱不够，又准备倾其所有了。

我又一次为亲情感动，这就是我的父亲。

玩笑开完了，我幸福地说：“爸爸，我逗你玩呢，你这点收入都有钱，我怎么会没有钱呢？我刚才去报了名交了钱了，不但去新加坡、马来西亚，还去泰国，一去就是三个国家呢，下星期就走。”

“泰国美不美？”父亲对泰国了解不多。

“泰国也很美，是个佛教国家，也在东南亚，是一条线。”

“好！好好！你就开心去玩吧！”父亲那端的声音，比我还开心。

回家的路上，我几乎是蹦跳着，快乐升到半空中。

泰新马游的行程开始了，亚航，波音737，我乘上了这只大鹰，向异国飞去。

一路东南亚。泰国：一个佛教的国度，人们的生活漫不经心，三十几度气温的热带雨林气候，人们的脸上却没有火辣的燥热，而是一脸的慢腾与祥和。去曼谷参观大皇宫的时候，每个景区都有当地的导游，有一个导游看上去有六七十岁了，戴着墨镜，说着不太地道的华语，他领我们参观大皇宫里的佛像。后来，领队小郭告诉我：像这些年老的导游都是志愿者，免费为大皇宫做贡献的，在曼谷，有很多这样的年老志愿者，他们大多都是只有温饱生活而不富裕的人，却出来做志愿者，所以，曼谷人的满足感很强，没有太多的私欲与欲望，脸上泛着平静与和善。

大皇宫佛塔群高大宏伟，色彩却朴素，显现了佛家大空的静美。

泰国的壁画高度立体，在芭堤雅有一个景区，似乎是依山而画，我们脚踏画，手托画，仰望画，在画中出没。其实，那只是两层楼的一个大壁画展览馆。

在芭堤雅东芭乐园，我们还见识了一个与雕刻不一样的陶器世界，整个园里全是陶器制品，那些瓶瓶罐罐全部都是镂空的脸，上千个脸孔，有上千个表情，包罗万象，各具形态，真是太好玩了，泰国的陶器工艺也可见一斑。

芭堤雅的生活与曼谷略有不同，多了一些现代气息，也有了很多浪漫，夜生活是芭堤雅的主题，因为气候的原因，他们白天睡觉，晚上工作。导游阿弟说：泰国是小乘佛教国家，在泰国，每个男性公民都必须接受当和尚的课程，男孩子长大了，先当和尚再读书。在寺庙里，戒律是很严厉的，每天只吃一餐饭，每天泰国时间十一点和尚吃饭，过时不候，不准挑食，不准剩饭菜。所以，泰国的男人一生下来首先就接受了佛教信仰的启蒙。

出行前，我在网上搜了一些东南亚的天气情况，都说这一带热得要命，又边暴热边下大雨，泰国几乎天天暴雨成灾，城里很多路都是被淹着的。那时，心里有点怵，但旅游的心还是收不住，心想，要玩么，勇敢点，刀山也撞了。但在泰国的这几天，并没有想象中的那么严酷，车上有空调，室内有空调，每个景点都有防热措施，这几天也没有下雨。只有到了“肚拉拉水上世界”这一天，还真的下了大雨，下得瓢倒似的，整个景区“水漫金山”。我们的项目中，今天刚好也是泰国人为了迎客做的泼水节目，东道主在室内迎客，天公在天上迎客，天水、人工水，整个泼水节不亦乐乎。

在芭堤雅海边，还有一个很大的建筑群，叫“富贵黄金屋”，那是华裔首富谢国民耗资14亿泰铢为母亲建造的私家庄园，实为母亲供奉佛像的地方，整个庄园流光溢彩，第六层的佛像琳琅满目，据说很多都是纯金的，那些高大雄伟的佛像，金光闪闪，如群星璀璨，整个建筑气势磅礴，金碧辉煌。庄园外景构造别致，线条分明，清新流畅。这个建筑群，已经成了泰国不可缺失的一个参观圣地，那天的晚饭，我们就在庄园的餐厅就餐，餐厅漂亮得如皇家的戏院，也像仙境，游人边吃饭边欣赏台上的歌舞，真像赴国宴一般。

我无法想象，性格淡然的国民，淡然的脸眼，却处处有关于对大美的构想，这些宏大、奢华、美幻的建筑，让人感动。也许泰国，是平和的，也是多彩的。

越是和平的心，延展的空间越大吧。

新加坡，一个袖珍的国家，只有719.1平方公里，就是一个城市大花园，却美得像一个浓缩了的童话画板，飞机卧在草丛里，高楼也在树荫中。新加坡没有农业，因为它的土地不够种植，导游小李说：人们平时说寸土寸金，新加坡的土地却是寸土寸钻啊。新加坡什么都靠进口，却是富人的天堂，是放钱的地方，因为它是一个自由贸易的港口，每天都有很多轮渡从这里出出进进。

今晚，我们就住在港口旁边，吃完晚饭，我和同行的几个女伴在港口的路上散步，真像进入了童话：两边一排一排远远近近的楼里的灯光璀璨地射出，这些水边的楼，像一个个水晶宫，又高高低低、远远近近地倒影在水里。灯光射在树木上，一切的景物上，两相辉映，美轮美奂，整个港口熠熠生辉，如人间天堂。

就在这路上，还不时有人在夜跑，我想：这小小的国度，耐力强点的人，跑个步，难说一不留神就跑到国外去了呢。

太小的新加坡，不允许让游客驻足太久。第二天，我们坐上了通往马来西亚的大客车，47分钟，我们已经又到了马来西亚。

称为橡胶王国的马来西亚，一度被葡萄牙、荷兰、日本等殖民者统治，终于在1957年8月31日宣布独立。现在，它们的独立广场、人民英雄纪念碑是游客参观与了解马来西亚历史的重要景点，荷兰的大船、水车、炮台陈列在马六甲海峡岸，是历史的见证。

伊斯兰教是马来西亚的国教，宗教得到了法律的保护。这里的建筑都有明显的清真寺的模式。另外教堂很多，圣保罗教堂与维多利亚喷泉是标志性的建筑。

今天，是出行的第十天，也是天气最热的一天，一下车，头就有一种被晒得胀痛的感觉。还好，等吃了晚饭，我们就可以坐索道上云顶山住宿了。海拔2000米的云顶山，是最著名的娱乐中心和避暑胜地，上面的酒店有一万间，是世界上最大的酒店。

坐缆车的时候，发生了一件有趣的事，一个瘦瘦黑黑的马来小伙子，与我们同坐一张缆车。刚来马来西亚的时候，导游教我们说了几句马来话，在缆车上，我们同行的几个女伴念起了一句马来话："你妈拉肚子你妈离谱你妈不如你妈。"可是这句话我们却总也念不通，念得哈哈大笑。

旁边的马来小伙微微地笑，他不知道这群中国傻孃为什么只为了一串他们的马来数字就如此好笑，又看我们总也念不通"五千五百五十五"这个数字，就一板一拍地教起我们来，终于，我们念通了，这时，缆车也到站了，我赶紧对小伙子说：

“带你妈看戏！带你妈看戏！”（马来话：谢谢！谢谢！）小伙子边下缆车边笑着说：“傻马傻马！”（不客气不客气！）

这语言的差异，让我们此行的旅行更开心了。

泰新马一行，我领略了异国的风情，也对多元化的文化有了很多了解，长了见识。但，脚步匆匆，短暂的停留，我怕我的脑袋装不下这么多的风景，怕人一走，对美的记忆也随之瞬时即逝。于是，我让我的智能手机发挥了最大限度的智能作用，我快速地捕捉着每一个美的瞬间，快速地按下照相的键，让它定格，让它成为珍藏的永恒。更多的是，我要把这些似乎是从另外一个星球带来的图片，带回来给父亲看。

当我拿着手机翻着照片给父亲看，又掏出三个国家的钱币给他的时候，他似乎才相信：他的女儿真的从那些童话世界遨游回来了，我给他带来了向往的真实，带来了他心愿的满足。

我与春天舞一曲

春天来了，花开了。

二月的春风，最早吹开的是女人的心扉，吹开了一直以来的记忆。只要与春，与花有关的，女人就一直是最有想象力的主。

花，是春的主题，女人，是春的使者，插上想象的翅膀，女人的心无边无际，缥缈无边。

在诗意与梦幻的时节，女人忘了年龄，不管少女还是老妪，一律都爱着春，爱着花。她们一起怀春，一起嗅花的芳香，一起与花儿亲密，与花儿弄影，一起做花的芳梦，在花的韵意里陶醉，沉睡。

有人说：女人，是水做的骨肉，在这梦幻的春天，我却想成为花做的骨肉，好好地芬芳一季，红艳一回。然后，伴春水，碾成泥，让灵魂轮回，明年的这个时候，又来芳菲，年年岁岁，永不停息……

冬去春来，花又开了。

春城无处不飞花，我又做起花的梦，花事浓艳的情怀，展开，飞扬。

爱花，爱自然，却不再担心路途遥远，更多的，是不用考虑囊中羞涩的尴尬，因昆明将成为世界顶级旅游城市，已有一道道风景从远方移到眼前。

前几天，听说滇池边环湖东路捞鱼河湿地公园，从荷兰引进了上万亩郁金香，近期开放了，这一消息又让我怦然心动，再也关不住：这大面积的郁金香该是何等的壮观啊？爱花的我怎能不奔赴而去？

地铁开通了，轻捷敞亮，一路都是花，不急，我就一路赏着去吧。

我到塘子巷坐上了地铁。

上地铁下地铁，玩儿似的，一天的时间，我就可以把半个昆明的花儿赏个够。

云南大学呈贡校区的樱花，一片片，一林林，开得张扬，开得红烈，有些恣意，如霞，如锦，如铺开的绸缎，也像奔腾驰骋的红马，激荡，野性。我喜欢它的热情，喜欢它的朝气蓬勃与血气方刚，那是喷薄而出的红日，那是青年的赤子之心的颜色。转过身不远，我来到图书馆前的喷泉广场，这广场具有哈佛模样，宏大而庄严的图书馆让我顿生敬畏，朋友领我参观了这很现代的图书馆，周末的学子们依然在安静地孜孜以求。从图书馆出来，我站在图书馆台阶的顶级处远远看着火焰般的樱花，我领悟到了校园里樱花的意义：热情与庄严，活泼与宁静，在这里得到了统一。

在万溪冲，桃花梨花是种在农家的地里的，一埂一埂，一林一林，一树梨花白，一树桃花红，红白相间。桃花粉面，梨花似雪；桃花妩媚，妖娆着；梨花带泪，倾诉着；艳的红心，纯的洁白，下面是泥土的芳香。一树花香一树暖，我在花深处酥软。

中午，我已经到了捞鱼河。

其实，捞鱼河不仅仅有春天花的盛宴，还有一望无际的湿地。通往郁金香景区的路边，那些树，都是在水里沐浴着的，水澡、青苔、不知名的植物在树脚的水里荡漾，纠缠，还偶有水鸟或蜻蜓掠过，如抓不住的小精灵。不知不觉，我的脚步偏离了公路，歪上了用石墩或塑胶搭建的弯曲长廊，因为这儿的空气太怡人，漫步其间，我不想匆忙赶路，我想吸取更多自然的精华。

林木森森，流水潺潺，参差的阳光漏下来，斑驳地泄在长廊上，泄在水面上，流淌着的水就清亮得如孩子的眼睛，长廊似无边，伸向远方……

出了林海，到郁金香景区了，这儿，游人如织，花正好。矮棵的郁金香，一簇簇，一片片，枝枝向阳，楚楚动人，各色郁金香跳跃着，袅娜着，铺天盖地，旁边就是河流，延伸过去就是滇池了。河岸幽幽，花香满径，对岸又是一大片黄澄澄的油菜花，清风袭来，一波一波，舒缓地舞蹈，绕过去，钻进来，微闭眼，想一季的浪漫，我思绪飞扬，被这无垠的春融化了，想再用什么样的语言来写呢？却已词穷，这一刻，纷呈的脑海里，绿色的天幕叠印着红色的春天，白色的春天，蓝色的春天，黄色的春天……这一季的悸动啊，灵魂幻化，飞云天……

不知是春的催发与花儿的暧昧，还是清风与花儿的挑逗？让游人忘返？当我从花丛中出来迈上小径的时候，已是夕阳西下，游人已稀少，是该返回的时候了，可是，我还觉得不尽兴，又跑到滇池边沙滩上，这时，夕阳渐渐西沉，晚风送暖，推波助澜，掀起一道又一道的惊涛，一艘渔船在霞光中出没，且歌且远去，消失在海天一色的尽头。

举目远眺，一幅波澜壮阔的晚景呀！我正在心驰神往，一群晚归的海鸥飞来，在天空盘旋，尖叫着，呼啸着，时而俯视海面，时而远眺着郁金香，那些花朵，也似乎在翘首远望，寻找着什么？远来的精灵啊，你们是来相约在春城，相约在滇池的么？波澜伴奏，轻风曼舞，天边的暮色苍茫，光与影，灵与动，天上人间，曼妙天宙，成为高原上天籁合鸣的一道风景。

在这春天，我醉了，不知归处……

父亲的生日

多年来，我已经习惯了忘记父亲的生日，那是因为父亲他自己不喜欢过生日。

我们小时候的生日，还是可以吃到一个母亲煮的红糖鸡蛋的，虽然鸡蛋很小，红糖也放得很少，但我们一直有幸福的生日。

轮到父亲生日的时候，母亲要给他煮鸡蛋，他却不允许了："什么生日不生日的？大事都顾不上，过什么生日？"

那时父亲还年轻，五十多岁，在煤矿背煤，每年靠生产队发给他的那点钱给我们兄妹五人交学费。家里养的鸡下的那几个鸡蛋，他是要攒起来也给我们凑学费的。

后来，我工作了，境况好多了。父亲生日的时候，我们想给他过生日，他又说："又不是七老八十了，过什么生日。"

一推再推，我们兄妹五人都长大了，成家立业了，可以给父亲过生日了吧。"现在的生活这么好，天天都是生日。"他又这样说。

其实，父亲是怕麻烦我们，也怕增加我们的负担——那时，我们兄妹五人家的孩子都还小，都在读书。其实，我们已经可以给他过一个像样的生日了，可是，他还是不肯。直到他七十岁的那年，才勉强接受了一个很简单的生日，那时母亲还在世，那次的生日，还是母亲促成的。

到了父亲年满八十岁的时候，我们兄妹又强烈要求父亲配合我们给他过生日。而且，八十了，以后要年年都过，因为那时，母亲已经去世了好几年——母亲突然的离世，给我们留下了永久的痛，对于父亲，我们不想再留太多的遗憾，所以……

父亲总算答应了我们的要求，过了一个更简单的生日，同时说："年年都过生日，我不会答应的，过生日只是一个形式，年年都搞，劳民伤财，有什么意思嘛？你们要搞，等我九十岁再说，呵呵。"

好啊！这是父亲的自信，也是我们的希望与祝福，我们答应了。

就这样，这些年，我就没记父亲的生日。

时光匆匆，光阴荏苒，父亲平和而安静地度着晚年，一直自己上街买菜做饭，还常常为我们、为孙子孙女操心。

平和而安静，是父亲一生的性格，四岁丧母的他，经历过很多磨难，也练就了他一身的韧性，内心无比强大，他吃得亏，受得苦，却不能容忍我们不上进与不善良，他一生所有的心血都倾注到了儿孙的文化工程上来，他的心血总算没有白费，我和三弟教了书成了人民教师。在家族里，父亲是长子，我有了工作后，父亲又敦促我全力以赴帮助叔叔的孩子，在我的带动下，堂弟堂妹也学业有成，现在都是单位的栋梁之材。

上行下效吧，我们兄妹也都很重视孩子的教育，孩子们如春苗一样茁壮成长，也包括我的儿子，军人、警察、教师、小检察官、建筑师、药检师……都成了国家的有用之材，还有几个还在读书的，成绩也很好，在家乡那个小山村，我们家成了小有名气的文化之家。

近几年，两个哥哥的孩子结婚了，我的儿子也于去年成了家。儿孙长成人，父亲眼里泛起了无比欣慰的光辉。

父亲是个转业军人，务农后没有多少收入，他却很舍得，孩子们高考或结婚，是他最高兴的日子，那才是他的重大节日，每当这时，一贯节俭的他总要把攒了很长时间的钱硬塞给孩子们，不要也不行，他对孩子们说："看着你们长大了，有出息了，爷爷很高兴，这一小点钱不算什么，但这是爷爷的一点心意。"

在感动中，孩子们更加地努力学习与工作，也更加孝顺。

父亲还是平和而安静地生活着，如家乡那座连绵厚重的大山。

前久，远在浙江工作的小弟在微信里建了一个亲人群，我也就常常在里面热闹。那天晚上，吃了晚饭，我又进了群，小弟正带领着在四面八方工作的侄子侄女们聊天，他告诉孩子们："今天是爷爷的八十六岁生日。"

孩子们纷纷表达着对爷爷的敬仰与祝福，我拿起手机，拨通了父亲的电话："爸爸，今天是你的生日啊，我都忘了。"我有点不好意思。

"呵呵，我也忘了，要不是小幺给我打电话，我也没想起来，其实，我对生日本来就不感兴趣，但小幺说你们不能回来给我过生日，让我一定要自己煮点什么好的吃吃，意思意思，我就煮了两个红糖鸡蛋吃了。下午，你二嫂也想起了我的生日，她知道我喜欢吃菜豆花，还给我煮了送过来了，现在你大哥你二哥都在我这里陪我聊天呢，说是不过生日，还是过了，而且这样丰富，呵呵，我太高兴了……"

絮絮叨叨的通话，我听出了父亲的幸福与满足，这就是父亲，他一生与世无争，平和安静，这样的性格也给了他平安的晚年，也给我们带来了莫大的福气。

夕阳无限好，黄昏更美丽，遥远的家乡传来的老父的声音，让我无比的温暖与幸福。

祝福父亲，健康长寿，他九十岁的时候，又给他好好过个生日。

“爸爸：生日快乐！”

2016年农历正月十八日

一张公交卡

今天的公交车，与往日没有多少区别，车上的乘客不算多，有坐着的也有站着的——这是一辆单层的公交车，走道两边有单排座位与双排座位，后半部分的座位是阶梯的。我坐在靠后方单排的一个座位上，走道那边的双排座位上坐了两个人，其中那个大约十五六岁、学生模样的男孩，神情似乎有点呆。

公交车一路前行。

到了一个站点停了下来，有好几个乘客顺序下车。

“卡！卡！”突然，那个男孩大声地喊叫起来，同时弯腰从走道的台阶上捡起一张公交卡。

我一看，与男孩并排坐着的那个中年男人起身顺着台梯准备下车。

“你的卡，掉了……”男孩坐在座位上，身子前趋，一只手把卡往前递出，对着中年男人的背景大声地喊，那声音有点急促，以至于有些口齿不清。

公交卡应该是从中年男人的裤包里滑出来的，然而，他并没有反应过来男孩是在叫他，他一个箭步跨到车门下了车，公交车“咣当”一声关了门又继续前行。

男孩缩回了身子，手上还举着那张卡，定定地看着车门，呆呆的，嘴角流出口液。

我才发现：这是一个身体有缺陷的孩子，抑或是智障。

一会儿，男孩似乎反应过来，继续举着那张卡，环顾四周，边挥舞着卡边求助似的对车里的乘客喊：“他的卡！怎么办？”“他的卡！怎么办？”

男孩的声音更加急促，更加口齿不清，口液流到了下巴。

车里相安无事，乘客的表情甚至没有改变。

没有人告诉男孩这张卡怎么办？

男孩还茫然地举着那张卡，呆呆的，也许，对于他来说，这张公交卡很烫手。

我有些不忍心让一个有缺陷的孩子因为处理不了这件棘手的事而痛苦了，便侧过脸对他说：“这只是一张普通的公交卡，里面也就几十元钱，你留着用吧。”

“我不要。”男孩转过脸来，似乎找到了交流的对象，神情掠过一丝欢喜。

其实，这孩子，就智力来说，也就五六岁吧。

“你不要那就给我吧。”我笑着逗他玩。

“不可以！不可以！妈妈说不能要人家的东西，老师也说的。”男孩一下子着急起来，甚至生气地对我喊叫。

“我摊上事儿了。”我自嘲地又笑笑。

“可是，失主早就走了，我们没办法把卡归还给他呀，怎么办呢？”我继续逗他玩。

“我也不知道。”男孩的声音已经带着哭腔。

我再也不能近乎欺负似的逗人家玩了。

我想了想，拍拍男孩的肩，说：“那么，我们把这张卡交给驾驶员，请他去找失主，好吗？”

“好！”男孩兴奋地笑起来，用手背擦了擦下巴上的口水。

我带着男孩，到了驾驶员旁边，说明了情况，总算，我把这件“棘手”的事又移交给了公交师傅。

男孩跟着我回到了座位，他如释重负地笑了。

又到了一个站点，男孩对我笑了笑，连蹦带跳下了公交车。

马路上一片阳光，看着男孩的背景，我突然很感动，也很感慨：因为智障，男孩反而显得如此单纯与阳光，保留了原始的本真与善良，这样的群体，他们的心灵世界却是明净的。

人类进化得太聪明，太复杂，性情却越来越混沌与麻木，我突然想：人类是不是该退化一下才好？这样，世间就会多一些热情与善良，世界也就会更加明净与快乐！

神梦之旅

很久以前就听说禄劝的风景很不错。轿子山的冬天，那是一个彻头彻尾童话的世界：从天上垂下来的冰雕的帘，宽大，冷艳，释放着偌大庄严的银光。面对如此壮观的景观，无人不觉得不神圣，山上，从树到山坡，整个儿被雪覆盖，茫茫的雪原一望无际——这座雪山是可以与梅里雪山、玉龙雪山相媲美的。轿子山还有她胜出一筹的骄傲之本，那就是春天里漫山遍野大朵的红杜鹃染红了整个高山，所以，这儿一年四季都有你的好去处……

朋友三番五次的描述，让我对轿子山心驰神往，真想马上去游览，因为我本来就是一个热爱旅游的人。

今天，我终于要和我的同学朋友五人一行去感受那神圣神秘的所在了。

从昆明出发，坐上通往禄劝的车那一刻，我就觉得这是一条令人神往让人愉悦的路。车子经过富民、寻甸，路不是很宽也不很直却很平，渐渐的，车子把城市的喧嚣烦闹抛到了脑后，越抛越远。终于，耳根得到了彻底的清静，车子又把我们载入了一个青山绿水让人神怡的静谧所在。进入禄劝，路越来越平直，越来越宽广，车子如流水般滑行，两边的植被越来越厚，稀稀落落的村庄，掩映在群山里，从我们眼里移进又移出一晃而过。

这一段路，一座接一座的大桥凌空飞架，两边是深深的峡谷，我们就在群山的天途上奔驰。

一路前行，宽宽窄窄的道路，远远近近的村庄，连绵起伏的山脉，车子在穿行，快乐在飞升。终于，我们到了转龙，因为今天是下午才从昆明出发的，到这儿的时候天色已晚，就只好就地住下，明天才去轿子山。

第二天一大早，我们又踏上了通往轿子山的路。坐在车里，我略感遗憾：昨晚一夜的雨，现在还断断续续地下着，旅游专线的路很宽很平，能见度却很低，窗外的景物都笼罩在蒙蒙的雨雾中，就更不要说想看到轿子山的全貌了，我只知道车子在弯弯扭扭的路上扶摇而上，有一种坐在火箭上的感觉。

也不知道到了多高的地方，到了轿子山的公园门口，买了票，继续前行。终于，私家车不准走了，转乘旅游大巴，又不知道走了多远，大巴停下，该坐索道了。

最险峻的地段，当然只能坐索道。缆车外面还是雾气腾腾，我真想拔开云层饱览群山，可是我们被装在这玻璃的小箱子里，箱子外面也全是水雾，无法拍照，只看得见近处的树木一层一层地由大到小，从我们眼前矮下去，矮下去。

我们就这样脚踏青云，腾云驾雾，云里雾里，与仙人一般无二，也还隐约看得见其他的仙人在缆车里上下漂浮。

下了缆车，我以为到山顶了，才不是呢，现在还只到山腰，到天庭还远着呢，那顺着山的脊椎与肋骨斜插进天宇的便道，就是我们上天的道路。塑钢的便道，窄小地斜挂在陡峭的山梁上，也怪，这段路能见度还可以，可以看见两边随地可见盘根错节的古树，上截还青枝绿叶，下截却已经如化石，有些树茂密而修长挺拔，腿上爬满了厚厚的青苔，如穿上一条绿色的绒裤。山中的天气时而细雨朦胧，时而微显天光，放眼横看，厚厚薄薄的云雾远远近近地铺在山中，似有仙人的窃窃私语，却不见仙人身影显现。

我们如蜘蛛一样手扶钢绳一台一台地攀登，攀得气喘吁吁，两腿发软。喘气的间隙，我无意间回头往下看了一眼，瞬间觉得头昏目眩，眼冒金星。妈耶，这像是下地狱的路呀。同学的女儿说："不要往回看，到了这儿十有八九都恐高。"我又回头往上看，头才慢慢不晕了。往上，还是长长的便道，越往上山越陡，两边成了墙壁般的悬崖，路显得成了一条线，直插云霄。

总算到了山顶，那山垭口的牌子上标着：一线天，3987米。钻出山垭口，我们真的到了天上，天上的树很多成了身穿短裙长发飘飘的仙女，最有特色的，是傲骨林里那一片傲骨临风死而不朽的树，这些树是轿子山的高山柏，因为丧失了生存的机会后却死而不朽，成了特殊的立体景观。

天上，瑶池星罗棋布，我们如神仙戏瑶池，梦幻其中。

下山的便道缓一点，却也必须抓牢钢绳，以防滚下。走着走着，听见轰轰的水声，转角一处，一帘巨大的水帘冲天而下，顺着悬崖飞流直下，又跌下无底的深渊，这就是轿子山有名的天来瀑布。天上下来的瀑布，还有多处，这是仙女嬉戏溅出来的水珠吧，我想。

到了莲花瀑布，我才知道我们是顺时针围着轿子山的脖颈又回到了她的挂坠这里来了，再走一段就可以坐下山的缆车了。

上山下山，我经历了太多的奇险，神经得到了刺激，可我还是觉得不过瘾，对于我来说，轿子山还有很多诱惑，还好，有那些路，我就可以来去自由，可以感觉那时而上天时而下凡的快乐！

美丽的飞翔

你的躯体
被风雨无情地划伤
你却用完美的灵魂
展现如此美丽的飞翔
带伤的天使啊
我没有看到你的忧伤
是因为
你的心灵已经历练成了
一种雕像
让人敬仰的雕像

——写给一个残疾女作家

今天，又收到一本家乡寄来的杂志，我从头到尾地浏览，一个不熟悉的人的名字映入眼帘：冰咖啡，这应该是一个网名或是笔名。

网名，总觉得是很虚化的名字，连同人和事都距我很遥远，就像每天看朝闻天下的伊拉克局势一样，总是有心无心地看看。

这本杂志上，有一篇文章是冰咖啡写的：她是一个残疾人；领导给了她很多关怀；现在是一家传媒公司的老板，又是一个作家。

我有心无心地浏览着，也有了一些淡淡的感慨：自强不息的人越来越多了，社会的关爱也给弱者带来了很多温暖，让这个世界亮堂了许多。我的心里暖暖的，有些感动，有些欣慰，因为我也是被关爱着的群体之一。

继续看着，还是有心无心地浏览。

文章读完了，我的目光停留在了“作者简介”上——这是我平时读书的习惯——冰咖啡：原名段美芬，宣威格宜人，喜欢文学，2004年1月一场车祸改写了人生，文学让手脚不能动的她重新审视生命的意义，教她诠释生命的价值体现，让她变得坚强，从此更加爱文学……

当我看完简介的时候，我张大了嘴巴，半天合不拢：天哪！这个因车祸重度残疾的姑娘离我太近了，她的家乡和我的家乡相隔不到10公里，只是我长年不在家乡，对家乡的人和事了解得很少。

“段美芬”，这是她的真名。

也许因为都有过苦难的经历，也许是因为她离我太近，我一下子觉得对她亲切起来。慢慢地，我的心隐隐地痛起来：我不愿意听见依山带水离我这么近切的地方，有一个这样年轻的姑娘有这样残酷的遭遇，我愿意听见的都是家乡人的平安吉祥。

默默地，我对这个姑娘升起了一种牵挂，虽然我和她未曾谋面，却有一种心灵相通的感应，因为她是我家乡的人。

我无法想象：一个高位截瘫、双手双脚不能动弹的姑娘，是怎样从事文学创作的？又怎样在写作的同时成了一个传媒公司的老板？

第二天的晚上，我在QQ群里找到了她的账号，申请她加我为好友，她刚好在线。一会儿，我们成为QQ好友，聊了一会儿。

“你好！”“嘿嘿！”在短暂的聊天过程中，我没有看见段美芬任何的悲观与难过，文字中总是那样轻松愉快，打字也打得很快，似乎她和那场车祸根本没有关系，她是一个一直在阳光下快乐的女孩。

晚了，段美芬她说她还没有吃晚饭，我催促她赶紧吃饭，她才下了QQ。

我不忍从电脑旁边离开，还想关注段美芬更多的情况，于是进入了她的QQ空间，看了她的几篇文章，她的文章很美，在乐观的基础上很有深度，对人生有很透彻的理解。

我又看她的照片，这次，我流泪了，不是因为心痛，而是震惊：这是一个很美丽的女孩，模样清丽，更多的是那淡淡的微笑，淡定的神情，目光中透出来的坚韧，这一切都让我震撼。

只有经历过苦难洗礼的人，只有经过生与死的较量的人，才会有这样的微笑，才会有这样坚韧的目光。

我很想见见这个传奇性的女孩，想听听她神话般的故事。

2014年7月的一天，我回乡探亲，办了一些事后，终于打通了段美芬的电话，电话那端的声音很柔，甚至有点慵懒，我心里笑了一下：她好像很平静呀！

说了我的来意，段美芬兴奋了，她欢快地告诉我怎么去她家，并说我下了车，她的爱人会来接我。

进了门，我寻着段美芬的声音直接到了她的卧室，那床是兼办公桌的，旁边就是她的电脑。她斜靠在床上，对我微微地笑，抬起手肘向我招招手，并让我坐在旁边的小凳子上。

我才注意到，除了头部可以转动以外，段美芬的整个身子都不能动，连双手的手掌手指也粘在了一起，成为不能张开的一小团。我的心隐隐作痛，为这个美丽的姑娘。我们只说了几句话，不巧，段美芬有电话来，她无法接电话，她的爱人李富平便把手机贴在她的耳朵上让她接听。她要去参加一个公益活动，现场已经等着她了，我只好索要了她新出版的一本书《生命火花》回去阅读。

我翻开了段美芬的作品，一路阅读着她神话般的故事。

段美芬出生在一个风光无限的小镇，也就是我紧邻的一个乡镇，这个地方和我的家乡一样的美。人杰地灵润泽的段美芬，是一个美丽的姑娘，她从小聪明好学，13岁就以优异成绩考入财校。17岁毕业时，她轻而易举地被一家公司录用，担任会计工作。因为她的聪明能干，很快就受到公司的青睐，薪水也日渐不菲。可是段美芬是一个桀骜不驯的人，她不满足于那千篇一律的生活，她从小就喜欢幻想，一直在编织着一个又一个斑斓的梦，编织着一个又一个美丽的未来。

在那家公司工作了一年后，段美芬毅然辞了工作，用一年来的积蓄创办了自己的工作室。

这才是她的舞台，这才是属于她自己的天空，段美芬将在这里飞翔，施展她的才华，创造一个又一个美丽的童话。

人生，怎么就这样像梦呀？段美芬的美梦怎么就如此短暂？一声霹雳，她从天堂坠入了地狱。

2004年1月，元旦刚过，城市乡村还在节日的喜庆中。9日的天气特别好，段美芬坐在回乡的车上，耳朵上塞个耳塞正在听背单词，到了一个转弯处，车祸发生了。不知怎么的，没等段美芬反应过来，她就被从车里甩出，掉到旁边十几米深的山沟里。紧接着，车辆也冲下山沟压在段美芬的身上，她一下子人事不省。

车祸发生在乡村公路上，村里的人纷纷赶来救援。人们用尽了各种各样的办法，想把车底下的段美芬救出来，可是一次次的尝试，一次次的努力，段美芬依然在车轮下。警车赶到的时候，车祸发生已经四十多分钟了。在交警与村民的全力配合下，段美芬被弄了出来。她全身血肉模糊，面目全非，人们心惊胆战，不忍目睹这惨烈的情景。

段美芳被及时送进市人民医院，经X光的检查，她的身上多处粉碎性骨折。最要命的是她的颈椎也粉碎性骨折，市医院的医疗力量显然不够。

段美芳沉睡不醒，生命垂危。医生说，看她的生命体征，最多还能维持一两天。

段美芬的父亲当机立断，要了她的片子赶往昆明。他跑了好几家大医院，请专家看片子。专家们看了片子后都摇头，说这样的伤情他们也回天无力，都不愿接收段美芬。最后，段父终于在云南省解放军总医院也就是四十三医院为女儿找到了生命之光，医院同意把段美芬转来，但同时也告诉他，这样重的伤情要立即做手术才有生存的可能，但即使做了手术，她的命保住了，也很可能会成为一个植物人，即便醒了，四肢也会失去所有的功能，还说这样的伤情，各种费用会特别高。

段美芬的父亲连夜赶回宣威，把这一情况告诉了段美芬的母亲。“没有关系，”段美芬的母亲流着泪说，“哪怕倾家荡产，也一定要救咱们的女儿。”

就这样，段美芬在父母和亲友的护送下，向着生命的希望奔去。

更精确的检查结果出来了，段美芬被诊断为“颈椎粉碎性骨折，中枢神经外伤致完全性高位截瘫”。这就意味着，段美芬即使做了手术也最多能维持生命，但将终生不能自理，何况，她一直处于昏迷状态，生命随时会瞬间消失。

专家婉转的话语让段美芬的父亲痛彻心扉，他噙着泪花坚定地说：“不管怎么，我一定要救我的女儿，只要她活着，即使她瘫痪了，即使她变成了植物人，我也要救她，我只要她活着……”医务人员都感动了。

全方位的术前准备，在最有权威性的手术医生的操作下，段美芬终于完成了手术。

术后很长时间，段美芬一直处于昏迷之中，医生说这情况是意料之中的，她可能醒不过来了，问家属要不要出院?

“不，我不相信我的女儿醒不过来，她一定会醒过来的。”段美芬的父亲含着泪说。就这样，段美芬的父母和妹妹，一直坚守在医院，轮流着陪在段美芬的身边，不愿放弃。

一天，两天，他们在段美芬耳边不断地和她说话，轻轻呼唤着她的名字，按医生的嘱咐定时给她擦洗、翻身。段美芬还在沉睡，但她的脸色渐渐红润起来。

也许是亲人不懈的呼唤，也许是上天的垂怜，两个月后的一天，段美芬醒了，父亲的泪水夺眶而出，母亲和妹妹激动得相拥而泣。

“真是奇迹，你很幸运，知道吗？”医生欣慰地说。

段美芬醒了，恢复了意识，她记起了车祸。她知道她活过来了，可是她也意识到：车祸已经改变了她的一切。“完全性高位截瘫”，这是一个比死更残酷的现实；她活过来了，可是，她将终生坐在轮椅上；她活过来了，可是，她完全成了一个废人，车祸连她的手指都没有放过，即便有了轮椅也没有能力推动；她面临的将是一个没有阳光没有希望的未来。

一切都没有了，段美芬是一个多么热爱生活的姑娘啊，她从小就一直很努力，一直想用“理想的翅膀”飞向蓝天。可是，她的天空突然乌云密布，美丽的翅膀瞬间被折断，只留下一个苍白而残缺的梦，她陷入了深深的绝望之中。

何况，从车祸发生短短几个月，为了救她，家里已经负债累累，因为肇事司机突然人间蒸发，尽管法律的多方援助，媒体的关注都没有让她得到应有的补偿来缓解家里的经济危机，然而，她的治疗还是一个深深的无底之洞……

看到这些情节，我一次次的心痛，一次次流下泪来。有个作家说过：“幸福的家庭都一样，不幸的家庭却各有各的不幸。”可是，在我的感觉中，幸福各种各样，苦难的感觉却只有一个回答，那就是：痛啊！痛！

在黑色的日子里，段美芬每天以泪洗面，或者木人般发呆，她想放弃生命，可是，她连自杀的能力都没有，只能等待着死神的再次接见。

“我的生命已经没有意义。”这是她唯一的念头。

“为什么要救我？为什么我要醒来？”她一次又一次绝望地喊。

这个时候，她的父亲只能默默无言，她的母亲只能暗暗垂泪。

“你还有没有良心？爸爸妈妈救活了你就是为了让你再伤他们的心的吗？二姐！”当段美芬又一次歇斯底里地喊叫的时候，妹妹泪流满面，生气地说。

段美芬突然被镇住了，是啊，为了她，父亲不分昼夜地奔走，一夜之间白发丛生，为了她，母亲积劳成疾，为了她，妹妹连学业都放弃了，可是亲人从来没有放弃过她，一直在坚持，一直在坚守。

“我真的很没有良心。”段美芬渐渐安静下来。

“妈妈喂你。”又到吃饭的时候了，这次，段美芬第一次乖乖地把饭吃了。

“不要再抱怨，怨恨也是一种罪恶。也许司机也没有能力负责才逃避，与其抱怨，与其等待补偿，还不如我们自已来想办法。不怕，你还有我们，我们都有一双手，永远会拉着你往前走。”

从那天开始，段美芬渐渐地理智起来，虽然她还是很弱，虽然她还是很痛苦，但她渐渐地接受了现实，她明白：唯有坚强才是她的出路，才是她重生的机会。

“是的，我没有权利放弃我的生命，我必须坚强。”

一天下午，段美芬看着病房里床头柜上漂亮的千纸鹤和满天星鲜花，这是亲友送来的。“这个世界真美。”段美芬第一次露出了淡淡的笑意。

段美芬的外伤好多了，父亲就去了很远的地方打工，这个家庭太需要钱。母亲回到了老家料理家务，支撑着风雨飘摇的家，只留妹妹在医院陪护段美芬。

治疗、养病的时光，段美芬常常和妹妹一起回忆过去，回忆童年的时光，体会着亲情的温暖，也回忆起她的梦想。她是一个要强的姑娘，不甘心就这样成为家庭的累赘，她很想为这个家做点什么？

“好好治疗，好好养病，出院后我会帮助你的，你一定能实现你的愿望。”妹妹的鼓励，让段美芬再一次点燃了她无限的热情。

2007年初，段美芬需要再次做手术，可是这个时候，家里已经一贫如洗，债台高筑，再也无力支付她的手术费。这时，宣威的瞿副书记获悉了段美芬的情况，来到了医院段美芬的病床前，给她安慰与鼓励。尔后，瞿副书记四处奔走协调，给段美芬筹集了手术费，段美芬终于再次成功做了手术。

再次获得生命的段美芬感慨万端，她从麻醉中醒来时，对妹妹说：“如果我的生命还是留不下来，请把我身上有用的器官捐赠给需要的人，让我的生命在他们身上延续吧。”

“说什么呢？你已经又做了手术，一天比一天好了，怎么又这样想呢？”妹妹笑着说。

“我是说，如果。好了，我会坚持的。”

三年，整整三年，段美芬终于出院回家了，她恨不得马上去投入工作，是的，她在这里困得太久了。医院里三年漫长的时间，段美芬在心里一次次的筹划着未来，只是她还不知道什么工作可以合适她，因为她是一个全身完全残疾的人。

“能做点什么呢？”段美芬一直在想，终于，她想到了电脑，她可以用电脑来工作。段美芬把这一想法对父亲说了，父亲很支持她，可是她的手不会动，无法打字，怎么办呢？她又苦恼了。一个偶然的机会，父亲去残联取她的残疾证，无意中听说了“轨迹球鼠标”。那是一种只要轻轻滚动就可以用的鼠标，比起一般的鼠标来说，稳定性更强。这应该合适段美芬使用，因为她的手指虽然不能动，但肘关节和腕关节还是可以动的。父亲回来时把这一情况一说，段美芬喜不自禁，请父亲把电脑买了回来，可是对于高度残疾的段美芬来说，操作电脑并不是一件容易的事，加上车祸让她丧失了很多记忆，所以她几乎是个电脑盲。

理所当然的，妹妹又成了段美芬的老师。然而对这不用外键盘的新型操作，妹妹也是一知半解，极不习惯。姐妹俩只好一点一滴地学习，互相研讨。

学习很艰难，段美芬坚持用手腕滚动鼠标。有时，滚动鼠标滚得手腕火辣辣地疼，但她舍不得休息片刻。

不知经过了多长时间，段美芬终于打出了第一个字。

就这样，段美芬走进了网络世界，她从一个电脑盲变成了一个电脑迷。在短短的几个月，不但可以自如地写文章，还可以制作QQ聊天场景，并把喜欢的歌曲作成FLASH。

段美芬找到了快乐，她觉得心灵有了无限拓展的空间。有了这样的空间，她充实起来，之前所遭遇的一切仿佛淡成了一杯白开水，一杯清茶。

完成了这一项，段美芬又学着做动漫。这时，她觉得自己的知识、见识都还太浅薄，力不从心，她想向更深更高的网络世界进军。

2006年10月，段美芬在妹妹的陪同下，赴北京进行了更深入的学习。2009年，她回到昆明，这个时候，一个偶然的机会，她结识了同在昆明打拼的李富平。

在昆明的两年中，段美芬用积累的知识做起了动画动漫。

2012年，是段美芬收获的一年。在这一年，她回到家乡宣威，和妹妹一起创办了她们的“维也文化传媒有限公司”。就在这一年，她的作品在云南省广告大赛中多次获奖，文学作品被很多报纸杂志刊登，散文集《生命火花》也由云南科技出版社出版发行。

十年磨一剑，掌声的背后，有太多的辛酸苦辣，这时都化作喜悦的泪水。

这无疑是上苍给人世间的又一个考验，是自强不息者创造的美丽童话，这个童话也是向上苍交的答卷与证明。“这一路走来，每一次蹒跚的脚步都是一个丰盈的音符，由不倦流淌的日子串联起来，变成美妙动人的乐章，每时每刻都在我的身边奏响，这一曲天籁之音蕴含了太多的故事……因为走进网络，我感到自己的身心陡然增添了许多活力，在这倍感亲切的时空，我从中找到了快乐，一种无忌无妄的安宁，找到了如风一般无牵无挂的自由……”

这样的文字，像是一个重度残疾的人写的吗？不像，这是天使的吟唱，这是充满童话的歌谣。是的，有追求的人不寂寞，这是段美芬放飞理想的神话，在这样的境界里，段美芬是最幸福的人。

绝处逢生的人，往往会更加珍爱生命，从苦难中走出来的人也能更加懂得感恩，段美芬没有沉迷在幸福与荣耀中，亲情与社会给了她莫大的支持与温暖，她想用自己的方式尽可能地也给这个世界一点点回报，用得到的温暖再去温暖别人。

在工作的余暇，段美芬不断在做着各种各样的公益事业。今年，在朋友和宣威市领导、残联的帮助下，她建立了专门帮助残疾人就业的“维也羽翼之家”公益组织，还注册成立了一家公司。

第二次见到段美芬，我们已经成了挚友，还是坐在她床前的小凳上，她还是淡淡地微笑，我们倾心长谈。

“其实上帝是公平的，他给我磨难，只是在考验我而已。”

“绝望并非完全是坏事，绝望的时候，往往潜伏着重生的契机，那要看你有没有跃起的勇气。”

“经历了苦难的人，幸福只要一点点就会很满足，现在我很满足。”

“幸福只是一种心态，你感到幸福，生活就会给你笑脸。”

“生活只是一块画板，如果你调了很多欲望的色彩，这个世界就不清新了。”

这次，段美芬快人快语，如演说般妙语连珠，这哪是一个重度残疾人的哀叹呢?

“只是，有时也会茫然，有时也会人格分裂，有时也会因为迷茫而麻木。”她说。

这是自然的，我太理解这样的心情：太多的苦难，有时真的很累，对人世间的纷纷扰扰争争斗斗，已经没有了兴趣，有限的精力中，只想做一点有意义的事，让自己充实一些，让自己高兴一点，也让别人高兴一点。

不知不觉，时间已到了中午，段美芬的丈夫李富平做好了饭，他们盛情邀请我共进午餐，李富平细心地给段美芬一口一口地喂着。

“你这样照顾美芬，你真的很了不起。”我对小李说。

“没什么王老师，我们在一个特殊的情况下相识，本来就是一种缘分。因为敬仰她，我们才走到了一起。”李福平说。

“我很感激，他是我的拐杖和双手，他是我飞翔的翅膀。”段美芬深情地说。

我又很想流泪，这次是因为感动。

下午，段美芬又有一个公益活动要出门。

“我没有更多的能力为社会做太多太大的贡献，但做一点是一点吧。”她笑笑说。

“美芬啊，你已经太了不起了！”我默默地、由衷地赞叹!

李富平缓缓推着轮椅，他们目视前方，前方，是一片雨后湛蓝的天空，这里，有一只鹰，用心，在做着最美丽的飞翔!

海　韵

仲夏，最艳的阳光，整个季节的洗礼，让这个季节有了完全的美：最温厚的风，最壮的树，最肥硕的叶儿，最饱满的山，最浓的绿，而海，应该有最丰厚的韵致吧?

很好的假日，我想去看海。

我来了，真的来看海了。

其实它还称不上海，只是一个高原淡水湖泊，叫“抚仙湖”，一个很诗意的名字。

抚仙湖，是中国第三大淡水湖，湖深平均95米，最深处可达158米，光线亮度30米。浩瀚的抚仙湖，有很多传说，还有很多不解的秘密。据说抚仙湖曾经探险出过几年前的不腐之尸；湖里有 5 亿年前的古生物；水底还沉睡着一个古老的城市，那是战国期间神秘消失了的古滇国。

抚仙湖，真的让人痴迷，它的清亮，它让人断魂的绿，它表面的静谧下深不可测的神秘，怎不让人激起无数的追想？站在湖边，就有一种想纵身一跃投入它的怀中的冲动。“抚仙湖，是我心中的海，她这样的深不可测，她和天庭一定有关，那水天相连的无形的线，是连接天庭与龙宫的通道”，我孩子气十足童话般地想。

近了，更近了，我去接受海的洗礼，和沙滩亲密。

细碎的阳光，乘着浪尖，如细碎的水晶，也如水里的星星，闪着跳着眨着眼，呵呵呵呵地嬉笑着、一漾一漾地涌来了，一下一下地来抱我的小腿，后面的，也一漾一漾地涌来，盈盈地、也一下一下地来抱我的小腿……水里的细沙流动在脚下，轻轻挠抓着我的脚底，痒痒的想嘿嘿嘿地笑，如爱人的俏皮。这时，蓄了许久的笑总算从脸上一股脑儿绽放开来，心也染得晶莹剔透……

玩累了，我注目着抚仙湖。从“阳光海岸”看过去，金色的阳光洒在湖面上，遥望海中的那个孤岛，它如一只千年的巨龟，孤零零地卧在水中央，默迎旭日，静送夕阳，就在这年复一年，日复一日的岁月中，你甘愿守候着这千年的寂寞，是想守候住这样的亘古么？是想向人倾诉这千年的传说与故事么？

面对这样的亘古，是一种悲壮还是一种感动？我不知道，我只觉得此时激情难抑，于是对着“大海”深处呼喊起来，随着我的呼喊，浪又来了，来到我的身边，问我好不好。我又对着海对岸的群山呼喊，江水淼淼，会不会把我的心情送到对岸？江水茫茫，能不能装下我的心情？“嗨——呀——嘿——”“嗨——呀——嘿——”……浪涛滚滚，淹没了我的喊叫，潮退了，海躲在石头缝里呜咽，它真的不知道我的心事，只是慢慢涌来，轻轻拍打我的脚面。其实，我知道这只是一种释放，喊叫过后是心的平静，是海水为我洗尽了心的尘埃，过滤了我的灵魂。海，是这样的凝重，又是温厚的，只有它容纳百川连同心的污浊也一起可以洗尽的胸怀，才会让我的心敞亮。

夕阳晚照，再次站在海边，心情无比轻松与畅快起来。

我笑了，我为海而感动！

书如爱人

又收到一本新的刊物，眉头一扬，微微眼笑，快乐随之荡漾开来——这是有我的文章在上面的一本杂志。

匆匆打开，微闭眼，鼻子贴在书本上，深吸一口气，那散发着墨香味的清新让人有些陶醉，如归航的爱人飘散在头发上的海风带来的气息。每当这时，我总觉得幸福。

从封面开始浏览：扉页，目录，领导讲话，今年的获奖作者名单……这一期又有哪些作者的文章刊登在上面？新朋旧友又见面，很多人未曾谋面过，却就在这一本本的书上相识相励。

翻到有自己的文章的那一页，久久停留，那是我写的文字，现在成了铅字放在了书里。再一次玩味，享受着字里行间的墨香，如给新生的婴儿再一次沐浴，心里充满母性的幸福，那安静、安定、温柔，弥漫开来……

我天生不是伶俐之女子，从小显得心讷口笨，入学读书后却爱书，尤喜文字。课间读些有故事的连环画，那些连环画，语言不多，却言简意赅通俗易懂，我就是在那个时候喜欢上了文字，也就喜欢写作文，常把连环画上的精辟词语拈来一用，后来读了中文系。

我不是一个善于交际的人，也不太喜欢群居，因为相对内向的性格使然，让自己总有一种孤独感，在纷纷扰扰的红尘中，有很多无法释放的纠结。这时，我就躲进静僻的一隅，与书为伴。这时，孤独没了，纠结在书中得到了释放，得到了解答。

看书的时候，追求的不是故事情节，而是更多喜欢玩味于文字的山水之间，在读书人当中，也许是个个例。文风朴质的，它给我讲述着一篇篇感人的故事，每每至此，常常让我情感的堤坝决堤，或喜极而乐至手舞足蹈，或悲极而伤至潸然泪下；语言清新优美的，如高山流水阳春白雪，让我如欣赏着美妙的风景，遨游于神话世界一般；语言精辟的，一字千金让人震撼，读到极致的佳句，每每会情不自禁地惊叹叫绝。后来才知道这叫散文，于是一本一本地买来，细细品读。一本新书，浏览一遍，好文章反复地读，一句话，一个词，甚至一个标点都细细体会。在书上圈点、勾画、写心得，都是常有的事。所以我读书很慢，藏书也不多，只是，只要是在家里的书，都是读过的，而且大多是精读。

看上去，我不是一个会爱护书保管书的人，所以，读过的书，我是不外借的，因为一本书被我弄得“乌七八糟”，实在有碍美观。其实那是舍不得外借，因为那些书里有我的记录，有我的记忆。

有了收入后，我也很少借书来读，都喜欢买来读。因为，人家的书不敢轻举妄动，只有自己的书才可以随便“糟蹋”，这，也是个例吧。

其实，越是那些皱褶斑斑的书，我越是舍不得丢弃，虽然陈旧却有一种特别的温暖和亲切，就像相濡以沫了多年的爱人。

再后来，学着写文章，那些被我玩弄透了的文字，很多都被我窃来放到我的文章里面占为我有，包括结构，包括点滴的启示。再再后来，我的文章也偶尔到了书里，这时，我就很感谢那些为我积累知识的语言文字。

在岁月的长河中，书渐渐成了我的挚友，它让我从蒙昧愚钝中走出，向着清澈灵光走去，提升着我的生活。

继续看书，继续爱着书，床头的书也就越来越多。有些，有我的文章，很多的，没有，我都爱着。有时，因为各种各样的原因，很长时间没有看书，就会心烦意乱，这个时候，只有书，才能让我浮躁的心安定下来，沉淀下来。

失眠的夜晚，孤独侵蚀着全身的神经，长夜漫漫，恐惧入骨三分。这个时候，一本书，可以驱走黑暗，一本书，可以消除寂寞，一本书，可以让痛苦忘却，一本书，可以让快乐飞升，一本书，可以让时光凝固，一本书，可以让自己活在自己的世界中。

“书中自有黄金屋，书中自有颜如玉”，又一本新的书来临，这里有我的文章，这是我的黄金屋，这是我的颜如玉，是我久违的爱人。

自赏完了自己的文字，从头开始，一篇一篇地细细阅读着朋友们的作品。

夜深了，我累了，我把书儿合拢 ，睡了。书儿如我的爱人，静静地陪在我的身边。

荷塘散记

荷花开了。

翠湖的荷花是这个季节最惹眼的风景。

一塘一塘的荷惹人眼球，往池塘边一站，就被那满池动人心魄的绿震撼了，这正是绿色最浓最厚的季节，人的心也被绿意一层层地包裹。

早雨把叶儿和花儿洗得干净，叶儿和花儿的脸上还滚动着调皮的雨珠。满池的叶把花儿由远及近地托到眼前：粉红的、淡黄的、嫩白的，各具形色，展现着千姿百态的风骚。

有的是还没有退去绿色的荷苞，那汁还在苞里酝酿；有的“小荷才露尖尖角”，还看不出花儿是什么颜色；有的才张开一点，露出一丝粉红，若少女的眼神有点羞涩，但也婀娜多姿含蓄浪漫；有的开得正好，似一位美人，显得高贵脱俗；有的荷花开得妖艳张扬而洒泼，又不失典雅的妩媚；有的不胜娇柔依叶绽放，显得楚楚可怜；有的花形一瓣一瓣的，向着一个方向旋转，像旋转的风筝；有的像刚刚午睡醒来身穿闲散睡袍的少妇，慵懒极了；也有很多花已隐去，留下一朵一朵的莲蓬……

中午，人多了，叶儿花儿脸上的雨珠跳下了荷池。

手持画笔的小孩把荷塘描成有形的童话；池边的长廊是少男少女演绎爱情的舞台，一对对情侣用手机将爱的密码翻译在荷花上；观荷的女人若有所思，游离的眼神是不是有些幽怨？她定定地看着那株光鲜的荷花，抑或是想起了自己的青春年华；面容沉静的老人用长镜头把这夏的元素拉到眼前，揽入胸怀，然后过滤，印封成册……

这边的荷不一样，它是矮小低调的一族。它的叶片不像伞，也没有细长的脖颈，只有一片一片的荷叶铺在水面上。如果你用高姿态的眼光去看，你甚至看不到荷塘里面还有荷花，你必须蹲下身来，顺着水面看过去，就会看到一簇一簇的小荷花栽在荷叶上，也是有红有黄还有白。它们不像大荷花那样一枝独秀参差开放，而是步调一致一起簇簇地在荷叶上张着小脸，微风掠过，它们就一起舞动，或许，弱小的群体更有团队的意识？

小荷花比大荷花的颜色更深，很多荷叶也历练成褐色，这是人们没有注意到的。也许就是因为它毫不起眼，所以这边的荷塘少有人观赏，显得冷清，只默默地流泄着自己的岁月。

那边的荷塘边，还如火如荼地轮番登场，这边的荷花静静地独自完成季节的开放，我坐在这清幽的一隅，和读得懂我的一族——睡莲流连，睡莲啊，谁能读懂你真正的内涵?

美丽的台湾

很早就想去台湾，因为，那遥远的地方奇异的风光与风情一直让我神往，还有，那儿的同胞也让我牵情。

今天，我终于要随同旅行团22人一行去台湾了，去圆我的台湾之梦。从昆明的家里出发，坐上大巴，乘上飞机漂洋过海，向着大洋彼岸飞去，当飞机越过台湾海峡降落在高雄国际机场的时候，我如孩子般的兴奋。

这时已是下午三点钟，台湾的旅游大巴车来到机场出口接我们。接待我们的台湾导游是一个年轻漂亮、看上去很阳光的女孩，姓傅，她和大家打招呼："我是你们的导游，欢迎来到台湾，大家有缘。现在天气不错，这久台湾天气一直不好，经常下雨，到处塌方，交通常常不通畅，昨天还下雨呢，但愿天公作美，让我们这次的旅行顺利愉快。"我一看，虽然出太阳了，可是马路上还湿漉漉的，路边的植物经过雨的浸泡，又有了阳光的烘烤，显得蓬松而柔软，马路也似乎微软。

我们开始了旅游，第一站是沿着爱河参观高雄的仿明朝建筑。并不宽广的马路，却很笔直，车辆不多，只有三三两两的来往，显得清静。光滑干净的街道，是年轻人夜晚的去处。听说，环绕了高雄城的爱河是爱的天堂，每到晚上，年轻的情侣们就来到爱河边，就着街灯河灯的辉映，尽情挥洒着爱的浪漫。

按行程，第二天我们要去阿里山游览了，可是，晚上小傅告诉我们："阿里山这段时间也塌方，交通中断了，一直上不了山，我得了解一下交通恢复了没有，如果恢复了就好，如果还没恢复，我们只好改其他景点。"大家都有点不快，蔫蔫的。

今早，小傅很早就通知我们："可以去阿里山啦！"听到这消息，大家都欢呼起来："去阿里山的，出发！"

大巴车向着阿里山进军，从中正路到嘉义，一路是高速，道路宽广敞亮，车速很快，流水般的滑行。

"可是，阿里山上现在没有姑娘，也没有少年了，他们下了山，下了海了。"小傅说。本来，阿里山的经济主要靠茶，可是这些年，台湾的地质越来越不稳定，台风、塌方，常常破坏了交通，有茶也拉不下来，那年的台湾大地震把阿里山的民房基本震垮了，人们无家可归。后来，马英九执政，给阿里山原来的居民盖了房子，搬迁到了嘉义附近的公路边。

阿里山再也无法光凭种茶生存了，马英九又一边鼓励年轻人“下海”，一边同时扶持茶农把茶也种好，阿里山的高山茶是台湾的主要经济来源呢！所以，我们看见的山上采茶的都是老婆婆。只有中秋的时候，年轻人才都回到阿里山，和家人一起欢庆节日，因为在台湾，中秋节是比春节更盛大的节日。

这两天说起台湾，台湾的人们都亲切地称马英九为“小马哥”，看样子，马英九在台湾很得民心。

聊着闲话，我们已经到了阿里山脚下，开始上山了，道路也变得崎岖不平起来。绵绵阿里山，群山十八峰，平均海拔两千多米，山里的路左一个弯又一个拐，盘旋而上，气温越来越低，到了山腰，阿里山已经云雾缭绕，植被渐次变化。低海拔处，是满山遍野又瘦又高的槟榔树，近看，像林林的哨兵，远远看去，又像往上爬的毛毛虫。中海拔处，是密密的茶树，高海拔处，是丛丛的竹林，最高的深山，大巴车去不了了，只好坐了小型游览车。真是曲径才能通幽啊，下了车，我们又步行了一段山路，才终于看见了到处是奇形怪状的参天古木，这就是阿里山的神树和三代树。

旅游继续进行：日月潭、中台寺、台北故宫博物院、仕林官邸、台北中山纪念馆、野柳地质公园……一路前行，一路风光，我们已经游览了台湾的很多地方。这两天，一路看海了，坐在大巴车上，道路很平整，探出车窗，海水一直在我们眼前缓缓流动，车走着，水流着，一同前行。来到台湾，我觉得这儿真干净，马路上没有闹哄哄的喧嚣，也没有让人窒息的尘土飞扬，车辆快得像太平洋的流水一样，却悄然无声，没有刺耳的喇叭鸣叫，车辆静悄悄地流动，似乎台湾是一个无声的世界。

来台湾一个星期了，在马路上我们没有看见过超车的现象，也没有看见过一个警察。小傅说：在路上想要赶早，就提前出门，只要上路了，就大家都讲个先来后到，谁也不想因为超车而制造不安全的因素。在台湾，马路上是看不见交警的，因为台湾人相对冷静，很少有人违反交通规则。这秩序井然的台湾，真让人惊叹！

街道干净得一尘不染，一个星期的旅行，鞋子上没有一点儿灰尘，干净如新。旁边的植物都像被洗过了一样，干净得发亮。厚厚的植被，毛毛茸茸的植物，树叶肥硕而厚实，嫩嫩的，摸上去又有一种滑腻的感觉，就像人的肌体，街道、公路也如被厚暖的毯子包着一样，暖得生机勃勃，充满了弹性的质感与灵动。

最后的行程，我们要沿着“中横公路”穿越中央山脉的腹地，领略那让人惊魂的太鲁阁峡谷，那里有世界上最大规模的大理石断层，有鬼片里描述的幽谷，这些大理岩受到立雾溪水长期侵蚀、下切的作用，地壳不断隆起上升，形成了几乎垂直的U型峡谷。园内巨峰林立，从清水到南湖大山顶，落差达3742米，造就了层次复杂的植物，太鲁阁的特色为峡谷和断崖，园内的高山，还保留了许多冰河时期的孑遗生物，如山椒鱼等。

进谷的“中横公路”不是修筑在半山腰的，也没有盘山而上，而是顺着谷底依峡而走，就像是把山的下腹肚子撕了一个口子，埋进了一根线一样。所以路很狭窄，也很弯曲，像蚯蚓一样。

在峡谷里，路越走越窄，峡谷越走越深，谷里随地有从山上滚落下来的满地巨石，半山腰还有无数摇摇欲坠的石头。一路前行，两万米的峡段几乎垂直，抬头看天，天只有一线，山与山几乎啃咬在一起。光线很暗，深深的峡谷，静得有点怕人，走在阴冷的路上，周围有窸窣之声，疑是鬼影，也听得见谷里阴河暗流，这真像一个梦魇般的世界。

这条路是原国民党老兵修筑的，那时，他们被蒋介石带到台湾，却没有合适的谋生手段，蒋介石就把他们派到峡谷，开山踩石修路，就这样，为了修建“中横公路”，有多少老兵血洒台湾，客死他乡。

他乡之石，筑就了他乡之路。只是，老兵们的青春与热血都永远地献给了这儿，所以有人说，这条路上，每一个路基上都有一个望乡的鬼魂。

走在幽谷深深的狭窄路上，我有些毛骨悚然，似乎那些望乡的忠魂在对天弹唱，倾诉着思乡的情愫，我似乎还看见了慈母桥上的那位母亲，泪眼婆娑地一直等待着她的儿子。

到了长春祠，这里峡段顿开，仰面便是中央山脉的中心。半山上，左边是蒋经国为了便于视察而建的瞭望台遗址，右边就是长春祠。长春祠，是蒋经国为修筑“中横公路”而亡的老兵而建的纪念祠。

仰望长春祠，禁不住感慨万千：老兵们啊！你们魂归此处，也算有了一个安身之处了，只是，你们想念家乡，遥望大陆的时候，还可以沿着你们自己修筑的路回家吗？

一路风景，多少故事，不管是宽广的大道，还是狭窄弯曲的小路，都是汗水和生命筑就的，有了这些道路，才让我们领略了台湾无尽的风光。

情系滇池

九十年代初，我脱产到省城读成人高校，那时还年轻，风华正茂，梦幻未来，对春城如痴如醉，恨不得想一天就把昆明的美景囊括眼底。一到周末，几个女生疯疯傻傻，这个公园进那个公园出。更有甚者，心血来潮的时候，便逃了课又去玩儿。

当时的校址在小菜园，离圆通山很近，门票五角，我们就常常跑到那里玩。

其实，滇池是我最想去的地方，那可是我从小就向往的高原明珠。可是那儿远，门票也贵，我经济条件相对差一些，来昆明快一年了还没有去过。

第二年，爱人在职读函大，暑期来面授，带来了三岁的儿子。我考完了期末考，把儿子移交过来，爱人读书，我带着儿子玩。有一天，我对爱人说我还没有去过滇池，周末的时候想让他带我们去玩。

爱人听了，没等周末便又逃了课，带着我和儿子向滇池奔去。

去滇池，现在我都忘了当时路线是怎么走的？只记得那时公交车很少，票价不是一票制，而是计程的，也没有自动投票设置箱，乘客自己告诉售票员要到哪里，售票员报出票价，乘客才把那些一角、五分的车费交到售票员手里，麻烦死了。七转八转，一路问人，其间要走很多路，才转得到下一路车，转到滇池路中段的时候，公交车已经到了荒郊野外，越接近滇池，路越是崎岖不平。那天，天公又不作美，半路上下起了雨，通往海埂公园的土路泥泞不堪。

雨，下了一阵停了，太阳又出来，才发现路边的风景真是好，这时，公交车也停在了公园边。

进了海埂公园，面朝滇池，那时的滇池美丽极了，水面一尘不染，白浪滔天，汹涌澎湃。雨后清新怡人的海风向我们吹来，沁人心脾，对岸的西山绿得醉人。那时，海埂边有一大片沙滩，我们就一头扎了进去，与沙滩玩味，与湖水亲密。圆溜溜的、椭圆形的、大大小小的鹅卵石，洗磨得光滑透亮，在阳光下慵懒地睡着，光芒四射，映得我们如在童话中。浅水处的细沙摩挲着脚底，如爱人的挑逗，湖水涌来，一漾一漾的，来抱我们的小腿，与我们嬉闹。浪尖上闪闪发亮，如珍珠，如碎银，也像眨呀眨的小眼睛。

刨沙坑，砌城堡，打水仗，我与儿子玩疯了，爱人用借来的傻瓜相机给我们照了很多相。天色已晚，夕阳一片金黄，我们却还久久不肯离去，直到公交车快停开了，才匆匆跳上末班车，又七转八转，回到学校的时候，城里已是灯火辉煌。

两年的进修结束，我又回到家乡。然而，高原明珠之滨的浪漫与年轻的倩影却留在了沙滩上，留在了风景如画的滇池路上。

第二次到昆明并常住，已是2000年，爱人调到了昆明。家就在书林街，想去滇池，方便多了，不用转车就可到。

我又想去滇池玩儿。儿子大了不再黏我，爱人工作很忙总抽不开身。于是有一天，我一个人到双龙桥，坐上了开往海埂公园的44路公交车，公交车已经是无人售票的一票制，路也很平，成了柏油路，路边多了很多高楼大厦，一直连到民族村，又连到了海埂公园的门口。

这个城市变化很大，然而，进了海埂公园，我的眼睛却寻找不到当年那美丽的大翡翠。沙滩不见了，滇池的水如绿油漆一般凝重混浊，漾到岸边的是一圈圈的垃圾，水中的浮萍似扎了根，在里面挣扎喘气，海风带来的是一阵阵死鱼般的腥味。西山朦朦胧胧，山里燥热不安，是睡美人被熏醒了吧。突然，又下雨了，是美人哭了啊："我的明珠去哪儿了？"她问。

那以后，我很少去滇池。

时光如箭，一晃眼，来昆明就是十几年。我对滇池的环境感到失望，这时，治理滇池的呼声也越来越高。民心所向，这些年，政府投入了大量的人力物力，滇池的环境总算又有了改观。爬西山登龙门俯瞰滇池又成为昆明的一个亮点，滇池，又成为高原上一块偌大的翡翠。

今年，是我走出校园踏上工作岗位三十周年，毕业三十周年的同学聚会，主要由昆明的几个同学来举办。半年前，我们就开始筹划，在班长率领下考察的过程中，我们又沿着滇池路前行。路，开阔了若干倍，光滑笔直，两边的行道树立立地从我们身后跑去，中间的隔离带也是如哨兵似的树木。最有意思的是，这一段的公交车站是用木和茅草盖的，上面是三角形的顶，等车的乘客坐在下面的凳子上休息，如在山中的小别墅里休闲。

两天的考察，我才发现滇池边一望无际开放性的湿地公园已经连成片，一直通到福保，湿地里曲径通幽，绿树成荫，花香鸟语，站在滇池边举目四望，五百里滇池奔来眼底，浩渺无边，清风袭来，又是碎银般的香味。

我们毫不犹豫地把聚会的地点定在了海埂公园附近的"大自然风情园"。

通知同学，发行车路线，我告诉同学们：滇池变了，我们的母亲湖更加柔情似水，广纳着百川。我也告诉同学们：从昆明火车站下了火车，坐44路公交车，一会儿就可以到海埂公园，方便极了，我在这儿等同学们。

我们热火朝天，热情洋溢，召唤着我们远道而来的同学向滇池奔来。三天的聚会，我们流连在滇池沿岸，沿岸杨柳依依，涛声四起，烟波浩渺，把同学们带回了那风华正茂的岁月。漫步在富有弹性的塑胶道路上，我们畅谈着，倾诉着阔别的思念。

最后，我们又在海边的路上，掬一捧阳光在心里，放逐笑声，快门按下，聚焦太多的美丽、快乐与同学情，永远定格在了高原明珠的沿岸。

一路向南

侄女在昆明上班的时候，与从景谷来昆明打拼的傣族小伙相识相恋。婚后，他们双双回乡创业，一去就是很多年。

骨肉亲人远嫁他乡，牵挂之情总萦绕其间，有时真夜不能寐，心想去看她，又怕山高路远经不起折腾。因为很多年前，我曾在昆明读书，景谷的同学说，他们那里是一个又遥远又落后的地方，从省城坐汽车要三四天。

“姑姑，来我这里看看吧，这里真的很好，坐车也不像你想象的那样辛苦了，大多算是高速公路了，几个小时就到。”乡音，从遥远的异乡频频地传来，侄女三番两次地邀请，而且今年伊始，我也还赋闲。于是，2月28日，我终于坐上了通往景谷的大班车。

从昆明出发，一路向南，高速公路一马平川，路边，发达的昆明境内，人文景观气派宏大，也看得出省城工业与商业的欣欣向荣，汽车一晃而过，入眼的已是玉溪的媚山秀水。

汽车很快过了峨山就进入盈江了。车，不再一直在外面跑，而是通过左一个隧道又一个隧道轰隆隆地钻山越岭，时而又凌驾于左一座右一座的大桥之上奔驰而过，它在山林中穿梭，美极了。因为雨水还没有到，所以两边的植被还不是很茂盛，显得有点干枯，植物的叶片历练成褐色或赤色。在车里，虽开了空调，还是被晒得昏昏欲睡，觉得旅客的说话声、小孩的哭声都很远很小，做梦似的，好大一会儿，我才反应过来这是耳朵闭气了，我赶紧捏着鼻子鼓气，这才好了。

一个地标，标志着一个王国，太阳每年在此转身，墨江到了，山大起来，雄厚的植被赐给了这里。车子上上下下，这段还是高速，隧道却少了一些，两边重峦叠嶂，植物嫩得掐得出水，若婴儿的脸，不敢碰触，生怕一触摸就会化了似的，那些叶片水汪汪的，在太阳下反射着闪亮亮的光，这是完全生态的灵光。

到了宁洱，高速公路也到此结束，到景谷县城的路便都只有柏油路了。

“到景谷县城还有多远？”我问旁边同车的一个大叔，他说他就是景谷人。

“还有97公里，要两个多小时，因为这段公路弯得很。”大叔笑呵呵地说。

真的，这一段，汽车就像蛇一样在路上扭来摆去，有些颠簸，可是在这山路上，我却不觉得累，因为景谷的风光深深地吸引着我。我是一个热爱大自然的人，在我旅行的路上，我常常被大自然感动，灵魂被引领着。这儿，又是群山巍巍，植被是我所见过的最好的地方：我被密密的绿色包裹，这是怎样的生态啊，青山重峦叠嶂不说，青翠欲滴不说，那清新的带有叶汁味儿的空气就让我陶醉。在这样的山里，我不再需要其他的风景，我只需要大山赐给我这样的天然氧吧。

厚厚的植被，一望无际的绿色，沁人心脾的空气，我希望车子开得慢一些，再慢一些，这样，我就可以多有一些时光在这里流连，享受这免费的深呼吸……

夕阳西下的时候，我到了景谷县城，下了车，一眼看见了接我的侄女：她变胖了，变白了，显得更加年轻美丽。

吃了晚饭，侄女便领我去她说的威远江，欣赏江边那美妙绝伦得如仙境般的夜景。

“一个王子，要建两座塔。建塔期间，有鸟儿衔菩提子飞过，掉落其间。塔建好了，若干年后，两座塔中分别长出一棵巨大的菩提树，互相包裹，成为景谷有名的‘塔包树’与‘树包塔’自然景观。”侄女伺候我洗漱的时候，神秘地津津乐道，她在引诱我的神经。

“你说的这个地方远吗？”果然，我迫不及待地问。

“不远，就在城里，为了双塔，又建了一座寺庙，叫勐卧佛寺，明天我们一家人都陪你去看。”侄女说。

第二天，侄女的婆婆一大早就弄好了早点。吃了早点，她就热情地指挥着她的儿子儿媳，用两张摩托把我们一行五人一会儿就托到了勐卧佛寺门前，观赏了这奇异的景观。

“其实，在景谷，最壮观的还是芒玉大峡谷。”吃中午饭的时候，侄女又开始了她的游说，撩拨得我心痒痒的，恨不得马上就飞到大峡谷。

“姑姑，今天不行，峡谷太大了，得一大早就去，要不然走不完的，我们今天就陪你在城里看看，买点明天吃的食品。”侄女婿说。

“好吧。”我只好悻悻地等待。

景谷县城不大，很干净，街道、马路都光光的，亮亮的。出门不远，在路边，一眼就看得见威远江两畔的绿色长廊，如两股五彩的飘带远远地伸向远方。

今天，亲家母请了他们的亲戚用汽车把我们送到了距县城18公里之处的大峡谷的半山腰。

大峡谷莽莽苍苍，深不见底，只听得见谷底轰隆隆的水声。

峡谷少有人来，没有缆车，只有一条用石头镶嵌的依山而建的栈道，两边用钢绳作护栏。

我们开始行走，山势越来越险峻，栈道越来越陡峭，我们一路观赏，峡谷两岸群山含翠，谷深林幽。我们手握钢绳，步步攀登，抬头侧看，但见悬崖陡壁上长满了栎木，身旁，随时青松伸臂，也偶有巨石凸出，青面獠牙盘踞上空。这时，我们只好弓腰缩颈侧身而过，也有很多古树怪木盘根错节供我们瞻仰。

“芒玉峡谷属于无量山系，范围有1225公顷，峡谷谷长6公里，白马山主峰芒玉大尖山位于峡谷东侧，海拔1492米。”侄女婿边攀登边向我介绍。

到了一个山头，举目四望，人高谷低，远山更远，近山愈近，云蒸霞蔚。

“这就原路返回下山了吧？”我问。

“不，我们只走了一个山头呀，这条栈道是单行道，我们还得继续往前，斜着下山，再上山，又下山，再上山，全程走完有八公里呢，现在才走了大约六分之一。”亲家母说。

“啊！我都累了。”我说。

“其实原路下山也可以的，只是还有更多更精彩的风景在前面，你就看不到了。”亲家母笑呵呵地说。

“那当然不行，我好不容易来到这里，却不走完，岂不是白来一趟？走起！”我说。

我们又手握钢绳继续赶路，上上下下，斜走着手拐形的路。有两段，山势根本就是直立的，没有栈道，这时，就有吊桥横贯峡谷两岸，我们就晃悠悠地穿过。峡谷深不可测，还是听得见隆隆的水声，却看不到谷底。侄女家那个还不满五岁的小子，一直像猴子一样跟随在父母的左右，问他走得动吗？他说走得动的，不太陡的路段，他还常常挣脱爸爸妈妈的监护一路上前。

到了六公里多的时候，栈道又往下，突然峰回路转，便有一处开阔之地。水势不大，有巨石显露，光滑平宽如席，幕天席地。我们席地而坐，稍许休息，把带来的食品消灭干净，也好轻装上阵。而那小子，还不消停，在巨石上跳来跳去，这么小的小孩子，可以和我们拼这样的耐力，怪了！

这时，一侧的半山腰上转角一处，钻出了送我们来的亲戚，我莫名其妙：他不是没有跟我们一起爬山的吗？怎么还跑到我们前面来了？亲家母告诉我：我们是从峡谷的下游往上游行走的，还有一公里多就到山顶了，其实，送我们来的那条公路就在山那边，汽车可以一直开到山顶，亲戚也是估计我们到这里了，来接我们来啦。

哦，我这才明白：这里的水流为什么并不汹涌，它是在上游呀。

我们又开足马力，跟着亲戚拾级而上，那小子终于累趴了，扑在爸爸的背上睡着了。

此次旅行，一路向南，我饱览了一路的风景，尤其是景谷，那是一个原始而朴素的、名不见经传、深藏不露却风光无限的好去处……

谁给盲人一盏灯?

清早，蒙蒙的细雨。街上，车水马龙，街道两旁，店铺琳琅满目，人行道上，各种各样的人在通过，也有名犬被贵妇曳着，尊贵骄傲地摇摆着肥胖的身躯，商店里回旋着各种各样的声音，演绎着都市的繁华景象。

人行道的中间，铺了状如饼干的细长的盲道。

这个城市有盲道，真好，这是弱势群体的眼睛。

一对大约四十来岁的盲人夫妇，男的，一手拄杖，一手打着一把很大的布伞，为妻子遮着风雨。女的，挽着丈夫的胳膊，他们沿着盲道，互相依偎，探索着缓慢前行。

天地间，各行其道。

盲人夫妇缓慢前行，他们眼睛的位置是一个球体，四个球体平行地、茫然地往前移动，脸上的表情似乎很平静，或者是一种茫然?

突然，那条名犬和贵妇互相被对方曳着，又摇摆回来，在人行道和盲道上迂回，距盲人夫妇大约五十米的时候，名犬迂回到了盲道上拉起屎来，贵妇面带微笑，饶有趣味地欣赏着名犬拉便。完了，贵妇又面带微笑，亲切地招呼她的狗：“杰克，走啦，宝贝！”

名犬和贵妇亲昵地依偎着扬长而去了，盲道上留下一摊冒着热气的狗便。

我目睹着光鲜城市里这污秽的风景，说不出是愤怒还是悲哀。

盲人夫妇越走越近了，我不想告诉他们这高贵的人群里有龌龊的事情，只是赶紧走过来，用手碰碰女盲人的胳膊说：“你们前面有障碍。”

“哦，那么……往哪里走?”男盲人边问边停下了脚步。

“跟着我从这边走吧。”我边说边扶着女盲人，让他们绕开了狗便，又引他们走上盲道。

“谢谢你。”“谢谢你了。”盲人夫妇连声道谢。

我放开女盲人的手，目视前方往前赶，走了没多远的距离，发现盲道上还是障碍重重，一路看过去：电动车、自行车，甚至还有私家车，庞然大物地横在盲道上，什么时候盲道成了摆设？甚至，有很多地段根本就没有了盲道，取而代之的是店铺门口的桌椅板凳和杂物，谁？破坏了他们的灯？在这瞬间，我又想起他们向我道谢时的表情：那四个无光的球体往下垂，除了感激，更多的是谦卑与畏缩，还交织着无助无奈的悲哀。是的，这个世界没有他们的灯，这个城市也没有，就算原来有，也早被熄灭了。

我再也不忍和冷淡为伍，于是我停下来，转身向着他们走去。

“你们要去哪儿？”我问。

“我们要去百货大楼为病人按摩。”女盲人说。

“那一起走吧，我要去柏联广场，好歹可以给你们引引路。”我说。

“不耽误你的时间吗？”盲人夫妇又是谦卑与畏缩的模样。

“不耽误，时间还早，我权当散步吧。”

“那谢谢你了。”盲人夫妇险些感激涕零，我的心里突然有点酸。我不敢用怜悯和施舍的姿态来漠视他们的谦卑，因为弱势的群体更应该得到尊重与关爱，他们和常人在灵魂上是平等的。

“走吧。”我笑笑，又拉上女盲人的手。

雨停了。我和盲人夫妇并肩走在路上，暂且做他们一段引路的灯。

“这儿有水。”“这儿有坎。”“往左。”“往右。”……

盲人夫妇和我攀谈起来：“听你的声音，你还年轻吧？”女盲人拉着我的手，微笑着问。

“不年轻了，快五十了。”我回答。

“你的声音很甜，还充满了快乐，你一定是一个幸福的人，真好。”女盲人平静地说着，但被我拉着的手却有些颤抖。

我无语。我知道她在羡慕我的幸福，也在感慨自己的不幸。

“是的，我……”我笑笑。我不想告诉她，在这个世界上，除了眼睛看不见以外，还有很多让人痛苦的人和事。只是，我宁愿让他们认为有眼睛的人都是幸福的，却不想让他们知道有眼睛的人很多时候因为看见了丑陋而刺痛了眼睛。

“真羡慕你们正常人，你们可以看得见。”男盲人这时也开了腔。

“从这个角度上，我真的比你们幸福，所以帮帮你们是应该的。”

……

我拉着女盲人，女盲人拉着她的丈夫，并排慢慢走着。盲人夫妇表情平和起来，畏缩淡去……

到了三市街，我把盲人夫妇送到了他们要去的地点。

“谢谢你了，你让我们节省了一半多的时间，走起路来又很顺利很轻松。”

“是啊是啊，谢谢你了。”盲人夫妇又连声道谢，笑容满面，幸福溢在脸上。

“不用谢。”我回头笑笑，默默享受着他们向我道谢带来的快乐和他们脸上的幸福感觉，也在想：我今天做了一次他们的灯，可下一次呢？下下一次呢？其他盲人呢？都在没有灯的黑暗中前行，我的力量太小，不能给他们真正的灯啊。

谁给他们一盏灯？

温情出租车

“出租车和公交车是城市两只虎”，我刚刚来昆明的时候，有人如是说。因为在城市里，公交车赫然是个庞然大物，占据着很大的路面；出租车呢，到处钻，有的出租车司机很让人讨厌，为了挣钱，对不熟悉昆明的外地人使尽忽悠之能事，打了他的车，他就拉着人家不走近路绕远路。

于是，我对出租车没有好印象，所以，不到万不得已，我不打出租车，以免当冤大头。

有一天，在外办事很匆忙，接下来还要办其他事，来不及坐别的车了，我只好打了出租车。

上了车，司机问我：“去哪里？”

“去三中。”我匆忙地回答。

这正是车辆拥挤不堪的高峰期，堵得要命，我急着办事，车却走走停停，看着前不见头后不见尾的滞留在路上的车辆，我真是心急火燎，鬼火一股一股地冒。我突然发现路线不对，我问：“这是哪儿？”

“北京路。”司机回答。

“怎么到北京路来了？我们不用经过北京路呀。”我警觉地说，又想是不是真的碰上崴司机了？

“你不是要去铁三中吗？就必须经过北京路呀。”司机说。

我心烦意乱，没好气地说：“谁要去铁三中了？我要去的是昆三中！”

“哦，我没听清楚，那我们去昆三中吧。”司机说。

计价器上的指示已经是：28元钱。

我得理不饶人，喋喋不休：“也不问问是哪个三中就乱开，真是，还不知道是什么目的呢。”我其实是担心他坑我的钱。

“哎呀同志，你别把人都想得这么坏好吗？是哪个三中你也没说呀，耽误你的时间对不起了，我这就把你送到昆三中，车费你就给起步价的钱就行了，我没时间和你扯皮。”

我没话说了。这时车辆也通畅多了，司机面无表情地开车，一会儿就到了昆三中，我付了车费下了车。

后来对昆明熟悉起来，才知道其实铁三中和昆三中本来就相隔不远，我真的冤枉那个司机了。

又时不时地打出租车。碰上话多的司机，还一路聊天侃大山，行程愉快多了，才发现昆明的交通有时真的很烦：一会儿这里不准左转，一会儿那里又在修路要绕道。

那天我又打出租车，一上车司机就问："你想走什么路线？"

我说："肯定是最快捷的路线啦，司机应该是最熟悉的了，你说怎么走就怎么走吧。"

"好嘞。"在路上，这个司机打开了话匣子，又说起了昆明的交通："哎，无奈呀，碰上不熟悉情况的乘客还不理解，以为我们敲人家的钱，所以我们现在也学乖了，乘客一上车我们就问乘客想怎么走。"

"是啊，人与人之间就应该多一些信任，我发现其实昆明的出租车司机大多数都很好。"

说话间，我到目的地了，我边付车费边说："谢谢师傅。"

"也谢谢你理解，你慢走。"

慢慢地，我理解了出租车司机们的不容易。

这件事，又让我对出租车更加心怀感动。那是2007年8月中旬的一个夜晚，我在外面办事，很晚才办完，打了车想回建设路我的一个学生家。到了建设路，我下了车，司机也开着车走了。这时我才发现我找不到我的学生家，我原来来过，但是白天，也不是走这个路线，方向都弄不清楚了。当时已经是夜里12点多了，路边的店铺早已关门，看不出任何标志，我就给我的学生打电话，想让她出来接我，可是我一打，她关机了，因为我先前没给她打电话，所以她并不知道我要来她家。

时间快凌晨一点了，路上一个人也没有，我害怕起来，在路上来回地东张西望。这时，一张出租车从远方开过来，快到我旁边的时候，突然减慢了速度，司机边把车开得很慢边伸出头来问我："这么晚了，你怎么一个人在路上走？太危险了呀，你要去哪里？"我说："我来建设路我的学生家，可是我找不到她家了。"

"那你给她打电话啊。"司机说。

我说："关机了。"

"哦，你别害怕，我慢慢开着车看着你，你仔细看看，周围还有什么标志？"

"没有啊……"

这时我仔细回忆起我学生的座机号码，又给她打电话。幸好，我的学生还没睡觉，她接电话了。

我的学生出来接我了，司机看着我和我的学生走到了一处，才开着车消失在茫茫的夜幕中。

这几年，每到高考，免费的爱心送考活动，又是出租车给很多学生带来了温情关怀。每当看到那些心形的爱心标志，我就很感动。

人在旅途，风雨行舟，一份牵手，阴霾顿开。出租车和出租车司机是平凡的，可是，他们却有一颗真诚的热心。这一颗热心，让很多陌生的旅人少了孤独，有了温暖，众多的热心，温暖了心灵，和谐了这个世界！

二叔的梦中之桥

古老的乡村，从林里那一条蜿蜒的小河，日夜奏着梦想的歌。那一座静卧在河上横贯乡村的小桥，是山村通往文明的梦想之桥。因为，我儿时的学校就在河对面，而那象征历史进步的商业的小街却在河这边。

那时，小桥是用两根圆溜溜的木条搭成的。每天，住在这边的我，从小桥上一寸一寸地走过去上学，而住在河那边的人，从小桥上一寸一寸地走过来去赶街。虽然，经过小桥时，大家都很小心，却还是有很多人滚下河。

后来，二叔当了村里的队长，他重新找了木条，把它砍平了，架起新的小木桥，滚下河的人少了。然而，小河不是天天温情的，雨季的时候，一发大水，静静的小木桥，瞬间就无影无踪，上学放学的孩子们，被隔断。这时，二叔总是匆匆赶来，把孩子们一个一个背过河。第二天他又找来木板，重新架起小木桥，如此反复，年年如是……就这样过了几年，很多孩子长大了，通过小桥，走出了山村，我和三弟都考上了师范，二叔也年岁渐老。

再后来，二叔向上级领导申请了几次。终于，小河的上面架起了简易的小石桥，新一代的孩子们可以从小石桥上走过去上学了。

又过了几年，小河越来越不温柔。雨季的时候，常常淹没了河两岸的庄稼，小石桥也在惊涛骇浪中颤抖。终于，那年的特大洪灾，又把小石桥卷走了，还卷走了一个小孩子。那时，二叔已经得了重病，病入膏肓的他，拄着拐杖来到河边，看着汹涌的污泥浊水，痛心疾首，用手杖跺着地喊叫："桥啊！孩子们怎么办？"没过几天，二叔去世了，弥留之际，他叹息地说："哎，什么时候可以再架一座桥啊?"

我师范毕业，分到了城里，儿时的小桥，在记忆中远去了。

三弟师范毕业，回到了儿时的那所山村小学教书。

今年回乡，突然很想去河边看看。

儿时的小河，已经旧貌换新颜：河边绿树成荫，清悠悠的小河水，唱着欢快的歌，河面加宽了好几倍，河沿筑了坚固的堤坝，一座三拱的石拱桥彩虹般卧在河上面……夕阳晚照，这时，正是学生放学的时候，三弟率领着村里的一帮小学生，雀跃着向小桥走来。到了桥边，三弟告诉我，二叔去世后的第二年，就开始治理这条河了，小石桥也变成了石拱桥。

在桥上，我与三弟一起和孩子们讲述着他们的爸爸妈妈童年的故事，说着对二叔感恩的话题，想告诉二叔，山村变了，小河更多情，小桥每天迎来送往，正输送着一批又一批的孩子走出山村，走向未来……

童年的那件花衣裳

我小时候，是缺衣少食的年代，要穿衣服，得凭布票去供销社买布。买来了，请会做衣服的人做。

那时，布票紧缺，钱也金贵，爸爸又把我们个个都送到学堂，钱文更紧了。我们兄妹五人，几年才轮得到穿一件新衣服。我是爸妈的独生女，对我特偏爱，我每一年都会有一套新衣裳。

妈妈的手特别巧，布票发下来的时候，买了布，她就量我们的身段，然后自己用很小的缝衣针给我们缝衣服。后来，爸爸给妈妈买了一台缝纫机，做衣服快多了。

村里的人知道了我们家有缝纫机，也知道妈妈的针线活很好，有了布，就都送来请妈妈做衣服。那时，做一套衣服一块钱，这是行规。我的家里常有存货，妈妈一有时间就在做衣服，忙得不分昼夜，手里也有了一点零花钱。如又发了布票，妈妈就给我去扯当时上好的布给我做衣服。但有很多时候，给人做了衣服妈妈却不收钱，说邻里邻舍的，帮人家一下没什么。这时，取了衣服的人就把裁衣服剩下来的零星半点的碎布给了妈妈，妈妈把那些碎布都派上了用场：巴掌大的填鞋子，有棱角的拼我们的书包，细长条的滚角边，指头大的翘纽扣，我们兄妹的衣服就不是那么单薄了。

我读小学二年级的时候，妈妈用那年的布票又给我扯来了一块白色底板起天蓝色碎花的布，做了一套侧边扣布纽扣的姊妹装，衣服裤子都还滚了黑边，穿在身上，漂亮极了。接着，妈妈又用那些各种各样颜色的碎布给我做了一双布鞋，镶了一个可以斜挎的书包，那书包的两角还垂着红色的缨子。

我的生日那天，妈妈把这些都翻了出来给我穿上，亲自给我编了两条小辫子，用红毛线给小辫子扎了两个蝴蝶结。到了学校，我全副武装地展现在同学的面前，如出水芙蓉般亭亭玉立，那些同学的衣服顿时蔫蔫地黯然了，我像公主一样骄傲，拽死了。

放学了，我和同学来到操场上玩一种叫“翻毛袋”的游戏。所谓的“毛袋”，其实是一个球，和现在的小孩子玩的皮球一般大小。大多是用棕片挽成一个球状，再用纳鞋子的底线或毛线把它扎成网状，勒紧，棕球就可以像皮球一样弹跳。那时，“翻毛袋”是女孩子最时兴的游戏，小学时候，女孩的书包里，“毛袋”是必不可少的玩具。

我们在操场上，三个一伙，五个一群，操场上空“毛袋”满天飞。

我们的“翻毛袋”比较难，要把“毛袋”拍得很高，身子转一个圈，“毛袋”也落地又弹起来时，再拍它。这是一种富有挑战性的比赛游戏，赢了的同学可以拍着拍着就把“毛袋”一脚射出去，让输了的同学满操场地去捡。

那时，我穿着我的花衣裳“翻毛袋”，屡战屡胜，小辫子上的红蝴蝶结在阳光下上下翻飞，像两簇跳动的火苗，成为操场上的亮点，硬是出尽了风头。

也许俗话说得对：天狂有雨，人狂有祸。那时我家里的柱子中间钉了一颗钉子，钉子上挂了一捆底线，旁边拉了一根麻绳，妈妈把洗干净了都还没有来得及叠进柜子的衣服挂在麻绳上就出工去了。我背着一岁不到的小弟弟，领着五岁的三弟，在家看门。三弟说想要一根线栓小瓶子玩，我就点燃了小竹棍去燎了一段底线给三弟就带着小哥俩出去玩了。一会儿的工夫我们回来了，发现底线和麻绳上的衣服在熊熊地燃烧，我吓坏了，冲出门大喊：救火……有一个过路的人用木棍把衣服打了下来，又从水缸里用盆舀水把它浇熄了，这才避免了一场火灾，但是全家人可以穿的衣服全部化为灰烬，包括我的那套花衣裳。爸爸妈妈回来了几乎昏厥，平时他们从不轻易体罚儿女，但这次爸爸狠狠地打了三弟，三弟跪着求饶都不管。尽管这样爸爸都没舍得打我，只是妈妈气得拍了我的脊背几下。

爸爸向大队上汇报了这件事，大队上了解后，给我家批了布票，全家才又有了每人可以做一套衣服的布。做衣服的时候妈妈给我又做了一套和那套一模一样的花衣裳，给三弟做衣服的时候他说什么也不要，甚至央求爸爸妈妈说：“就给姐姐多做一套吧，以后轮到我做衣服的时候我都不要了。让姐姐多穿一点好衣服，女孩穿得太破了人家会笑的，小伙子穿破衣服没人笑。等姐姐的衣服穿旧了、破了，妈妈再补给我穿吧。”爸爸把三弟抱起来摸着他的小脑袋，眼眶红红的，妈妈默默地流下泪来。

我后来的那套花衣裳就一直舍不得穿，它是我儿时最深的记忆，因为它承载了最浓的亲情。

时光

心灵拾零

悼亡儿

风云不测雷电起，
天际雄鹰翼羽折，
军旗猎猎哭英烈，
慈母断肠泪满襟。
壮志未酬身先去，
留取丹心照汗青，
青山脚下埋忠骨，
豪气冲汉划长空。

2017.9.29

断　魂

秋风萧萧山雨斜，一朝离别永作殇。
斯人远，阴阳隔，但求入梦话思量。
却无眠，只听窗，鸟歇拥稚入巢荒。
泪长天，娇儿何方？叩问天地，摧断肠。

2017.9.23

你的节日

节日前的夜晚

你又来到身边
在曾经的老屋
把灯火点燃
你是不是知道我怕黑
你是不是怕我孤单
每次的相逢
我又把思念储得太满
一个人
占据了所有
其实，早就忘了孤单
夜空斑斓
如节日的火焰
你在远方跳舞
让我不要再流泪
共和国的旗帜永远飘扬
是千千万万的烈士所染
你说你并没有离开
只是，换了一个地方
你看
那一股英雄气
在守护着不老的青山

2017.8.1

舞　台

一个临时的舞台
关闭了真实，向着美梦走来
我用虚幻编织着幸福

快乐像花儿，蓬勃地盛开
酒杯中醉
似幻似真中，一起喝彩

真的不想醒来
然而，好梦不常有
好花不常开
灯光渐弱幕合拢
又是一个人的舞台

我退回自己的园地
看见真实的花儿
自然地衰败
自古多情伤别离
长嗟叹
什么时候
又走进你的舞台

2017.10.10

梦

情深缘浅奈何天？秋风送我到梦田。
梦里寻你千百度，若隐若现似天边。
我想生出飞天翼，追逐你我在身边。
心太近，梦太远，微微你的笑，回头
挥手间，已不见！

2017.11.15

我是谁

心不定
涣散的眼神
朦胧人世间
穿梭的人群

我跟着匆忙
恍惚，淹没在白天的嘈杂里
忘了自己是谁

夜，静了
世界睡了
归为平静
我醒了
想起了，我是谁?
阵阵的茫然
阵阵的疼
问夜空:
是否有个怀抱?
温暖我

2017.11.20

烈属光荣

红色的，四个字
很沉重

这是鲜血写就
我抱着它，犹如抱着你
泪流满面

你用生命
让我光荣
却不知道
我从来不需要

当上苍逼我就范
我无助
它说：
我给你钱了
这是生命的交换

我无可奈何
我何曾要过这些？
又一次问上苍：
为什么如此武断？

又想你了，很想！
一棵树下
我叫你的名字
烧些纸钱
泼些水饭
告诉你
我有钱了
你挣给我的！

烟火熊熊
你从天而降
我知道
你在与我

作灵魂的交谈
你说：
你要保我一世平安

吃了饭
拿了钱
你该回去了
我向天空挥手
回去吧
你本来，就属于天际

2017.11.14

来到我的梦中来

来到我的梦中来
喊我一声：“妈妈。”
好吗？
我不醒……
恍如隔世安何在
忘了自己曾经是一位母亲
好久没听见这样的声音了
好亲切的声音
带着娇气
带着顽皮
现在
我想听

2018.3.29

年　轮

又听着这首歌
一遍又一遍
穿越时光的隧道
我看见了往事的模样，两地相思
同一首歌
那是因为
情怀总是不谋而合

2018.4.3

清　明

刻骨的思念
漫无边际
想你的时候
真想去天堂去找你
可是我知道此刻，我还不应该属于天堂
见到你，你也会很生气
所以，我不敢
想向天空打个电话问候你
却知道
你人间的号码，早已停机
还好
每年有个清明节
可以成为思念的专利
簇簇的黄花

是开通的号码
今天，电话正在接通中……
簇簇的花儿向天开
映照天庭祥云来
天上人间直通车
我仰望天空寻你来
看见你，驾云遨天地
把祝福的雨珠
撒下来

2018.4.5

独　舞

又一场心的花开
迎着朝阳的云彩
我静静地站立
羡慕着前方的舞台
伴侣牵着爱人的手
孩子在花心中欢快
真的幸福
不用太多的彩色

我退到角落
没有灯光的台下
跳起自己的独舞
旋转！旋转！
忘记世间的一切
舞进幻想的空间

旋转！旋转！
在空灵的世界
我梦见一场属于自己的花开
就在天边

2018.4.6

爱的包围

原本，只想悄悄地来
悄悄地走
我是个孤独的旅人
因为，注定了
只能独自一人，来消化那场慢性病
为思念而带来的那场，随时会复发的
慢性病
这里的初衷
只想来了却一种莫名的心情

军嫂悄悄告诉战士们：
“夏妈妈来了！”
一会儿，就来了很多战士
严严地
严严地把我
包围

一张张充满爱的脸
一双双期待的眼睛
这

都是我的孩子
在爱的包围中
我忘了悲伤
其实
我并不是一个人

努力吧！
努力！
做一个你希望
你的兄弟们希望的人
慢慢地
慢慢地把“思念是场慢性病”
这个定义
自己否定！

2018.4.18

今天，母亲节，下雨

我很矫情
一股孩子气
每年的这个时候
都会向忙碌的你
要祝福
你惯的

那个时候
再忙
你会把我想要的送到

哪怕只是一句话
我也心满意足

今天又是母亲节
我仰望天空
还是固执地，向你要祝福
收不到
就骂你

一会儿，下雨了
我知道，是你委屈了
在天上哭
你无法把心意送到
就把思念
化作滴滴的雨珠
所以，这片的天空
在陪着我哭

宝贝，不哭了
是妈妈不好
其实
你本来就是一个好孩子
上天派你舍生取义
你身不由已
不哭了，宝贝
你的兄弟姐妹们
已经给我送来了祝福

2018.5.13

来生不再哭

又在流泪
其实，我不想哭
可是，忍不住
当一段的时光储存
当一些特殊的事情来临
所有情绪溢满了
就变成决堤的洪流
其实，我不想哭
可是，就是忍不住

哭吧
如果注定了
今生要与泪相伴
那么
时光会老去
也会把泪流干
哭吧，我把今生的泪都流尽
再把来生的也支取

那么
有来生么
如果有
上苍会不会
让我来生不再哭

2018.5.12

人生如戏

一切都淡了
一切都远了
好快
如一场戏

两个永不相见的主角
在两个世界哭
很多观众陪哭
成为悲剧的素材

剧终人散
一切远去
主角还站在舞台中
又很想很想那个搭档

一轮泪的风暴
台下已没有了观众
人家还要赶下一场
就自己一个人演

自己的舞台
一辈子的戏
无法撤离
因为，那不是戏

2018.8.2

画

想他们了
翻翻照片
不能给他们打电话，因为
怕影响他们的工作

这群孩子:
有一个，还有点懵懂
话很少
有一个，有点傲气
会欺负跟他最好的那个
有一个，很灵动
有时，也会调皮
有一个，大一点
他说
他结婚的时候
我是他的座上宾
有一个
一直叫我“妈妈!”
这些孩子，好可爱
其实也好乖

又读微信
把之前的聊天记录
翻了一遍又一遍
快十点了
军营里应该吹熄灯号了
“妈妈!今晚我站岗!
现在就出发”
是那个叫我“妈妈”的孩子

于是
在边关
夜色浓浓
星星，眨着眼睛
守着大地睡
大地静悄悄
这个孩子
握着钢枪
也眨着眼睛
守着妈妈睡
妈妈睡着了
做着很美的梦

2019.1.2

老照片

一张老照片
压在箱底三十年
那时，表哥家有相机
可以照黑白的照片
表哥的安排
我依在妈妈的身边
很像很像他们说

一样的素装
一样的身材
表情都酷似一个人
不一样的是

妈坐着，我
站在她身边
我有乌黑的头发又粗又长两大辫
妈没有
一只小缎帽，告诉我们不一样的年龄
妈妈五十岁

我用蜡笔涂照片
嫌黑白不好看
妈妈说
别把她弄成老妖怪
我说不敢
也就只把我涂成小花脸
那时，我二十岁

照片压在箱子底
整整三十年
五十岁的今天
我把它翻出来
拿给弟弟们看
我和照片上的妈妈一个样
太像太像他们说
啊！往事如烟

日　记

岁月流逝
青春远去
物是人非

打开尘封的日记
只有梦还在
谁说
浮华消尽烟花灭心也不再
你看
那个当年观灯的女子
苍老了容颜
却还在街边
轻敲年轻时候梦的门窗

回 忆

回忆是颗青橄榄
苦涩中有回甜
幸福中，有时
又不免勾起伤感
就像翻妈妈的老照片

今 天

很多时候
快乐与金钱无关
很多时候
快乐与名利无关
很多时候
快乐与地位无关

正如今日
忽略了一切
整个的天空，属于我们
快乐！
无边！
因为今天
我们的同窗
在此，又一次相见

来了
我又看见你的笑脸
想起你一直以来的声音
想起你殷殷的叮咛与关注
时间的流水
把记忆推到从前
那是三十三年前
我们结缘，把美丽的青春
串联
三年后
虽有过聚会，却天天在想念
今天，思念之绳
又把我们拉到眼前

让我好好看看你，我的同学
呀！
五年的时间不算长
匆匆的岁月
却又沧桑了你的容颜
“你还好吧？”
“我很好！”
急切的问候，轻轻的回答
我读懂了你历练后的平淡

来，我的同学
说说这些年，彼此的故事
还有那，永不褪色的情怀
红尘中的挣扎
你是否也曾经有过无奈的彷徨
此刻
我想向你倾诉
因为你是我
特别的亲人
孤独中的无所寄托
想起你，我就不再伤感
“我的孩子工作了，你的呢……”
“我的牙不好使了，爱吃烂菜，
你呢……”
朗朗的回答
很憨很憨
亦如纯真的当年……

工作，生活
说不完的琐碎事
吐不完的衷肠心声
畅谈吧，倾诉吧
今天
是个特殊的日子
忘却时空
忘却年龄
忘却世间的名利与纷扰
杯来盏往，开怀畅饮
几度喜悦，几度狂欢……

聚散两依依
同心结缘
真想把日子拖住

真想留在光阴的梦里
然而
时光却如箭
今朝又要离别
宴席散
多少不舍
千言万语化无言

掬一捧阳光在心里
润润沧桑的老脸
也去沙滩玩玩
回收年轻的浪漫
聚焦美丽，放逐笑声
制作一帧图片
让快乐定格
让记忆永远……

谁说
人去楼空茶也淡？
结缘你我他
一朝金兰
缘分伸向永远
没有血缘的兄弟姐妹
却是一生的思恋
只想说
我们不再年轻
宠辱皆忘
平安，是我们最大的心愿
潮起潮落
我们在岁月中祝福
在岁月中惦念
再过五年
又来相见……

夜来香

小区的巷子，很深
那是二十年前的老小区
住房与店铺杂乱无章
楼房，在厚高的土墙后躲藏
墙上，爬满了青苔与藤蔓
高大的老树茂盛
让小巷更悠长

晚上的店铺关了
折断了小巷的灯光
景物，影影绰绰
模模糊糊中
分不清世间的贵贱
鸟儿与花儿
酥软地睡去
一切，进入了梦乡

睡着
睡着
小巷深处谁未眠?
孤独的行者
还有那
醒来的夜来香

湖之恋

冬天的鸥
夏天的荷
多少心迹在此中
看花开花落数流年
听候鸟奔来归去声声唤
荷影深处桨声细
说
千年的孤独
万年的故事……

时光
拿来流连
心情
拿来消遣
来来去去
一湖的心事
这里
是灵魂的住所

荷　花

身陷泥潭
想要离开
可是
这深深的桎梏
重重的羁绊

野蒿的锁链
人们说我出淤泥而不染
谁知道
一辈子的挣扎
只为了离开

我向天空招手
张开脸孔红艳
想得到救赎
天空，却太远

穿越云层，一丝丝的
阳光抚慰
让我温暖
她说
这本是我的宿命
只有这重重的泥
才可以让我娇艳

我不再挣扎
只借轻风
洗净尘埃
这一季的花开花落
过后，还回到轮回中的起点

他住在天上

光荣之家的牌
挂在我的门头上

新来的邻居
住在我的楼上
我要出门
她回到家
我们
相遇在楼梯上

你是，军属?
是
儿子当兵?
是
两年了，我没见到过他
是
他没和你住在一起?
是
他住在哪里?
他住在天上。